悪党たちは千里を走る

貫井徳郎

悪党たちは千里を走る

1

門構えは威圧的なまでに立派だった。高さはおよそ五メートル、幅は二十メートルといったところか。ご丁寧にも、上部には忍び返しがついている。いかがわしい者は一歩たりとも入れないぞと、門自体が語っているかのようですらあった。

高杉篤郎《たかすぎあつろう》は門の制作者の意図どおり、すっかり及び腰になっていた。これまで小金持ちを騙《だま》したことは何度もあるが、こんな豪邸に入った経験はない。おそらく主《あるじ》は儲《もう》け話をうんざりするほど耳にしているだろうから、用意してきたでたらめが通用するのか不安になってきた。

「ア、アニキ。なんか、思ったよりもでかい家ッスね」

横に立つ園部《そのべ》も、完全に威圧されているようだ。もともと強面《こわもて》の割には気が小さい園部だが、今日はいつにも増して声が震えている。それを聞いて高杉は、なんとか虚勢を取り戻した。

「あ、ああ。まあまあかな。いかにも田舎の成金だよな」

田舎の成金というのは事実だ。近くに家畜小屋でもあるのか、芳しい糞の匂いが漂ってくる。見るからに、余っていた土地に余ってる金ででかい家を建ててみましたといった佇《たたず》まいである。だとしたところで、都会の貧乏人の方が立派という理屈にはならない。金持ちを前にして腰が引けるのは、古今東西を問わず貧乏人の性《さが》である。

「こ、こんな金持ちが、オレたちの話に乗ってきますかね」

早くも園部は弱気なことを言っている。高杉は自分の内心を見抜かれたような気がして、逆に強がった。

「ば、馬鹿ヤロー。オレ様の話術を信じないって言うのかよ」

「いえいえ、そんな。オレはアニキの話術を信じてますよ。じゃあ一発、すごいところを見せてください」

「い、言われなくてもそうするよ。今、ブザーを押そうとしたところじゃないか。見てろよ」

いつもコイツのせいで引っ込みがつかなくなるんだよなぁ、という嘆きを胸の底に押し込め、高杉は呼び鈴を押した。時刻は約束の七分前だった。

「はい」

インターホンからは、中年女性の声が聞こえた。この家の夫人か、はたまたお手伝いさんか、見当がつかない。仕方なく、高杉は無難な口調で偽名を名乗った。

「お約束をちょうだいしております、山本《やまもと》と申します」

「ああ、山本さんね。お待ちしてましたわ。どうぞ」

気さくな口振りからして、お手伝いさんではなく夫人のようだ。声と同時に、いきなり門が開き始める。まさか電動とは思わなかったので、高杉も園部も飛び上がりそうになるほど驚いた。

「アニキ、電動ッスよ。どうしよう」

園部が小声で囁《ささや》く。高杉は一歩を踏み出しながら、眉を顰《ひそ》めてみせた。

「アホ。どうしようったって、いまさらどうしようもないじゃないか」

「オレ、門が電動で開く家になんて、初めて入るッスよ」

「情けない奴だな。お前もそろそろこういう状況に慣れておけ」

そう言う高杉も、もちろんこんな豪邸は初めてである。緊張のあまり、右手と右脚が同時に前に出たりしないかと心配した。

部屋数がいったいいくつあるのか見当もつかない大きな屋敷前に辿《たど》り着くと、玄関ドアが開いた。小太りの、いかにも人のよさそうな笑顔を浮かべた中年女性が出迎える。大粒の真珠のネックレスを三組も首から下げているのは、田舎成金ならではのご愛敬《あいきょう》だ。高杉と園部は、「お忙しいところ申し訳ありません」とぺこぺこ頭を下げながら屋敷内に入った。

応接室に案内され、一瞬硬直した。今度は圧倒されたわけではない。感情を強いて表現するなら〝戸惑い〟か。何しろそこは、田舎のハイセンスなホテルのロビーにそっくりだったのだ。

壁に掛かっている水墨画はまだいい。その前に花でも生けてあれば、上品な雰囲気と言えただろう。だがそこにあったのは雉《きじ》の剝製《はくせい》である。そして床に敷いてあるのは虎の毛皮。やたらてかてか光る黒いソファと、テーブルの上には蛇皮をあしらったライター。水墨画を掛けてある壁の反対側には、鹿の首の剝製まで飾ってあるのだから、悪趣味もここに極まれりだ。園部が「ぷぷっ」と吹き出しかけたので、足の甲を踏んで黙らせた。

「いやー、豪華なお部屋ですねぇ。この虎の毛並みの見事なこと。さぞや高かったんじゃないでしょうか」

夫人が怪訝《けげん》そうに振り返ったので、高杉はすかさずお追従《ついしよう》を口にした。調子のいいことを言うのは得意中の得意である。

「おわかりになりますか？　これはマレーシアから特別に取り寄せたもので、なかなかお値段が張りましたのよ」

ほほほほ、と夫人は口に手を当てて笑う。マレーシアから取り寄せたというのがあまりに型どおりで、いかがわしさ満点だった。

ちょうどそのとき、壁掛け時計が鳴り出した。ゴテゴテと金のデコレーションを施された時計からは、天使が飛び出して踊り始める。緊張して時間感覚が狂っているが、門からここに辿り着くまでにもう七分も経ったらしい。こんなだだっ広い家に住んでるとかえって不便ではないかと、高杉は密かに思った。

「ちょっとこちらでお待ちいただけますか。主人は先客との交渉が長引いていて、まだ手が空かないのですよ。時間ちょうどにいらしていただいたのに、ごめんなさいね」

「あ、どうぞお気になさらず。何時間でも待たせていただきますので」

答えてソファに腰を下ろすと、あまりに深く沈み込んでひっくり返りそうになった。慌てて体勢を立て直し、夫人に笑いかける。夫人は「少々お待ちください」と言って、部屋を出ていった。

「アニキ、すごい趣味ッスね、ここの人。日本にもまだこういう人が生き残ってるんですね」

「うるさい。よけいなこと言うな」

腿《もも》を抓《つね》り上げると、園部は声を殺して痛がる。高杉は耳を澄ませ、かすかに聞こえてくる会話に注意を向けた。

この家の主らしき男の声と、それから女の声が隣室から聞こえる。どうやら先客は女のようだ。「交渉」というからには、単なる知人ではなく取引相手なのだろう。どんな商談なのかと、断片的に聞こえる言葉から推察しようとしたが、よくわからなかった。

待っている間に夫人がお茶を持ってきて、また出ていった。口をつけると、さほど高級そうな味はしなかった。その辺のスーパーで売っている番茶の味だ。本当の金持ちはこういうところでケチらないものだろう。どういう心がけでこの財力を得たのか、よくわかる気がした。

十五分ほどして、ようやく主人が姿を見せた。金本《かねもと》という名のこの家の主は、三本の銀歯が見える笑みを浮かべながら、「どうもどうも」と部屋に入ってくる。でっぷりと肥えた体に和服が似合い、それなりに貫禄《かんろく》がなくはないものの、胸元からはみ出したもうもうたる胸毛と、額に浮かべた汗がいかにも暑苦しい。金本はテーブルを挟んで高杉たちの正面に坐《すわ》ると、「いやー」と切り出した。

「お待たせしちゃったねぇ。今、隣で待たせてるお姉ちゃんが美人でさぁ。ついつい長話しちゃったよ。セールスは絶対美人の方が得だよね。買う気はなかったのに、乗せられてよけいなものまで買っちゃった」

わははは、と金本は豪快に笑う。「そうですか」と高杉も穏やかな笑みで応じた。しめた、今なら財布の紐《ひも》も緩んでいる。いいタイミングで来たもんだ。内心でほくそ笑んだ。

「何をお買いになったんですか?」

取りあえず雑談のつもりで訊いてみた。金本は案の定、よく訊いてくれたとばかりに即答する。

「ルノアールだよ、ルノアール。ルノアールなんちゅうと目ん玉飛び出るほど高そうだけど、リトグラフだからね。本物のルノアールが五十万なんて、ただみたいなもんじゃないか。なあ、君。そう思わないかね」

「それはもうお値打ちものですね。素晴らしいお買い物をなさったと思いますよ」

「うんうん、そうだろうそうだろう」

金本はすっかりご満悦だった。だが高杉は調子を合わせながらも、眉に唾《つば》をつけていた。リトグラフ？　いかにも怪しい話じゃないか。さては隣にいる女はご同業か？

金本はひとしきり、いかに自分が賢い買い手かと自慢を垂れた。高杉も適宜《てきぎ》合いの手を入れ、気分をより盛り上げてやる。そうして気が大きくなれば、こちらの話もしやすくなるのだ。家構えの立派さに圧倒されたものの、蓋《ふた》を開けてみればやっぱり田舎の成金は田舎の成金だ。高杉はすっかり自信を取り戻していた。

「ところで金本さん、今日は私もすごくいいお話を持ってきたのですよ。ルノアールに負けず劣らず気に入っていただけると思います」

適当なところで本題に入った。このまま黙っていたら、永久に自慢話を聞かされそうだった。

「ああ、そうだそうだ。なんのために来てもらったのか忘れるところだった。いや、君の話もいいよね。ロマンがあるよね、ロマンが」

そう言って金本は、太い芋虫のような指でテーブルのたばこ入れからたばこを取り出した。蛇皮のライターで火を点《つ》け、ふーっと煙を吐き出す。たばこの銘柄はハイライトだった。

「で、徳川幕府の財宝が出たって言うけど、本当なのか？」

金本は笑っていたが、目は真剣だった。逆に高杉は笑いを引っ込め、真顔で答える。

「本当です」

「あれだろ？　幕末に小栗上野介《おぐりこうずけのすけ》が隠したっていう財宝だろ。いつだったかテレビ局がなんとかってコピーライター使ってさんざん掘り起こしたけど、結局何も見つからなかったじゃないか。あんなもの、そもそも存在しなかったんじゃないの？」

隠し財宝伝説では最もポピュラーな話だけに、学がなさそうな金本でも知っていた。というか、こういう学のない成金に限って、金にまつわる話には聡《さと》いものである。

「あるんですよ、それが」

高杉はそんな必要もないのに身を乗り出し、声を潜めた。金本もつられて、耳を突き出す。

「実はここにいる寺田《てらだ》はですね」と園部を指差す。「こんなアホ面《づら》してますが先祖はれっきとした旗本なのです。まあ旗本とはいっても三十俵二人扶持《ぶち》、貧乏旗本の典型ですが、勤めている先が振るってました。幕末には勘定奉行所にいたのですよ」

「ふんふん」

金本は半信半疑の振りをしつつも、すでにかなり話に引き込まれていた。こりゃチョロい、と高杉はこぼれそうになる笑みを押し殺す。

「ご存じでしょうが、当時の勘定奉行は小栗上野介です。つまりコイツの先祖は小栗の直属の部下だったわけですよ」

「なるほど。で？」

「俗に小栗上野介の隠し財宝と言われますが、もちろん小栗がひとりで何万両という財宝を埋めたわけではありません。実際に働き手がたくさんいたわけです。そうした工夫を差配したのはもちろん小栗ではなく部下たちであり、寺田の先祖もそのひとりです」

「ほうほう」

「そういうわけで寺田の先祖は、財宝を埋めた場所を正確に把握していました。本来ならそれを書き残すことは固く禁じられていたのですけど、上司の言うことを聞かない部下はいつの時代もいるもので、寺田の先祖は文書にしていたのです」

「いいじゃないか。それから？」

「この寺田の実家は特に金持ちというわけではないんですけど、そんな次第で家柄だけは古いものですから、ごちゃごちゃとゴミみたいな古道具がたくさんあるんです。その中から金目のものはないかとコイツが漁《あさ》ってみたところ、誰にも見せちゃいけないと書いてある文書が出てきた。見せちゃいけないなんて書いてあったら、見たくなるのが人情ですよね。ですが悲しいことに、コイツは古文書を読む能力などほとんどないのです。表紙の注意書きがかろうじて読めたのは奇跡みたいなものでして。それで私のところに持ち込んできたわけですよ」

「君はもちろん、読めたわけだ?」

「まあ、多少は」

少し謙遜《けんそん》しておく。実際には旧字旧仮名遣いの文章など、一文字も読めないのだが。

「君は本業は経営コンサルタントなんだろ。それなのにそうした文章にも通じているわけか。大したものだな」

「恐れ入ります。で、読んでみて驚きました。何しろ中身は徳川幕府の隠し財宝について書いてあるわけですから。しかも巷間《こうかん》言われているように群馬の赤城山《あかぎやま》に財宝は埋められたわけではなく、他の場所だというのだから大発見ですよね。私はさっそく現地に赴《おもむ》いて、掘ってみました。すると、こんな物が出てきたのです」

そう言って高杉は、鞄《かばん》から袱紗《ふくさ》包みを取り出した。何も袱紗に包む必要はないのだが、こうした場合はそれらしさが大事である。テーブルの上に置き、もったいをつけた手つきでゆっくりと開いた。

「こ、小判じゃないか」

金本は現金にもごくりと喉《のど》を鳴らした。高杉はゆっくりと頷《うなず》く。

「そのとおりです。これは私と寺田で五メートルほど掘り下げたら出てきました。ここにお持ちしたのはこの一枚だけですが、実際には二十八枚の小判を発掘しました」

もちろんそんなに小判があるわけもない。袱紗に包んである小判は、単に古銭商から買った物である。それを念のため、古さを醸《かも》し出すために二日間土の中に埋めた。掘り出した後も、綺麗《きれい》には洗わずわざと土を残しておいた。こうした小細工は、小手先の技術のように見えてかなり有効である。

「に、二十八枚。これは一枚いくらに相当するのかね」

「さあ。そこまでは専門外なのでわかりかねますが、単なる金の固まりと見ても、そうですねぇ、一枚三万円にはなりましょうか」

「三万円か。ということは八十四万円。君たちもずいぶん儲けたじゃないか」

「ええまあ。ただ、小栗の財宝はこんなものではないはずなんです」

「そりゃそうだろう。いったいいくら埋まっているのかね」

「ざっと三百六十万両」

「三百六十万両というと、ええと、いくらだ。九百、九千……、ん？　一千億？」

「途方もない数字ですよね」

口だけならいくらでも大風呂敷を広げられるのだが、高杉の落ち着いた態度を金本はかえって信頼したようだった。

「そ、そ、それを君たちはどうしようと思っているんだ？」

「こういう場合、この財宝は誰の手に渡るのかと調べてみたのです。そうしたらまず一部は土地の権利者のものになり、一部は発見者、つまり我々のものになるのですが、残り大半は国庫に納められてしまうのです。それがわかって我々は、ちょっと不満に思ったのですよ」

「そりゃ当然だ。人間として当然の反応だな」

金本はうんうんと小刻みに頷く。当然かよ、と内心で突っ込みつつも、高杉はそんな思いをおくびにも出さずに続けた。

「自分たちだけで掘り出したら、一千億円ですよね。これをわざわざ国に渡してしまうのは、あまりに馬鹿正直かなと考えてしまったのです」

「いやもう気持ちはわかるよ。うんうん。で？」

「ただ残念なことに、私たちの力だけでは三百六十万両もの嵩《かさ》がある財宝を掘り出すことはできません。掘り出すにも運ぶにも、それなりの器材が必要ですから。どうしようかと困っていたところに、たまたま知人のつてで金本さんのお話を伺ったものですから、こうしたことにもしご興味があればと思って伺った次第でして」

「興味はあるぞ。財宝発掘なんて男のロマンじゃないか。ロマンはいいねぇ」

金本の口にするロマンとは金の同義語にしか聞こえないのだが、高杉にとって強欲な相手はありがたいだけだ。ここぞとばかりに、さらに声を低める。

「お力を拝借できますか」

「おれにできることだったらなんでもしようじゃないか。器材ってのにはいくらかかるんだ。三百万か、五百万か？」

「掘り出すためにブルドーザーと、運ぶためにトラックが必要ですね。両方ともレンタルでもいいのですが、特にブルドーザーはいつどこで使うか申請しなければならないのがネックです。だからいっそ中古で買ってしまった方がいいと思うのですよ。そうなるとブルドーザーを運ぶためのトレーラーも必要になる。それから地権者に口止め料も必要になる。もちろん地権者に正直なことなんか言いませんよ。掘り出すんじゃなく、逆に埋めたいものがあるからと金を握らせるのです。こんな言い方をしておけば、産業廃棄物を埋めるのだと勝手に解釈してくれます。どうせ遊ばせてる土地ですから、先方にとっては痛くも痒《かゆ》くもない。二本ばかり握らせりゃ、何を埋めたかも詮索《せんさく》してこないでしょう」

二本とは二百万円の意味である。金本もそんな隠語に精通しているのか、いちいち訊き返しては来なかった。

「となりますと、概算ですがざっと一千万円はかかってしまうと思うのですよ。我々だけでは手に負えないという意味をおわかりいただけますか」

「一千万か。確かにそうおいそれと都合できる金額じゃないな」

金本は背凭《せもた》れにふんぞり返り、偉そうに言う。高杉はわざと困惑を顔に上《のぼ》せ、問い返した。

「金本さんでも一千万円は難しいですか」

「君たちには難しいだろうという意味だよ。おれにとっては一千万なんて子供の小遣いみたいなもんだ。現に息子には一千万のフェラーリを買ってやったしな」

わははははは、と自慢げに金本は腹を波打たせて笑う。そんな馬鹿息子の顔が見てみたいと思ったが、高杉は大袈裟《おおげさ》に驚いて見せた。

「一千万のフェラーリですか。いやぁ、庶民にはとうてい考えられない豪気さですね。素晴らしい」

「おれは夢のある話が好きなんだよ。時速三百キロも出る車なんて、それ自体が夢みたいじゃないか。だから君の話にも興味を持ったわけだ。別に一千億円が欲しくて言ってるわけじゃないぞ」

金本は目をきらきら輝かせながら、一千億円が欲しいと言ってるも同然のことを口にする。もらった、と高杉は内心でガッツポーズを取った。

ちょうどそのときだった。「失礼します」という声とともにドアが開き、人が入ってきた。高杉はそちらに目をやり、しばし呆気《あっけ》にとられた。

入ってきたのは、なかなかお目にかかれないレベルの美人だったからだ。

2

「金本さん、私も一緒にお話を伺わせていただいてよろしいかしら」

闖入《ちんにゅう》美女は悠然と一同の顔を見回すと、最後に金本に視線を止めてそう言った。話しかけられた金本は、見事なまでに鼻の下を伸ばして答える。

「おう、どうぞどうぞ。ちょうど面白いところなんだよ。ささ、坐って坐って」

金本は腰をずらせて、自分の隣を叩《たた》く。美女は「失礼します」と断ってから、遠慮もなく腰かけた。

高杉は目をぱちぱちさせながら、正面に坐った闖入美女を観察した。肩の下辺りまで伸びた、ウェーブのかかった髪。優美な曲線を描く頤《おとがい》。幾分吊《つ》り気味の、吸い込まれそうな色の目。グレーのスーツをぴしりと着こなし、化粧はもともとの美貌を引き立てる程度に上品で、ワンポイントのダイヤのピアスは石が大きく見るからに高そうだ。つまり、美人ビジネスウーマンの典型のような容姿の女性だった。

「こ、こ、こちらは？」

震える声で尋ねると、金本はまるで自分のことのように自慢げに答えた。

「三枝《さえぐさ》さんというんだ。さっき言った、ルノアールを売ってくれた人だよ」

「はあ」

美人だという噂《うわさ》は話半分くらいに聞いてちょうどいいと高杉は思っているので、まさか本当にこんな美女が隣室にいたとは思わなかった。しかしなぜ、美術品販売をしている人が乱入してくるのか。高杉は相手の意図がわからず金本と美女の顔を交互に見たが、美女は涼しい顔で「ごめんなさい」と言うだけだった。

「どうぞ私のことはお気になさらず、続けてください」

「そうそう。話の続きを聞かせてもらおうじゃないか」

金本は今にも美女の肩に手を回しそうな態度で、顎《あご》をしゃくる。高杉は漠然とした不安を感じながらも、仕方なく続けた。

「はあ。それでですね、発掘の資金をご援助いただけたら幸いかと……」

「ちょっとその小判を見せていただいてもよろしいかしら」

私のことはお気になさらず、などと言った舌の根も乾かぬうちに、美女が口を挟んだ。

心臓が飛び跳ねる思いを味わいつつ、高杉は美女に視線を移す。

「こ、これですか？」

「ええ、そうです」

「これが何か？」

「ちょっと見せていただきたいんですけど、駄目かしら」

「山本君。けちけちしないで見せてあげなさい」

偉そうに金本が口添えした。高杉は渋々、袱紗ごと小判を美女に渡した。

「これ、万延《まんえん》小判ですか」

美女は袱紗越しに小判を摘《つま》み、しげしげと裏表を観察した。高杉の胸の中で、強い警告音が鳴り始める。

「ええと、どうなんでしょう。私はそういう方面は専門外でして。勉強不足で申し訳ないのですが」

「これ、元文《げんぶん》小判ですよね」

美女ははっきり断定した。まずい、と高杉は顔を顰《しか》めそうになるのをかろうじて自制した。

「小栗の隠し財宝には、元文小判も交じっていたのかしら。でもずいぶん時代がずれますよねぇ。江戸期の小判は何度も改鋳《かいちゅう》されてますから、金の含有率が違う小判が同時に流通していたとも思えないのですけど。小栗の時代なら、当然万延小判だったと思うのですが、私の記憶違いかしら」

高杉も、ひと口に小判といってもいろいろな種類があることはわかっていた。しかしそれを見抜く目が金本にあるとはとうてい思えず、取りあえず本物の小判が一枚あれば充分だろうと考えていたのだ。まさか美術品鑑定のプロが乱入してくるとは、夢にも思わなかった。

「おいおい、君、そりゃ本当かね。時代の違う小判が出てきたんじゃ、そこに隠し財宝がある可能性は低いんじゃないか。この人の祖先の残した文書には、いったいどう書いてあったんだね」

金本が半ば不安そうに、半ば腹を立てたような口調で、園部を指差しながら問い質《ただ》してきた。そんなことを訊かれても、古文書など存在しないのだから答えようがない。かろうじて、言い訳を捻《ひね》り出した。

「これは素人考えですが、江戸城に死蔵されていた小判の中には、各年代に鋳造されたものが混在していたのではないでしょうか。現に古文書に書き記されていた場所を掘ってみたら小判が出てきたのですから、信憑性《しんぴょうせい》は高いと思うのです」

「だから、古文書にはどう書いてあったかと訊いているんだよ。その場所とはどこなんだ」

「それは、ちょっと今の段階で申し上げるわけにはいかないのですが……」

「どうしてだね？」

金本は追及する。さすがにこの親父《おやじ》も狸《たぬき》だなと、高杉は内心で苦笑した。金ももらっていないのに、埋蔵場所を教えるわけがないだろう。教えたりしたら、高杉たちを出し抜いて発掘しようと考えるに決まってる。それに、もうこの話は眉唾《まゆつば》ものだと察しているはずなのに、可能性がある限り諦めないところもなかなかえげつないと言える。

「いえ、決して金本さんを信頼してないというわけではないのですが、何しろ私どももそれなりに元手をかけていますから」

「ほう。ということは、おれが金を出さない限りは詳しいことは言えないと？」

「もちろん、ご協力いただけるとなりましたら、情報は共有させていただきますが」

「では、こうしたらどうでしょう」

またしても美女が横から口を挟んだ。今度は何を言い出すんだよと、高杉はうんざりしながらそちらに顔を向ける。

「その古文書の一部でいいですから、見せていただけばいいのですよ。そうすれば、金本さんも投資するべきかどうか判断がつくのではないでしょうか」

「いやー、しかしおれはそんなもの見せられてもちんぷんかんぷんだけど」

金本はいきなり弱気になる。美女はそんな相手に、とびっきりの笑顔で応じた。

「ご心配なく。私でよろしければお役に立てますので」

「そうしてくれるか！　あんたは素晴らしい女だねぇ。いっそおれの秘書に雇いたいくらいだよ」

このまま美女の手を握るんじゃないかという勢いで、金本は馴《な》れ馴れしく体を寄せた。美女はさりげなくそんなオヤジを躱《かわ》す。

「いかがですか？　今ここで、見せていただくわけにはいきませんか」

「えっ、今ですか？」

小判一枚で充分と思っていたので、古文書の贋物《にせもの》までは用意していなかった。もうこまでだと、高杉は見切りをつける。チクショウ、この女さえ割り込んでこなければ、今頃一千万円をせしめていたのに。

「申し訳ありません。貴重な資料ですので、持参していないのです。また日を改めてお持ちするということでよろしいでしょうか」

「日を改めて、ねぇ。じゃあ今度は、おれが君の事務所に行こうか」

金本は明らかに高杉の素性を疑っている。だがそれには気づかないふりで、高杉は「どうぞ」とにこやかに応じた。

「わざわざお越しいただくには狭苦しい事務所ですが、いつでも歓迎いたします」

「じゃあまあ、今日はそういうことにしておこうか。また君には電話するからな」

「はい、お待ちしております」

それを潮に腰を上げ、園部とともにぺこぺこと頭を下げた。こんな家、とっとと逃げ出すに限る。もう二度とこの周辺には近づくまいと心に誓った。

「ちょっと、よろしいかしら」

後ろ向きのまま腰を曲げて部屋を出ていこうとしたら、美女に呼び止められた。高杉は泣きそうになりながら、「はい」とかろうじて答える。

「なんでしょうか」

「お名刺をいただいてもよろしいかしら」

「……はあ」

今日持ってきた名刺は、もちろん名前も住所もでたらめのものである。これを渡したところで痛くも痒くもないし、逆にこの女の名刺をもらえるならなんらかのアドバンテージになるかもしれない。高杉は内ポケットから名刺入れを出し、恭《うやうや》しく美女に差し出した。

「私もちょうだいできますか」

「あら、失礼しました」

美女は言って、エルメスのハンドバッグから名刺を取り出す。白地に文字が書いてあるだけの無愛想な名刺には、《三枝晶子《あきこ》》と書いてあった。

「ご縁がありましたら、今後ともどうぞよろしく」

いくら美人でも二度と会いたくねえぞ、と悪態を心の中でつきながら、高杉は愛想よく言った。美女は「こちらこそ」とクールな表情で応じるだけだった。

必ず電話するからな、という金本の声を背中に受け、米搗《こめつ》きバッタのように頭を下げながら屋敷を出た。電動門扉をくぐった瞬間、後ろも見ずに走り出す。「待ってくれよ、アニキ〜」という園部のか細い声が聞こえたが、高杉は一度も振り返らなかった。

3

慌てて飛び乗ったJR宇都宮線で池袋まで戻ってくると、無性に腹が減っていることに気づいた。駅前のファーストフード店に飛び込み、ハンバーガーにかぶりつく。取りあえずものも言わずに一個を食べきり、ようやく言葉を発する気力が戻ってきた。

「最悪だ」

「最悪ッスね」

園部も元気なく応じる。だがその声の割に食欲はなくなっていないらしく、園部は早くもふたつ目の包みを開けていた。

「今度こそいいカモが見つかったと思ったんだけどなぁ。なんでここんとこのオレは何をやってもうまくいかないんだろう。天中殺かな」

「アニキ、それ、古いッスよ」

「やかましい。占いに古いも新しいもあるか。ああ、それとも疫病神《やくびょうがみ》につきまとわれてるせいかな」

高杉は言って、園部の顔をじっと見つめた。園部はきょとんとした顔で、「えっ」と自分を指差す。

「疫病神って、オレのことッスか？」

「他に誰がいる？」

「そりゃないッスよ、アニキ。オレと組んでていい思いをしたことだってあるじゃないッスか」

「あったっけ？」

「ありましたよー。ほら、カードの紛失免責でがっぽり儲けたとき。ありゃあ愉快だったじゃないッスか」

園部は高杉と初めて組んだときのことを持ち出した。思えばあれがコイツとの腐れ縁の始まりだったなと、高杉は回想する。

クレジットカードには紛失免責、つまりなくしたカードが悪用されても、紛失した当人の責任は問われないというシステムがある。このシステムを利用するのは、詐欺師《さぎし》としてはイロハのイの字のようなものだ。手軽にできる代わりに何度も繰り返せることでもない。当時の高杉はそのため、相棒を毎回替えていた。園部に声をかけたのも、一回限りのつもりだった。

高杉と園部は、格安ツアーでサイパンに行った。同じパックツアーだが、ひと言も言葉は交わさなかった。知り合いだと思われてはまずいからだ。

現地に着いてすぐ、高杉は園部からカードを受け取った。そしてその足でガラパンのショッピングセンターに向かい、大量の買い物をした。ただし、あまり高価な物は買わない。カードで高い買い物をする場合、カード会社に問い合わせをされることがあるからだ。買った物のほとんどは、日本円にして十万円以下の、換金のしやすい貴金属だった。

翌日になってようやく、園部はカードをなくしたと騒ぎ出す。添乗員の助けを借りてカード会社に連絡をして、ここでカードは無効となった。だがなくしたときから無効になるまでに使われた分は、園部に請求されない。高杉は一銭も払わずに、限度額いっぱいまで買い物ができたことになるのだ。

なぜ国内ではなく海外でこの詐欺を行うかといえば、それにはふたつの理由がある。

ひとつには、国内ではただカード会社に連絡するだけでは免責にならず、警察にも届け出なければならないからだ。後ろ暗いところのある身としては、できるならそんなことは避けたい。

そしてもうひとつは、海外でカードを使う場合は限度額を上げられるのだ。どうせ詐欺を働くなら、一度にがっぽり稼いだ方がいい。たとえ海外への渡航費用を払っても、その方が実入りは大きいのだ。そのふたつの理由から、高杉はもっぱら海外でカード詐欺を働いていた。

「そりゃあ、あの一回はうまくいったよ。でもあんなこと、そうそう何度も繰り返せるもんじゃないんだぜ」

高杉は嘆息する。あまり頻繁《ひんぱん》に海外に行っていては怪しまれるし、大量の貴金属を持ち込む際に税関でチェックされる。高杉はせいぜい年間で八回程度しかこの詐欺を働かなかったので、濡《ぬ》れ手に粟《あわ》という気分にはとうていほど遠かった。

「だからほら、カード買い取りもやったじゃないッスか。あれはけっこうボロかったッスよ」

園部は自分の名誉を回復したいからか、慌てて言い添えた。高杉はそのときのことを思い出し、頭を抱えたくなる。

園部は一度の儲けで味を占めて、以後も高杉を「アニキ」と慕ってつきまとうようになった。しかし園部と組んで同じ手は使えない。そこで、高杉は別の手口で行くことにしたのだ。

カードの免責を利用した詐欺は、国内でもできなくはない。ともかく紛失から届け出までのタイムラグを利用すればいいのだ。何度も紛失を繰り返していては詐欺が発覚するが、普通に生きていても一度くらいはなくす可能性がある。その一度の紛失を「買い取る」ことにしたのだ。

カードを買い取る相手を探すのは、さほど難しくはなかった。十万円も出せば、喜んでカードを売り渡す人間は世の中にごまんといる。そうした類《たぐい》の人間は、もともと金に困っているものだ。金に困っている人間を探すには、消費者金融の自動契約機のそばで目を光らせていればいい。青い顔で契約機のボックスに飛び込む人に高杉は声をかけ、カードを買い取った。もちろん、届け出は必ず三日後にと約束させる。その三日の間に、例によって換金率の高い貴金属を限度額まで買い込むのだ。この手口は海外での詐欺とは違って頻繁に繰り返せるので、それなりに効率がいいかと思われた。

「お前ね、あの話を持ち出すのか。どうしてあの手が使えなくなったのか、忘れたのかよ」

「えーと、どうしてでしたっけ」

わざとらしくとぼける園部の頭を、高杉は平手でペチリと叩いた。いくら園部が阿呆でも、あれを忘れているわけがない。

カードの売り主探しを、高杉たちは手分けして行《おこな》っていた。だからそのとき、高杉は園部のそばにいなかった。もしいたとしたら、絶対に引き留めていただろうにと思うのだが、いまさら言っても仕方がない。園部はなんと、警察官に声をかけてしまったのだ。

相手は制服を着ていなかったからわからなかったと園部は言うが、それくらい気配で察しろよと高杉は思う。売買の交渉が成立して金を渡した瞬間、相手は身分を名乗って園部を捕まえようとしたのだ。園部は死に物狂いで逃げ出し、なんとか警察官を振り切ったという。もしかしたらとんでもないアホと組んでしまったのかもしれないと高杉が考えたのは、このとき以来のことだ。

「だいたい、警察官のくせに消費者金融で金を借りるなっつーんですよ。ねえ、アニキ」

園部はハンバーガーをぱくつきながら、同意を求める。逆に高杉は食欲がなくなるのを感じながら、ふたつ目に取りかかった。

「警官だって借金くらいするよ。どアホ」

「オレは借金なんてないッスよ。オレの方が警官より立派な生活を送ってるってことッスかね」

園部は嬉《うれ》しそうに同意を求める。高杉はもはや答える気もなかった。

これまで高杉は、もっぱらカード詐欺を働いてきた。同じ詐欺でも相手の顔が見える詐欺は、後味が悪くていやなものだ。その点カード詐欺の場合、被害者が特定しにくい。損をする相手はカード会社かと言えばそうではなく、カード会社もそんな場合に備えてちゃんと損害保険に入っているからだ。かといって損害保険会社も別の損害保険に入っているから、特にどこが被害に遭《あ》ったというわけでもない。被害者のいない詐欺という点が気に入って、高杉はカード詐欺を専門としてきた。

だが、いくら知恵を絞ろうとも、カード詐欺はしょせん小手先のものに過ぎなかった。一度に二百万円くらい手にできることもあるが、その後はほとぼりを冷ますためにしばらく休眠しなければならない。そうなると一年で均《なら》すと月の稼ぎはさほどでもなく、高杉の理想とする「安楽な生活」とは大きく食い違うのが実状だった。

こんなはずではなかったのに、という漠然とした疑問を感じているときに、園部がへまをしてくれた。それをきっかけに高杉は、もっと大きな獲物を狙おうと考えを変えたのだった。

そもそも高杉が現状に不満を覚えたのは、そのときが初めてではない。遡《さかのぼ》れば物心がついたときから、自己評価と他人の評価の乖離《かいり》に戸惑っていたと言える。高杉は幼い頃から、親や親戚に「頭のいい子」と言われてきた。実際、自分でもそうだと思っていた。ところが世間は、単に頭がいいだけでは評価してくれない。いくらクラスで一番の成績を収めようとも、女の子に人気があるのはスポーツのできる奴やちょっと不良がかった奴なのだ。バレンタインデーに世の無常を感じたことは、一度や二度ではなかった。いい大学に行けばすべてが変わるかと思いきや、そんなことはなかった。相変わらず、人気があるのはおしゃれな店をたくさん知っている金持ちのぼんぼんだったり、あるいは場の空気を盛り上げられるひょうきん者だった。勉強ができる真面目《まじめ》な男など、女の子はもちろん同性からも好かれなかった。ゼミの教授ですら、お調子者を優先してかわいがり、高杉をその他大勢のひとりとしてしか扱わなかった。

真面目に生きても無駄だと悟ったのは、会社に入ってからのことだ。最大手の家電メーカーに就職した高杉は、まず営業に回された。企画が希望だった高杉はそのことにがっかりしたが、生来の真面目さから、手を抜くつもりは毛頭なかった。

しかし営業の仕事は、真面目であればどうにかなるという類のものではなかった。評価対象は口の達者さであり、勤勉さではなかった。口先だけの軽薄な同輩が好成績を収め、高杉は足を棒にして外回りをしてもろくな契約が取れなかった。そんな状態が三年も続けば、上司の態度は冷たくなり、職場の居心地は悪くなる。自分の能力を発揮できる場さえ与えられれば見違える働きを示せるのに、最初からそのチャンスを奪われている現状が悔しくてならなかった。

高杉の人生を変えたのは、一枚の宝くじだった。それまでの高杉は、一攫千金《いっかくせんきん》を夢見るような浮ついたところなど持っていなかった。だがあまりに息苦しい現状に嫌気が差し、宝くじ売り場の前を通りかかったときにふと購入してみる気になった。そしてその中の一枚が、二等の三千万円を射止めた。

前途に希望が見えたと思った。真面目に働いていれば、いつか報われるのだ。会社で認められることだけを願っていたが、幸運は思わぬ形で飛び込んでくる。なるほど人生とはこうして帳尻が合うものなのかと、深く納得した。

高杉は喜び勇んで、銀行に換金に行った。だがその途中で、財布ごと当たりくじを掏《す》られた。

絶望とは笑いの衝動を伴うものだと、そのとき高杉は知った。目の前が真っ暗になるという言い方があるが、そのときの高杉にはふさわしくなかった。銀行の窓口で換金を頼み、天にも昇る心地で財布を取り出そうとしたときのあの衝撃。一瞬何が起きたかわからず、たっぷり二十秒間は固まっていたあのときの気持ちは、目の前が真っ暗などという陳腐《ちんぷ》な表現ではとうてい言い表せなかった。黒だの白だの、そんなふうに色を認識している余裕はなかったのだ。いっさいの感覚が遮断され、高杉は自分が存在している実感を失った。言ってみればあのとき、一度死んだのだと高杉は思っている。

さんざん大騒ぎして自分の身を改め、財布をなくしたことを受け入れると、自分が通ってきた道を辿り直した。財布を落としたに違いないと思ったのだ。二往復しても見つけられず、交番に飛び込んだ。拾った誰かが届けてくれたのではないかと淡い期待を抱いたが、無情にもそれは叶《かな》えられなかった。高杉は半泣きになりながら道に戻り、その日は夜九時まで往復を繰り返した。

一度転がり込んできた幸運は、あっという間に去っていった。それを渋々ながら認めたとき、高杉は何もかも馬鹿馬鹿しくなった。真面目に生きてきたこの三十年余りはなんだったのか。自分は運命にからかわれるために生きているのか。ならば、報われることを信じてこの先生き続けたところで、何もいいことなどないだろう。死ぬ瞬間に、「オレは馬鹿だったなぁ」と後悔するのが関の山だ。

そこで高杉は、人生を降りることにした。社会から落伍《らくご》してしまうことには大きな恐怖があったが、降りると決めると気は楽だった。どうしてあれほど会社にしがみついていたのか、自分の気持ちがわからなくなる。会社が高杉の能力を生かせないなら、活用できる場を自力で見つければいいだけの話だ。もっと早く気づけばよかったと、高杉は心底後悔した。

目標は、裕福な生活だった。それも、異常なほどの超高級な生活。そんなものは会社でこつこつ働いていたところで、死ぬまで実現しないだろう。どうせドロップアウトしたなら、目標は大きい方がいい。大きな夢には、規格外の道を歩まなければ届かないのだ。

というわけで始めたのが、カード詐欺だった。目標の割には姑息《こそく》なスタートだと自分でも思うが、千里の道も一歩からと無理に納得する。そもそも、元手なしには大きいことなどできないのだ。今は来《きた》るべき飛翔《ひしょう》の瞬間に備える、助走の時期だった。

いつまで助走を続けるべきか、高杉も迷っていた。しかしその踏ん切りを、園部がつけてくれた。もうカード詐欺はやめた。十万単位でこそこそと日銭《ひぜに》を稼いでいる時期は終わりだ。次には一攫千金を目指して、大きな獲物を見つけなければならない。世の中には金があり余っている奴らがごまんといるのだから、そいつらからごっそりと大枚をちょうだいするのだ。

そんな決意の許《もと》、高杉は準備を始めた。騙されやすそうなターゲットを選定し、そいつが食いつく材料を揃《そろ》え、耳に心地よい言葉を頭の中に腐るほど用意した。会社の仕事で外回りをしていたときは口べたに悩まされたものだが、責任も真実もないでたらめならば不思議といくらでも思いついた。現に金本を前にしても、高杉はまるで緊張することがなかった。詐欺こそオレの天職、と心の中でしみじみと実感したほどだった。

あの女さえ出てこなければ。高杉は改めて悔しがる。金本はもう少しで落ちそうだったのだ。そうすれば今頃、労せずして一千万円を手にしていた。幸運はまたしても、すぐそばまで来て手の中からすり抜けていってしまった。どうしていつもこうなんだと、これで何度目になるかもわからないのに飽きもせず自分の運命を呪った。

「アニキ、落ち込まないでくださいよ。オレまで悲しくなるッス」

黙り込んだ高杉を心配したのか、園部が捨てられた仔犬のような目を向けてくる。園部は顔も頭も悪いが、高杉を慕う気持ちは呆《あき》れ返るほど強い。こんな目を向けてくるからコイツを切り捨てられないんだと、高杉は内心で嘆息した。

「次のターゲットを探そう」

ぽつりと言うと、園部は「そうッスよ」と目を輝かせた。

「落ち込んでても金にはならないッス。落ち込んでる暇があったら、金儲け金儲け」

園部は高校時代の後輩なので、付き合いはもうかなり長いが、落ち込んでいるところを一度も見たことがない。落ち込むという繊細な感受性が先天的に欠如しているとしか思えない、原始的感性の持ち主なのだ。高杉は密かに、園部の性格をちょっと羨《うらや》ましく思っている。

「と言ってもなぁ。金本見つけ出すだけでも三ヵ月くらいかかったもんな。あんなおいしいカモ、そう簡単に見つかるかな」

「目先を変えましょうよ、目先を。オレ、ちょっとしたアイディアがあるんですよね」

「お前のアイディアなんか、どうせくだらないことだろ」

「まあまあ、そんなこと言わないで聞いてくださいよ。オレの頭のよさにアニキは絶対感心しますよ」

「お前の馬鹿さ加減にはいつも感心してるけどな」

「もう、アニキは照れ屋なんだから」

どうしてそういう反応が返ってくるのか高杉にはよくわからないが、園部は相手の言葉を都合よく解釈するという特技を持っている。高杉は大して期待もせず、「それで」と促してみた。

「なんなんだよ、そのアイディアってのは」

「そりゃ、こんなとこじゃ喋《しゃべ》れないッスよ」

園部はわざとらしく声を低め、周囲を見回した。そんな警戒をせずとも、他の客は男のふたり連れなどにはまったく注意を払っていなかったのだが。

「じゃあ、帰るか」

ちょうどハンバーガーも食べ終わったので、店を出ることにした。そのまま地下鉄をひと駅分乗り、要町《かなめちょう》で下車する。駅から徒歩八分のところに、高杉はマンションを借りていた。築年数は古いが、一応オートロックのエントランスがあるマンションだ。超高級生活を目指す身としては、未《いま》だそこに辿り着かずとはいえ住環境で妥協をしたくないのだった。

リビングのソファに落ち着き、「で？」と園部に顎をしゃくる。園部はその意味がわからないのか、「は？」と訊き返した。もう一度、今度は語調を強めて「で！」と繰り返す。

「さっきの話の続きだよ。お前の三グラムくらいの脳味噌《のうみそ》で、いったい何を思いついたって言うんだ」

「ああ、そのことッスか。誘拐《ゆうかい》ッスよ」

園部はいとも簡単に答えた。そのあっけらかんとした物言いに、高杉の方が動揺する。

「ゆ、ゆ、誘拐？　おまおまお前、何恐ろしいこと言ってんだ」

「あれ？　アニキ、誘拐知らないんですか？『お宅の子供を預かった』とか電話するやつなんですけどね」

「それくらいは知ってるよ。そうじゃなくって、そんな恐ろしいことよく言えるなって驚いてるんだ」

「言うだけならいくらでも言えますって」

あくまで園部の口調は軽い。高杉は身を遠ざけ、そんな園部の顔を指差した。

「お前がそんな極悪人とは知らなかったぞ。言うに事欠いて、誘拐だと？　いたいけな子供をさらって親を脅迫しようって言うのか。そりゃお前、世の中で一番卑劣な犯罪じゃないか。お前がそんなこと言うなら、付き合いもこれまでだ。今すぐ出てけ。二度と顔も見たくないぞ」

「そんな～、アニキ～。オレはアニキのためを思って」

「何がオレのためだ。お前みたいな人間のクズは三輪車に轢《ひ》かれて死んじまえ。葬式も行かねえからな」

「オレ、そんなひどいことを言いましたかね」

「言ったじゃないか。『はじめてのおつかい！』を見ていつも泣いてるくせしやがって、お前は二重人格か」

「子供をさらうなんて言ってないじゃないッスか」

園部は妙な反論をする。高杉は眉を顰めて問い質した。

「じゃあ誰をさらうって言うんだ」

「犬ッスよ」

園部はあっさり言った。

4

「いぬ？」

ぽっかりと開いた口が閉じられなかった。聞き間違いかと一瞬思ったが、園部は「そうそう」と簡単に認める。

「犬ッス、犬」

「犬って、お前、あの四本足で歩いてて、ばうばう吠えるあれか？」

「そうッス。それ以外に何かありますか？」

「いや、ないけどよ。犬誘拐してどうすんだよ？　それで何かの儲けになるのか？」

「儲けにするんですよ。『お宅の犬を預かった。返して欲しければ身代金を用意しろ』って、飼い主を脅迫するんです」

「お前、それ本気で言ってるのか」

「大真面目なんですけど」

「お前の脳味噌は三グラムと言ったのは、過大評価だった。せいぜい三ミクロンくらいか」

絶望感を覚えながら、高杉は頭を抱えた。やっぱり、早くコイツと手を切ることを考えた方がいい。

「オレ、なんか変なこと言いましたか？」

それに対して園部は、高杉の懊悩《おうのう》の理由がわからないようだ。仕方なく、馬鹿にでもわかるように答えてやる。

「あのなぁ、どこの世の中に飼い犬に対して身代金を払う馬鹿がいるかよ。取り替えの利《き》かない子供だから親は身代金を払うんであって、ペットショップに行きゃ売ってる犬に誰も金は出さないって」

「そりゃアニキ、認識不足ってもんですよ。世の中にゃ、飼い犬を自分の子供以上にかわいがってる物好きもいるんですからね」

「別にいないとは言わないよ。ペットが子供代わりの人は、世の中に多いだろうさ。でもな、あくまでペットはペットだ。人間様の代わりにはならないの」

「だから、そこが認識不足なんですよ。人間と同等以上にかわいがってる人はいるんですから、そういう人なら飼い犬が誘拐されたら身代金を払いますって」

「いくらだよ。三千円くらいか。いい稼ぎだな」

「まあ、最初から欲張ってもうまくいかないですから、一千万くらいにしておきましょうか」

「い、一千万！」

耳を貸した自分が馬鹿だったと、高杉は悟った。「しっしっ」と、蠅《はえ》を追い払うように手を振る。

「お前、帰れ。もう二度とオレの前に現れるな」

「なんでッスかぁ～。オレ、アニキに見捨てられたら生きていけないッスよ」

「じゃあ死ね。でも死ぬなら遠くに行って死ね。オレに迷惑がかからないように死ね」

「アニキ、もしかしてオレのことが嫌いなんですか」

園部は両目をうるうるさせていた。ああもう、いい年してそういう目をするなよ。高杉は自分がものすごくひどいことを言ってしまった気になった。

「嫌いじゃねえよ。いちいち泣くなよ、この程度で」

「じゃあ、話聞いてくれます？」

ころっと表情を変えて、園部は身を乗り出す。こんなとき高杉は、もしかしてオレって手玉に取られてるのかなと感じるのだが、そんな疑問はあまり長続きしなかった。

「だからッスね、さっきから言ってるとおり、世の中には酔狂《すいきょう》な人間がいるんですよ。犬のことを我が子同然にかわいがってる金持ちなら、一千万くらいは軽く出しますって」

「そうかぁ？　そんな馬鹿、どこにいるかなぁ」

「いますよ。田園調布《でんえんちょうふ》とか成城《せいじょう》とか行けば、石を投げりゃそういう奴にぶつかりますぜ」

力強く言われると、なるほどそんなところの住人なら一千万円くらいは犬のために出しそうな気もしてきた。おそらく貨幣価値が違うのだろうから、庶民にとっての一千万円は彼らにしてみれば一万円くらいか。一万円で愛犬が帰ってくるなら、確かに払ってもいいかもしれない。

「わかったよ。ここでぐずぐず言ってても仕方ない。そういう阿呆が本当にいるか、探すだけ探してみようか」

「そう来なくっちゃ。さすがアニキ」

園部は嬉しげに高杉の膝小僧をぺたぺたと叩く。もうどうにでもなれと、高杉は投げやりな気分だった。

探してみるか、と言ってみたものの、高杉はあまり真剣になれなかった。犬の誘拐というのはそれほど罪悪感を感じなくて済む代わりに、緊張感もまるでない。今ひとつ乗り気になれないのはやむを得なかった。

だから、ターゲット探しはもっぱら園部に任せきりだった。高杉はその間、次にはどういう詐欺を働いたらいいかとそればかりを考えていた。徳川埋蔵金《まいぞうきん》ではあまりに胡散《うさん》臭《くさ》いだろうか。例えば武田信玄《たけだしんげん》の隠し財宝とか、あるいはもっとマイナーに真田昌幸《さなだまさゆき》の隠し財宝とか吹いた方が食いつきがいいだろうか。うーん、悩ましい。

そんなことに頭を捻っているときに、園部が部屋に飛び込んできた。金本の豪邸からほうほうの体《てい》で逃げ出した、五日後のことである。

「アニキアニキ、見つかりましたぜ」

「見つかったって、何がだよ。何か落とし物でもしてたか?」

五日前の会話をすっかり忘れていた高杉は、思考を中断されたことに眉を顰めながら尋ねた。園部はニキビの跡であばたになった顔を近づけ、にやにやと不気味な笑みを浮かべる。

「忘れたんですか？　飼い犬を誘拐されたら一千万くらい出しそうな金持ちッスよ」

「ああ、その話か。ぜんぜん当てにしてなかったよ」

「探しゃ、簡単に見つかるんですから。もう一発ッスよ」

「そいつはめでたい」

「これはマジッスよ。大マジ。オレたちはもう、一千万を手にしたも同然ッス」

「オレはお前が羨ましいよ」

「えっ、そうッスか。アニキにそう言ってもらえると、オレも嬉しいッス」

園部は今すぐ下見に行こうと言う。高杉としては期待していないので面倒だったが、かといってマンションに閉じ籠《こも》りっきりでも気が塞《ふさ》ぐ。暇潰《ひまつぶ》しに散歩もいいかと、出かけることにした。

「場所は成城ッス。あそこはアホみたいな金持ちがうじゃうじゃいますからね。あの辺のお屋敷に住んでる奴らで、犬を散歩させてる人を探してみたんですよ」

高杉の車のハンドルを握りながら、園部は説明を始めた。高杉は助手席で、「ふんふん」と空《から》返事をする。

「それで？」

「何度か通ううちに、十歳くらいのガキンチョに目をつけたんです。制服着て小学校に通ってるような、いやなガキッス。そいつが、家に帰ると犬の散歩をさせてるんですね。その犬がなんて言うんですか、シェットランド・スリープレスッスか、ジェットランド・スープドッグッスか、そんな感じの名前の、やたら毛並みのいい犬なんですよ。あもうあれしかいないなって、オレはピンと来たわけッス」

「その犬の飼い主が金持ちそうだってのはまあわかったけどよ、さらわれたら身代金を払うくらい溺愛《できあい》してんのか？　単にガキがかわいがってるだけかもしれねえじゃねえか」

一応念のために確認した。何しろ園部に任せっきりではあまりに不安が大きい。要所要所は高杉自身が締めないことには、またへまをすることになる。

「オレのすることだから、抜かりはないッスよ」

園部は己の過去をすっかり忘れ去ったようなことを言った。コイツの頭の海馬はイカれてるに違いないと、高杉はいつも思う。

「犬の首につけられてる首輪が、これまたなんだかやたらに高そうな物で、間違ってもディスカウントショップでは売ってなさそうなんですわ。でね、オレは成城のペットショップを巡って、同じ首輪を売ってる店を見つけたんです。で、その店の女の子と世間話をするうちに仲良くなって、ちょっと話を向けてみたら、案の定犬の飼い主が出入りしていた店だったわけッス。その女の子によると、ガキンチョも犬をかわいがってるけど、誰よりも溺愛してるのは奥様なんですと。息子より犬の方がかわいいんじゃないかしら、なんて言ってたから、こりゃもうオレたちの狙いどおりの相手ッスよ」

「なるほどな。やるじゃん」

ちょっと園部のことを見直してやってもいいかと、高杉は考えた。そもそも園部は、なぜかやたらに女に食い入るのがうまいのである。こんな不細工な顔をしてなぜと思うのだが、やはり男は顔ではなく口先だということだろうか。

「試してみる価値はありますでしょ。もうもらったも同然でしょ。何しろ、散歩の時刻もコースもほぼ毎日決まってるんですから、ガキをちょっと眠らせて犬だけ連れ去るのは簡単ッスよ」

「まあ、そうかもな」

そんなに簡単にいくだろうかと疑ってしまうのは、これまでの不運の数々が頭にあるからである。世の中に、見込みどおりに進む話などめったにないことを、高杉はすでに痛感していた。

そうこうするうちに成城に到着したので、車はコインパーキングに入れた。そこから園部の案内に従って歩く。どちらを向いてもため息が出るばかりのお屋敷で、こんなところに住んでいるなら一千万円も安いものだという気分になってきた。

「あ、ここッス。このお屋敷。でも門は向こうッスけど」

園部は左手の塀を見てから、道の遥《はる》か前方を指差した。あまりに小さくてわかりづらいが、確かに門らしきものが見える。そこまでの塀がいったい何メートルあるのか、中の敷地は何平米《へいべい》なのか、あまりに桁外《けたはず》れで見当すらつけられなかった。

「どうッスか？　この家の住人にとっちゃ、一千万なんてせいぜい百円くらいの感覚でしょ」

さすがに園部は声を潜め、高杉の耳許で囁く。屋敷の——というより塀の威容に圧倒されていた高杉は、かろうじて「あ、ああ」と頷いた。

「まあ、ポケットマネーかもな。オレたちにとっても、一千万なんていずれ鼻紙程度のものになる予定だけどな」

ははは、と笑った声は我ながら虚《うつ》ろだと高杉は思った。一千万円の夢がいきなり実現に近づいたような気がして、口の中がからからに渇いた。

たっぷり三分くらいかかって、門の前に到着した。高さ四メートルくらいありそうな門柱には、立派な表札がかかっている。それを見て高杉は、なんだかいやな予感がした。

「『渋井《しぶい》』って、この家、ドケチなんじゃないか？」

「そんなアニキ、考えすぎッスよ。細井《ほそい》って名前のデブもいるし、富田《とみた》って名前のど貧乏もいるっしょ」

「そりゃそうだけどなぁ」

そんな会話を交わしているうちに、門の内側で誰かが近づいてくる気配がした。高杉と園部は顔を見合わせ、慌てて門前を離れようとする。だが鉄格子越しに見える姿に、高杉は目を奪われた。こちらにやってくる人物に、見憶えがあったのだ。

「あ、あの女……」

金本の家で会った、三枝晶子という名のゴージャス美女が歩いてこようとしていた。

5

「うわ、あの女か。アニキ、ヤバいから逃げましょう」

園部は言うと同時に、早くも走り出していた。高杉も続けてその後を追おうとしたが、一瞬考えて踏みとどまる。そして相手から死角になる位置に隠れて、女が出てくるのを待った。

女は勝手知ったる様子で、門の通用口を開けて出てきた。身を屈めて、通用口を閉じようとしている。その背中に、高杉は声をかけた。

「先日はどうも。三枝晶子さん」

女はなぜか、疚《やま》しいことをしている場面を見咎《とが》められたかのように、ぎくりと肩を竦《すく》めた。すぐに振り返り、高杉を認めると顔の緊張を緩める。

「どなたでしたっけ？」

改めて向き合っても、女はやはり圧倒されるほどの美女だった。もともと顔立ちが整っている上に、笑いもしないで冷ややかに視線を向けてくるので、かなり取っつきにくい雰囲気を醸し出している。だが実は、高杉はそういうタイプの女が好みだった。女王様系というか、いつも超然としているようなすこぶるつきの美女に昔から惚《ほ》れるのである。もっともそのせいで、なかなか高杉の恋心は成就しないのだが。

「先日、金本さんのお宅でお目にかかった者ですよ」

忘れているわけでもないだろうに白々しいな、と思いつつ、高杉は慇懃《いんぎん》に応じる。美女は少し小首を傾《かし》げてから、「ああ」と声を発した。

「あのインチキ経営コンサルタント」

「ボクたちのどこがインチキなんでしょうか。ただ金本さんにいいお話を持っていっただけなのに」

美女の揶揄《やゆ》にも、高杉は動じなかった。高杉にはひとつの勝算があったのだ。美女は呆れたように言う。

「いいお話、ね。じゃあ、どうして尻尾《しっぽ》を巻いて逃げていったのかしら」

「シャイなもので、あなたのような美人を前にしていると落ち着かないんですよ」

「よく言われるわ。ごめんなさいね」

高杉のごまかしを、美女は当然の賛美として受け取った。なかなかいい性格をしているようだ。

「今日はこちらになんの用かしら。こちらの渋井さんも騙そうっていうんじゃないでしょうね」

美女は高杉を見下すようにして尋ねる。高杉はにやりと笑い、その言葉に飛びついた。

「騙そうとしてるのはあなたじゃないんですか」

「どういう意味？」

美女は不愉快というよりも、困惑を感じているように眉を顰めた。なかなか芝居もうまい。やっぱり曲者《くせもの》だったなと、高杉はその表情を見て確信を深めた。

「金本さんにルノアールのリトグラフを売ってましたよね。リトグラフってのは便利なもんですよねぇ。本物といったって、しょせんは印刷物なんですから。そういえば、最近のカラーコピーはずいぶん性能がよくなって、本物と見分けがつかないそうですよ。

ご存じですか?」

「何が言いたいのかよくわかりませんが、私、急いでおりますのでこれで失礼しますわ」

美女は冷然と言い放つと、高杉を無視してつかつかと歩き出した。高杉はにやにや笑いを抑えられず、その後についていく。

「金本さんは今頃、あなたの事務所に電話してるんじゃないでしょうかね。電話どころか、直接行ってるかな。でもきっとあなたを捉《つか》まえられずにいるだろうから、ボクが連絡先を教えてあげたらすごく喜ぶでしょうね」

「金本さんからはもうお代金をちょうだいしているので、改めてご連絡をいただく必要はありません」

振り返りもせず、美女は答える。高杉はその背中に、なおも言葉を向けた。

「あなたには必要なくても、向こうは連絡とりたがってるでしょう。それとも、まだ気づいていないなら教えてあげた方がいいかな。あなたが買ったリトグラフは、ただのカラーコピーだって」

「言いがかりはやめていただけません?」

ついに美女は足を止め、顔を向けて高杉を睨《にら》んだ。相手がそんな表情をすればするほど、高杉は余裕を感じる。

「言いがかりですか。これは失礼。ではここの渋井さんに、これから買うリトグラフは贋物だから気をつけろと警告をしてもかまわないんですね。あなたが本物を売ってるなら、ボクの言うことなんてただの中傷だから気にする必要はないですよねぇ」

「中傷されるのを黙って見過ごす趣味はありません」

「まあ、いいや。こう見えてもボクは正義を愛する者でね。渋井さんに警告だけして帰りますよ」

「どうぞご勝手に」

美女は言い捨てて、また大股に歩き出した。高杉は鼻歌交じりに門前まで戻り、呼び鈴を押そうと手を伸ばす。そして直前でやめて顔を向けると、美女は立ち止まってこちらを見ていた。高杉がニッと笑いかけると、美女は慌ててまた歩き出す。

「なあ、なあ。そんなに意地張るなよ。同じ穴の狢《むじな》同士、仲良くしようぜ」

スキップしながら美女に追いついて、口調を変えて話しかけた。美女はむっとした声で応じる。

「同じ穴の狢って……、一緒にしないでよ」

「だってあんた、カラーコピー売ってんだろ。オレたちのやってることと変わんないよ」

「あんたらみたいな頭悪そうなことはしてないわよ」

美女の口調も、高杉につられて乱暴になっていた。きっとこちらの方が本性なのだろう。

「あのさあ、ちょっとお願いがあるんだけど、聞いてくれる？」

高杉は嬉しくなって、そう持ちかけた。美女はいやな予感がしたのか、返事をしない。高杉はかまわず続けた。

「オレたちさぁ、結局この前、一銭にもならなかったんだよね。準備にずいぶん時間をかけたのに、儲けがゼロってのはかわいそうだと思わない？　それなのにあんたは、けっこう稼いだんだよな」

「いただいたのはリトグラフの正当な代金です」

あくまで美女は言い張る。高杉は「わかったわかった」と適当にやり過ごし、さりげなく持ちかけた。

「オレたちだって、あんたがしゃしゃり出てこなきゃ儲かってたんだよ。一千万だよ、一千万。悔しいのなんのって、あんたも気持ちはわかるだろう」

「人を騙して金儲けしようなんて、そんな気持ちはわからないわよ」

「よく言うよ。でね、ここからがお願い。あんたの儲けを半分ちょうだいよ」

「何言ってんの」

美女はまた立ち止まった。両手を腰に当て、呆れたように顎をしゃくる。

「ずいぶん寝ぼけたことを言ってるわねぇ。歩きながら寝る特技でもあるのかしら」

「お蔭様《かげさま》で、お目々はばっちり覚めてるよ。あんたの綺麗なお顔もよく見えるってもんだ」

「なんであたしがあんたに稼ぎの半分をあげなきゃならないのよ。寝ぼけてんじゃなきゃ、あんた馬鹿？」

「損失補填《ほてん》だね。あんたの儲けの半分じゃ、一千万にはとうてい及ばないけど、まあゼロよりはましだ。それであんたのことも勘弁してやるから、悪くない話だろ」

「おととい来やがれ」

美女は妙に古めかしい捨て台詞《ぜりふ》を残して、歩き出す。高杉もその後についていった。美女はいやそうに振り返る。

「なんでついてくるのよ。あんた、変質者？　やめてくれない？」

「オレが行こうとする方にあんたが向かってるだけだよ。気にしないでくれ」

「このままついてくるつもりなら、大声を出すわよ。『変質者！』って」

「どうぞお好きに。オレの方も『この女は詐欺師だ！』って叫ぶから」

「人聞きの悪いことを言わないでくれる？　ああもう、今日は最悪の日だわ。朝の星占いで言ってたことは本当だったのね」

「それはかわいそうに。オレの幸運を分けてあげようか」

「貧乏神にまとわりつかれてる気分よ」

そんな応酬をしているうちに、駅に続く大通りに出た。ここまで来ると人通りも多く、他人に聞かれて困る会話はしづらくなった。高杉はさりげなく美女の横に並び、普通の口調で話しかける。

「連絡先を教えてよ。どうせこの前もらった名刺に書いてある電話番号なんて、でたらめなんだろ」

「あんたとは違うわよ。あたしは身許《みもと》の確かな女なんだから」

「もうそういうやり取りは抜きにしようぜ。面倒臭えよ。ま、教えてくれないんだったらこのまま尾行して居所を突き止めるだけの話だけどな」

「ついてこないでって言ってるでしょ。この変態」

「こんな運命的な出会いを逃してなるものかっつーの」

高杉が言うと、何を思ったか美女は立ち止まり、小さく息を吐いた。

「わかったわよ。負けたわ。言いたいことがあるなら全部聞くから、どこかその辺でお茶でも奢《おご》ってくれる？」

「奢りかよ。ちゃっかりしてるな」

答えながらも、高杉は目尻が下がるのを自覚していた。いやいや、なかなか悪くないじゃないの。長い人生、たまにはいいこともあるもんだねと、胸の中で呟《つぶや》く。

6

目についた喫茶店に入り、コーヒーを頼んだ。店内に先客はおらず、店員のいるカウンターから離れた席に坐ったので会話の内容を聞かれる心配はない。それでも高杉は、声を低めて話しかけた。

「まず、名前から訊こうか。三枝晶子ってのは、どうせ本名じゃないんでしょ」

「本名よ」

美女は白々しく応じる。高杉は苦笑で応じるしかなかった。

「教える気はないってわけね。まあいいや。そのうちわかるだろう」

「そっちこそ、本名を教えなさいよ」

「山本だよ」

「本名」

「山本だってば」

「もう名前なんてどうでもいいわ。さっさと本題に入りましょう」

「そうするか。で、分け前半分くれるの？」

「だから、寝ぼけてんじゃないわよ。あんたらが見抜かれたのは、やってることが間抜けだから。あたしが儲けたのは、あたしの努力。どうして半分恵んでやらなきゃいけないのよ」

「じゃあ聞かせてもらおうか。どうしてオレたちの邪魔をしたんだよ」

儲けの半分をもらえるなどとは、最初から期待していなかった。本当に訊きたかったのはこのことだったのだ。

美女は肩を竦めると、バッグからたばこを取り出した。メンソール入りの、やたらに細いたばこだ。高杉は自分がたばこを吸わないので、目の前で吸われるのも好きじゃない。それなのに美女は、ひと言の断りもなしに火を点け、わざとらしく煙を高杉に吐きかけた。高杉は眉を顰めて顔を背ける。

「あのねえ、今どきあんな詐欺が通用するわけないでしょ。徳川埋蔵金？　あまりにありふれてて、隣で聞いてて吹き出しちゃったわ」

「オーソドックスな手段は、いつの時代でも有効なんだよ」

「それにしたところで、年代の合わない小判で騙そうとするなんてあまりに粗雑じゃない？　あたしも人の商売邪魔する気はなかったけど、危なっかしくて聞いてらんなかったので、あんたたちに逃げるチャンスを与えてあげたのよ」

「逃げるチャンス？」

　何を言うんだこの女、と高杉は眉を寄せた。オレたちが逃げざるを得ないような状況に追い込まれたのは、いったい誰のせいだ。

「そうよ。だってあんたたちがあのまま続けてたって、騙しきれるわけないでしょ。そうしたら警察を呼ばれて、今頃は留置場よ。別にほっといてもよかったんだけどさ、不器用な詐欺師が憐《あわ》れになって助けてあげたってわけ。だから怒るんじゃなくって、逆に感謝して欲しいくらいだわ」

「よくまあ、そんなもっともらしい理由をとっさに思いつけるな。確かにあんたの方が詐欺師に向いてるようだよ」

　腹立ちを感じながらも、残り半分ではちょっと感心して、高杉は言った。美女は澄ました顔でたばこを吸い続ける。

「今考えたんじゃないわ。本当にあのときそう思ったの。次に何か企むときは、もっとうまいことを考えた方がいいわよ」

「言われなくてもそうするよ」

　高杉は面白くない思いを抱えて、コーヒーをがぶりと飲んだ。コイツはいったい、詐欺師としてどれくらいのキャリアがあるんだろうと考える。美人なので若く見えるが、この落ち着き具合からして三十は超えていそうだ。三十二歳くらいか。度胸もあるから、昨日今日の駆け出しではないだろう。二十代前半から詐欺を働いていたとしたら、もう十年近いキャリアがあることになる。まだ詐欺師歴四年ほどの高杉では、口のうまさで敵《かな》わないのはやむを得ないのかもしれなかった。

「ってことはさ」何を思ったか、美女はたばこを灰皿に擦りつけると、身を乗り出した。

「もう次の計画を練ってるのね。だからあの渋井さんの家に来てたんでしょ」

「教えるかよ」

「まあ、あんたたちの考えてることならまた間抜けな手口なんでしょうけど、一応聞いてあげるわよ。穴があったら補強してあげる」

「本名も言わない女に、誰が教えるか」

「もしかして、また徳川埋蔵金？　言っとくけどね、あそこの旦那《だんな》さんはそんな手口に乗るような人じゃないわよ。リサーチ不足ね」

「あ、そうか」

言われて、不意にいいことを思いついた。こんなことを言うくらいなら、この女はすでに何度も渋井邸に出入りしているのだろう。ならば、先日のことを許してやるのと引き替えに、女から情報を引き出せばいい。そうだ、そうしよう。

「あんた、あそこの夫婦とはもう顔馴染《なじみ》みなんだな」

「会ったのはまだ二回くらいだけどね」

「よしよし。じゃあこの前のことは勘弁してやるから、代わりにあの家の内情について教えてくれ」

「だから、何を企んでるのよ。まずそれを教えて」

「あんたが信用できる人間なら教えてやってもいいけどな」

「あたしは信用できる人間よ。ほら、この澄んだ目を見て」

「うーん、詐欺師に向いた目をしてますね」

覗《のぞ》き込んで言ってやると、間髪を容《い》れず頭をはたかれた。手加減を知らない女だな、コイツ。

「痛えじゃねえかよ。いきなり殴りつけてくるような女、どうやって信用しろって言うんだ」

「じゃあ、あたしも教えない」

「教えないんなら、このままストーカーになってやる。家を突き止めて、あんたが出すゴミを必ずチェックしてやるからな」

「やめてよ。あんた、経験者？　本気で怖くなっちゃったじゃない」

美女は真《ま》に受けたのか、自分の両腕を抱えるようにして身を縮める。おいおい、オレのどこがストーカーに見えるんだ。本気にされて、高杉はかなり傷ついた。

「わかったわ。じゃあ、ここで渋井さんについて教えたら、もうあたしのことは忘れてくれるのね」

「ああ、約束しよう」

ストーカーになるという脅しがそんなに効いたのだろうか。素直になられても、高杉としてはいささか複雑だった。

「どんなことが聞きたいの？　ご夫婦について？　あそこの旦那さんは外資系の証券会社に勤めてて、年収は数千万って話よ。それだけじゃなく、もともと資産家の家らしくて、あの家も親から受け継いだものなの。もう、いやになるくらい雲の上の人ね」

なるほど。そいつはいい話を聞いた。そんな身分なら飼い犬に一千万くらいは軽く出すかもしれない。

「で、奥さんは？」

「奥さんがこれまた美人でね。なんでも昔、女優をやってたそうよ。ちょっと芽が出かけたところで結婚しちゃったので、それほど有名にはならなかったらしいけど。でも自分の綺麗さを鼻にかけずに、上品で、ああ本当の上流階級の貴婦人ってのはこういう人なのねって納得できるようなタイプ」

「あそこの家、犬飼ってるだろ。その奥さんがかわいがってるのか」

「あら、よく知ってるわね。そのとおりよ。いかにも元女優という感じで、常に他人から見られることを意識している人だけど、犬のことになると態度が変わるのよ。たっぷり五分くらい自慢話を聞かされて、びっくりしたことがあるわ。なんとかかんとかの血統で、なんて言われてもちんぷんかんぷんだったけど」

「ふんふん」

いいねえ、と内心でほくそ笑みながらも、高杉は冷静を装った。まさか犬の誘拐を企んでいるとはこの女も見抜けまいが、よけいな情報は与えない方がいい。裏をかかれたりしたら、たまったもんじゃない。

「子供はひとりか」

「そう。やたら頭のいい子がひとりいるわ。某有名私立大学付属の小学校に通ってて、学年でトップの成績らしいわよ」

「ああ、そう。きっといやな奴に育つんだろうな」

高杉は思いっ切り偏見に凝《こ》り固まった感想を口にした。頭がいいだけでは世間に通用しないが、親が金持ちという背景があれば話は別だ。もうそれだけで、高杉は見たこともない子供に反感を覚えた。自分でも大人げないとは思うのだが。

「話はしたことないけど、けっこう顔立ちの整ったかわいい子よ。女の子から人気抜群だって話も、頷けるわね」

美女は少し遠くを見るような目つきで、そう説明を加えた。やっぱり犬じゃなくって、そのガキを誘拐してやろうかと高杉は考える。どこかに連れ込んで、ほっぺたを抓《つね》ってやったらどんなに気持ちがいいだろう。

「その他に家族はいないのか？　おじいちゃんおばあちゃんとは同居してないのか」

「してないみたいね。ああいう金持ちは、親は親でまた豪邸に住んでるのよ」

「なるほどね。じゃあ、お手伝いさんとかは？」

犬の散歩をさせるのが本当にガキの役目なのか、高杉は確認したかった。園部が見かけたときだけたまたまガキが散歩させていて、ふだんは使用人の仕事かもしれないと考えたのだ。

「家政婦さんは来てるみたいね」

美女はあっさりと言う。高杉は慎重に確認した。

「家政婦？　ってことは仕事は料理や掃除か」

「たぶんね。洗濯もやってるかもしれないけど」

「男の使用人はいないのか。運転手とか」

「それはいないみたい。通勤も、自分で車を運転して行ってるんじゃないかな」

「そうか」

そういうことなら、やはり犬の散歩はガキの役目なのかもしれない。まあ、何日か監視を続けて、自分の目で確認をすれば済むことなのだが。

「他には何か聞きたいことある？」

　そう問われて頭を整理してみたが、特にこれ以上知っておきたいこともなかった。

「まあ、こんなものかな」と答えると、美女は初めてにこりと微笑《ほほえ》んだ。

「じゃあ、これであたしも解放してもらえるのね。ごちそうさま。バイバイ」

　尾《つ》けられるのを警戒しているのか、美女は言うなり立ち上がり、さっさと店を出ていった。高杉は呼び止めようとしたものの、とっさに言葉が出てこなかった。まあいいやと諦め、ゆっくりコーヒーを啜《すす》る。窓の外を眺めても、ちょうど死角になっているのか、去っていく美女の姿は見えなかった。

7

　携帯電話で園部を呼び戻し、車でマンションまで帰った。美女の姿を見かけた園部は、一目散に駐車場まで逃げ去り、高杉が戻ってくるのを待っていたという。女と喫茶店で話していたのだと説明すると、心底驚いたように目を丸くした。

「何を話してたんですか？　ナンパッスか？」

「そんなわけねえだろ。あの家の内情について、情報をもらってたんだよ」

「ど、どうしてそんなことができたんですか？　アニキ、すごいッスね」

「まあな」

ストーカーになると脅したら素直になった、などとはとても言えなかった。高杉は話を逸《そ》らすために、美女から聞き込んだ情報を説明する。ハンドルを握りながら園部は、いちいち頷いていた。

「やっぱりいけそうじゃないッスか。もう決まりッスね」

「お前にしちゃ、上出来な計画だよ。あまりにうまくいきすぎて、どこかに落とし穴があるんじゃないかと不安だぜ」

「またまたそんな。悪いときもあれば、いいときもある。これまでツイてなかっただけで、これからは運が向いてきますよ」

「そうだといいんだけどなぁ」

園部に強く言われると、絶対にそんなことはあり得ないんじゃないかという気がしてきた。だが不吉な予感を抱えていても楽しくない。高杉は不安を振り切り、窓の外に目を向けた。

マンションに到着し、車は近くの月極駐車場に入れた。郵便受けから溜《た》まったチラシを掻《か》き出して、オートロックのエントランスにキーを差し込む。自動ドアが開くと、後ろからやってきた人が先に中に入った。後に続こうとして、高杉と園部は同時に足を止めた。

「お、お前……」

喫茶店で別れたはずの美女が、澄ました顔で立っていた。周囲を見回し、「ふうん」と感心したような声を上げる。

「悪くないとこに住んでるじゃない」

「ど、どうやってここがわかった……？」

高杉は言葉に詰まりながら、問い質す。園部は尻尾を巻いた犬のように、すかさず高杉の後ろに隠れていた。

「移動するときは常に後ろに気をつけてないとね」

「お前、後を尾けやがったのか」

ストーキングをしてやると脅したのに、逆に尾行をされていたとは、自分の不注意が情けなかった。むかっ腹が立って女に詰め寄ろうとしたが、ちょうど自動ドアが閉まってまともに鼻をぶつけてしまう。じんじんと痛む鼻をさすりながらキーを差し込み、今度は閉まる前に中に入った。

「喫茶店から尾けてきたのかよ」

「そうよ。ぼーっとした顔で出てくるから、尾行も楽だったわ。あなたたちが車に乗っても、運よくすぐにタクシーを摑《つか》まえられたし」

ずっと同じタクシーがくっついていたとは、まるで気づかなかった。高杉は後ろを振り返り、園部を罵《のの》る。

「お前、どうして気づかなかったんだよ」

「そんなこと言ったってアニキ、尾けられたのはアニキじゃないッスか」

「やかましい！　尾行に注意するのは運転手の役目だ」

「そんな決まりがあったんですか」

「あったんだよ。今決めた」

「ねえ、どうでもいいけど、こんなところで言い争いしてていいの？」

美女が呆れたように口を挟む。確かにここでは、他の住人がいつやってくるかわからない。かといって、この美女の処遇をどうしたものか、とっさに判断がつかなかった。

「部屋、どこよ？　せっかくこうして訪ねてきてやったんだから、お茶の一杯くらい飲ませてよね」

高杉が困っている間に、あっさり美女が解決案を出してくれた。何を図々しいことを言ってやがる、と思ったものの、ここまで来られては部屋に入れるしかなさそうだった。

「砂糖水でよければ飲ませてやる。来いよ」

「砂糖水？　カブトムシじゃないんだからね」

ぶつぶつ言いながらも、美女は高杉に続いてエレベーターに乗り込んだ。最後に遠慮がちにケージに入った園部は、心底美女にビビっているのか、極力体を離すようにドアにへばりついている。どうやらこういう美女は、園部が苦手とするタイプらしい。

三階に到着し、部屋に招き入れる。幸い、散らかしてはいないので急な来客があっても恥ずかしくはない。もっとも、こんな客ならいくら散らかしていても片づけてやる気にはならないが。

「あんたたち、一緒に暮らしてるの？」

リビングの入り口に立ったまま、部屋を見回して美女は尋ねた。高杉は「冗談」と応じる。

「こんなむさくるしい男がいたら、女を呼べないじゃないか」

「あれ？　アニキ、彼女いたんですか？」

園部がよけいな口を挟む。「うるせえよ」とその尻に一発蹴《け》りを入れて、黙らせておいた。

「ふーん、彼女ねぇ」

美女は何もかもお見通しとばかりの目つきで高杉を見て、口許に薄ら笑いを浮かべた。チクショウ、むかつく女だな。

「立ってないで、その辺に坐れよ。今コーヒーを淹《い》れてやるからさ」

「インスタントじゃいやよ」

美女は優雅な挙措《きょそ》でソファに腰を下ろし、贅沢《ぜいたく》なことを言う。言われなくても豆を挽《ひ》いて淹れてやるつもりだったが、やっぱりインスタントにするかと考えた。

「あ、アニキ。オレがやるッス」

リビングに美女とふたりで残されるのを気詰まりに感じたのか、園部はぴゅーっとキッチンに逃げ込んだ。ならばと任せることにして、美女の斜め向かいに坐る。

「ところであんた、何しに来たんだよ。オレにひと目惚れしたか？」

「相変わらず、目を開いたまま寝ぼけたことを言うのね。変わった特技だけど面白くないわ」

「じゃあ何しに来たんだ」

いちいち腹の立つ女だな、と高杉は内心で吐き捨てる。オレに彼女がいないことを嗤《わら》いやがったが、きっとコイツだって彼氏がいないに違いない。

「何か企んでるんでしょ。話の内容によっては手伝ってあげないでもないから、教えなさいよ」

「は？」

美女がそう言い出すことをまったく予期していなかったわけではないが、実際に口に出されるとやはり困惑する。コイツこそ、いったい何を企んでいるのか。

「渋井さん相手に大儲けしようと企んでるんでしょ。目の付け所はいいと思うわよ。何しろあの家には、お金が唸《うな》るほどあるんだから」

　美女は目を輝かせて言う。だが高杉としては、まだ警戒心を緩めることはできなかった。

「あんただって、うまく食い込んでるんだろ。そっちはそっち、こっちはこっちで別にいいじゃないか」

「あたしの儲けなんて、たかが知れてるわ。リトグラフなんて、どんなに高くても一枚五十万くらいだから、二枚買ってもらっても百万でしょ。そんなものよ」

「カラーコピーで百万なら、いい儲けじゃないか」

「カラーコピーじゃないっての」

　美女はこの期《ご》に及んでまだ白を切った。高杉はどうでもいいので、「はいはい」と聞き流す。

「こっちだってまともな経営コンサルタントだから、実入りが少ないことではおんなじだよ」

「何が経営コンサルタントよ。あんたはともかく、向こうの舎弟クンはとても経済に強そうには見えないわよ。もっともらしい話がしたいなら、連れ歩かない方がいいんじゃない」

　なるほどそれはそのとおりだと、初めて美女の意見に同意したくなった。客宅に行くときにはさすがに太い金のネックレスは外させているが、全身から醸し出される柄の悪さは如何《いかん》ともしがたい。どんな服を着せても、チンピラはチンピラにしか見えないから不思議だ。

「まあ、お互い地道な商売をしているなら、それでいいじゃないか。こちらの仕事を手伝っていただく余地はないと思いますけど」

「あたし、これでもけっこう渋井さんの信頼を勝ち得ているのよ。内部に協力者がいた方が、何かと便利なんじゃない」

美女はいたずらっ子のような目つきで、高杉を見る。光の加減で、眸《ひとみ》の色が茶褐色《ちゃかっしょく》に見えた。黙ってさえいてくれれば、これほど見応えのある美人もそういない。高杉は一瞬考え、「ちょっと待ってろよ」と言い置いてから席を立った。

「園部」

キッチンに行って、心細そうに立ち尽くしている園部を呼んだ。そのまま北側の部屋に移動し、ドアを閉める。閉めたとたんに園部が、「アニキ〜」と情けない声を上げた。

「マジッスか？　あの女と手を組むんですか」

「今のやり取りでわかったろうけどな、あの女もご同業だよ。オレたちのことを刺す気遣いはないぜ」

警察に通報される心配はないと言ってやると、園部は自分の胸に手を当てて大きく息をついた。

「あー、なんだ、そうなんですか。心臓止まるかと思いましたよ」

「あの女がそこそこ頭が切れるってことは、もう充分わかったよな。まあ、オレ様ほどではないにしても」

「あの人の方が頭いいんじゃないッスか——痛てッ」

素直すぎる園部は、叩かれた頭を抱える。高杉は一瞬リビングの方へ注意を向けてから、また話を戻した。

「使える相手であることは間違いない。だからな、向こうがオレの部下になりたいとお願いしているからには、まあ検討してやらないのもかわいそうかと思うんだ」

「そんなこと言ってましたか？」

「言ってんだよ、あの女は。まだ信用できるかどうかはわかんねえけど、裏切るようならそのとき切り捨てても遅くはないだろ」

「そうッスかねぇ。ああいう気の強い女はヤバいと思うんですけど」

「まあ見てろよ。オレが見事に手なずけてみせるからさ」

「女のことだとアニキは口ばっかりだからなぁ——痛て痛てッ」

園部は右足の甲を抱えて飛び回る。どうしたんだい園部クン、と声をかけてから、高杉は部屋を出た。

8

リビングに戻ってきたふたりの表情を見て、どのような話し合いが持たれたのか、三《み》上菜摘子《かみなつこ》はおおよそ見当がついた。山本と名乗った軽薄な男は菜摘子を受け入れる気になり、鬼瓦《おにがわら》のような顔の舎弟は渋っている。つまり与《くみ》しやすいのは山本であり、警戒すべきは舎弟ということだ。まあ、どうやら舎弟は山本に絶対服従のようだし、その山本はどう見ても操縦しやすそうだ。舎弟が何を考えていようと、それほど気にする必要はないだろう。

「で、どういう結論になったわけ?」

訊かなくてもわかっていることだが、尋ねないわけにはいかなかった。舎弟はなぜか脚を引きずりながらキッチンに戻り、山本は先ほどまで坐っていたソファに偉そうにふんぞり返る。

「あんたに利用価値があるのは認めるよ。そんなにオレと手を組みたいって言うなら、仲間に入れてやらないでもない」

どうせせこい詐欺師のくせして、山本はやたらと強気だった。金本宅でのあのざまからして、これまではせいぜいカード詐欺くらいしかやってなかったのだろう。こんなアホどもの企みに一枚嚙《か》もうとはあたしも焼きが回ったもんだと思わず自嘲《じちょう》したくなるが、馬鹿と鋏《はさみ》は使いようという言葉もある。適度に利用して、おいしいところだけいただければそれで充分だった。

「嬉しいわ」

下手《したて》に出た上に、にっこり微笑んでやった。すると山本は、そんな反応をまったく予想していなかったらしく、目をぱちぱちさせるとほんのり顔を赤らめた。なんとわかりやすい男だろう。思わず吹き出したくなるのをこらえるために、菜摘子は奥歯を嚙み締めた。

「あ、あんたは性格は最低だけど、見た目はそこそこだからな。あんたみたいな女に騙される男は世の中にけっこういるから、力になってもらうぜ」

山本は視線をあちこちにさまよわせ、菜摘子を直視しようとしなかった。面白いので、もう少しからかってみることにする。性格は最低、という前置きは気になるものの、菜摘子は基本的に誉《ほ》め言葉はそのままありがたく受け取る主義なのだった。

「もしあたしが相手だったら、山本さんも騙されるかしら」

その言葉に、山本は胸を衝《つ》かれたように顔を上げ、今度は菜摘子をじっと見つめた。

そしておもむろに、まるで重大発表でもする口調で答える。

「五年前のあんたなら騙されたかもしれない」

股間を蹴り上げてやろうかと思った。いくらなんでも五年前は言い過ぎだろう、あたしはまだ三十二だぞと主張したくなったが、かえって墓穴を掘る結果になりそうなので自制した。そもそも、今だって五年前とそんなに変わりはないのである。昔の写真を持ってきて突きつけてやりたかった。

「……騙すつもりはないから、何を企んでるのかさっさと教えて。それと、灰皿はないの、この家には？」

やっぱり馬鹿はあまりかまわない方がいい。そう考え直して、菜摘子はバッグからたばこを取り出した。山本はいやそうな顔をして、ベランダを指差す。

「ここは禁煙だ。吸いたいならベランダに行ってくれ」

「あの舎弟クンも吸わないわけ？」

「今どき、脂臭《やにくさ》い男なんてはやらないんだよ」

「別に脂臭くなくても、女にもてないんじゃないの？」

「何を言ってやがる。オレに会いたくてしょうがない女が何人もいるのを知らないな」

「オレに、じゃなくってオレが、じゃないの？　それでストーキングがうまくなったのね」

「そんなこと一度もしたことねえよ！」

山本が心外そうに声を荒らげたところに、神妙な顔でトレイを捧《ささ》げ持つ舎弟がやってきた。テーブルにコーヒーカップを置こうとする手がかすかに震えている。「ありがとう」と声をかけたら、もごもごと何かを呟いて逃げるようにキッチンに行ってしまった。

「じゃあ、たばこはもういいわ。で、ほら、何を企んでるのよ」

「いや、あの、それが……」

とたんに山本は気弱そうに口籠《くちごも》る。言いたくないというより、どんな反応が返ってくるか不安に思っているような様子だ。だから菜摘子は、子供に話しかけるように促した。

「笑わないから。言ってみて」

大の大人相手に「笑わないから」もないよなぁと自分でも思ったのだが、これが意外にも効果的だった。「ホントに？」と山本は上目遣いに菜摘子を見る。

「ホントに笑わないか？」

「笑わないわよ。そんな笑われるようなことを計画してるわけ？」

「オレたちは大真面目なんだけどさ、口にすると冗談にしか聞こえないかもしれない」

「だから、言ってみなさいよ。絶対笑わないから」

「そうかぁ？　じゃあ言うけど……、実は犬の誘拐を考えてるんだ」

「いぬ？」

どんな馬鹿馬鹿しい話を聞かされるかと身構えていたが、山本の言葉は菜摘子の想像を遥かに超えていた。いや、想像を超えるというより、想像の埒外《らちがい》だ。だから菜摘子は、笑う余裕もなくただ唖然《あぜん》とした。

「犬って、犬？」

「そう、犬」

山本は真顔で頷く。そのうち徐々に、菜摘子にも彼らの狙いが見えてきた。

「なるほど。それで奥さんが犬好きかどうか訊いてたのね」

「まあ、そういうわけだ。どうだい、見込みはありそうか」

菜摘子が笑わなかったことで意を強くしたのか、山本は身を乗り出してきた。菜摘子はコーヒーをひと口飲んでから、頷く。

「悪くないわね。うん、悪くないと思うわよ。問題は、いくらいただくつもりか、よね。どれくらい取れると踏んでるの」

確かに渋井の奥方は、異常なくらい犬をかわいがっている。しかしだからといって、身代金に一億も出すかといえばそれは疑問だ。山本たちはいったいいくらくらいの金額を狙っているのか。

ねた。

「アニキ」

舎弟がキッチンから顔を出し、眉を顰めて山本を呼ぶ。そこまで話してしまうのは早いと言いたいのだろう。やっぱりこいつが障害になるかと思いつつ、菜摘子は山本に尋ねた。

「彼、名前なんていうの？」

「ん？　ああ、あいつは園部だ」

「アニキ〜、あっさり本名教えないでくださいよ」

舎弟が情けない声を出す。ということは、園部という名は本名で間違いないわけだ。ついでに菜摘子は、さりげなく訊いた。

「で、あなたは？」

「オレは高……山本だよ」

「高山本？」

言葉尻を捉《とら》えてからかってやった。どうやら「高」がつく名前らしい。まあ、おいおいわかるだろう。

「お前こそ、本名はなんなんだよ」

「お前呼ばわりしないでよ。亭主でもないのに」

「亭主にしかお前と呼ぶのを許さないんなら、一生お前と呼ばれる機会はなさそうだな」

「何それ！　あたしが結婚できないとでも言いたいの？」

「あんたみたいなタイプは一生独身だろうなぁ。いくらあんたが一流の詐欺師でも、そういうことで男を騙すのは難しそうだぜ」

「大きなお世話よ。これでもあたしにプロポーズした男は山ほどいるんだからね」

山ほど、というのは大袈裟だが、菜摘子にプロポーズした男がふたりほどいたのは事実である。だがそれも、五年どころかもっと以前に遡《さかのぼ》る話であることに思い至り、少し悲しい気分になった。

「そんな見栄を張らなくてもいいよ。気持ちはわかるけどさ」

山本はなぜか慰めるような口調で言った。こんなことで慰められてたまるかと、「見栄じゃないわよ！」と主張したが、「いいって、いいって」とあしらわれるだけだった。

「ちょっと待っててくれよ。園部が何か言いたそうだから、相談してくる」

「……早くしてよ」

ムカムカする気分を無理矢理抑え込み、菜摘子はぶっきらぼうに言った。コーヒーカップをソーサーからどけて、それを灰皿代わりにしてたばこを吸い始める。禁煙だろうがなんだろうが、知ったことか。

たばこを半分ほど吹かしたところで、山本が戻ってきた。菜摘子の手許を見るよりも先に臭いで察したらしく、「うっ」と呻《うめ》き声を上げる。

「たばこはベランダで吸えと言っただろ。部屋に臭いがつくじゃないか」

「男のくせにいちいち細かいわねぇ。そういう男は嫌われるわよ」

「たばこ吸う女だって嫌われるよ」

「あーやだやだ。こういう超封建的な男がまだ生き残ってるから、女も辛《つら》い目に遭うのよねぇ」

「あんたが辛い目に遭ってるのは、世間のせいじゃなく自業自得だろ」

「大きなお世話よ」

肺の中に煙を吸い込んで、山本に向けて吐き出してやった。山本は露骨にいやそうな顔をし、窓を開けて換気をする。さすがにこれでは話し合う態度じゃないなと菜摘子も思い直し、火を消した。

「それで？　いくら要求しようと思ってるのよ」

「一千万」

今度は山本もあっさりと答えた。どういう話し合いが持たれたのかわからないが、結局園部が押し切られたのだろう。山本さえ丸め込んでしまえばこっちのものという菜摘子の読みは、見事正鵠《せいこく》を射ていたようだ。

「なるほどね。いい線だと思うわ」

一億などと言い出したら手を組むのはやめようと思っていたが、一千万は妥当な金額だ。こいつらもまるっきり馬鹿というわけでもなさそうだ。

「いけると思うか？」

山本は不意に目を輝かせて、ソファに戻ってきた。菜摘子は頷いてやる。

「あの奥さんのかわいがりようからして、それくらいなら出すと思う。でもどうせなら、千五百万円にしない？　一千万じゃ、三人で割れないでしょ」

「千五百万でも出すか？」

「ぎりぎりのところね。二千万なら難しいと思うけど」

「ひとり五百万か。いいじゃないか」

山本は皮算用するように、宙に視線を向けた。思わずといった様子で、口許に笑みが浮かんでいる。なんともわかりやすい。

「改めて言うけど、あたしも一枚嚙ませてもらうわ。子供の誘拐じゃなく、犬の誘拐ってところが気に入ったわよ。仲良くやりましょ」

「あ、ああ。こちらこそ」

菜摘子が微笑みかけると、また山本は照れたように目を泳がせた。山本はとびきりのいい男というわけではないが、髪型や服装に清潔感があり、不快な印象を人に与えない。まあぎりぎり合格点ってところかな、と菜摘子は密かに採点した。

9

「アニキ、あれです、あのガキ」

　園部が顎で指し示した先を、高杉はさりげなく見た。年格好は十歳前後の男の子が、犬の首輪から延びた紐を手にしている。散歩を日課としているだけに犬は特にはしゃいだ様子もなく、淡々と男の子の先を歩いていた。なるほど、確かに見るからに高そうな犬ではある。

「なるほどね」

　高杉は小さな声を発した。男の子は決して派手派手しくはないが、よく見ると高そうな服を身に着けていた。ジーンズに青いダンガリーシャツ。サイズさえ大きければ大人が着ていてもおかしくないようなコーディネートで、選んだ人のセンスのよさが窺《うかが》えた。

　髪型もまた、単なる坊ちゃん刈りとはレベルが違う手のかかりようだった。光の加減かもしれないが、若干脱色しているようにも見える。前髪は自然にウェーヴがかかり、襟足《えりあし》はわざと長めにしてある。これもまた、アイドルがそのまま採用してもおかしくない髪型だった。

顔立ちは、高杉の位置からは横顔しか見えなかったものの、整っていることだけは充分に理解できた。目が幾分吊り気味で、鼻が高い。これだけ外見に金をかけている家ならば、子供に整形手術くらい受けさせていても不思議じゃないなと、やっかみ交じりに高杉は思った。大きくなったらさぞかし女にもてるんだろうよと、腹の底で嫌みのひとつもいいたくなる。

男の子が完全に横を通り抜けたのを確認してから、高杉はゆっくりと車を降りた。ドアを閉めると、園部は車を発進させる。それを特に見送ることもなく、高杉は歩き出した。男の子は、前方三十メートルほどのところを進んでいる。

子供の足だけあって、その歩みはゆっくりとしていた。むしろ犬に引っ張られるようにして歩いている。犬はアスファルトの地面に鼻を近づけて匂いを嗅いだかと思うと、ガードレールに近づいていって道草をする。そのたびに高杉も歩く速度を落として追い抜かないようにしたが、男の子は自分を尾行する人間がいることになど気づいた様子もなかった。

基本的に男の子は、車の通りが少ない道を選んで歩いているようだったが、横断歩道を渡らなければならないこともあった。当然のことながら、その際には立ち止まって信号待ちをする。高杉は一瞬迷ったものの、何もないところで立ち尽くすのもいかにも不自然なので、仕方なく男の子の横に並んで自分も信号が変わるのを待った。男の子は一度、ちらりと高杉に視線を向けてきたものの、興味なさそうにすぐ前を向いた。

並んでしまえば、男の子の歩くペースに合わせるのも困難だった。高杉は信号が青になると同時に歩き出し、逆に男の子の前に出た。横断歩道を渡りきり、ちょうどそこにあった缶ジュースの販売機の前で立ち止まる。何を買うか迷う振りをして、さらに硬貨を出すのに手間取りつつ、横目で男の子がどちらに向かうか窺う。男の子は左に曲がり、高杉を置いてどんどん歩いていった。

園部の報告によると、この散歩には特に目的地があるわけではないようだった。ただ単に、犬の運動不足を解消するための散歩らしい。男の子は大きな通りから右折して、路地に入った。路地とはいっても、この地域らしく車が余裕ですれ違えそうな道幅なのだが。

お屋敷街だけに防犯意識も浸透しているらしく、これまでのところ見通しの悪い道など皆無だった。誘拐を企む者には、あまりいい条件とは言えない。だがこの道など、それなりに広い割には人通りが少なかった。住人以外は通る必要のない道だからだろう。いっそタイミングを見計らい、この辺りで行動を起こした方が目撃される可能性は低いかもしれなかった。高杉は漫然と歩く振りをしつつ、頭の中でそう計画を練る。

人通りが少ないだけに、いつまでも尾行を続けていてはさすがに気づかれる。男の子の顔を確認したことと、計画実行の目処《めど》が立ったことに満足して、高杉は尾行を中断した。誰に見られているわけでもないが腕時計を見る演技をして立ち止まり、ふと思い出したように踵《きびす》を返す。そして、数分前に渡った大通りへと引き返した。

園部とは、先日と同じコインパーキングで待ち合わせをしていた。あそこまでは、この道沿いに進むと近い。高杉は今度は普通の足取りで、駅の方へと向かった。

ひと仕事終えた気分になると、急に喉の渇きを覚えた。手近な自動販売機の前で立ち止まる。先ほどは飲み物を買う振りしかしなかったが、今回は本当に硬貨を投入して缶コーヒーを買った。

身を屈めて、取り出し口に出てきた缶を取り出そうとしたときだった。ふと目の端に、気になる影を見たように思った。顔を向けると同時に、人影がビルの中に入る。その人影は、ずいぶん小さいように感じた。

しばらくそこに留まって、何が自分の勘に触れたのか確かめようとした。だがビルから人影は出てこず、こちらに向けられる視線も感じなかった。気のせいか。そう思い直して、高杉は缶のプルトップを開けた。甘ったるい缶コーヒーが、疲れた体に染み渡る。

ふたたび歩き出して、コインパーキングに到着した。車の中で待っていた園部は、高杉に気づいて外に出てくる。まるで主人の帰りを喜ぶ忠犬ハチ公のように、「アニキ、どうでしたか」と笑顔で訊いてきた。

「ガキの歩いたコースは、オレの言ったとおりだったでしょ」

「馬鹿。声が大きいよ、お前は」

そう窘《たしな》めて、駐車料金を払えと命じた。園部は首を竦めてから、精算機に向かう。高杉は車に乗らず、その様子を見守った。

十台ほど停められるコインパーキングは、ほぼすべて埋まっていた。場所柄か、大型車が多い。その中の一台には、人が乗っていた。サングラスをかけた男は、背凭れをリクライニングさせてくつろいでいる。園部と同じように、連れを待っているのかもしれない。

「アニキ、精算終わりました。行きましょ」

園部がいそいそと戻ってくる。高杉は「ああ」と答え、車の助手席に乗り込んだ。

10

「ようこそいらっしゃいました、三雲《みくも》さん」

渋井夫人はいつものように愛想よく、菜摘子を出迎えた。これで会うのは三度目だが、笑顔以外は見たことがない。元芸能人というだけあって、笑顔を作るのは習い性となっているようだ。もっとも、来客時に不機嫌《ふきげん》な表情をしているような相手とは、菜摘子も会いたくないが。

「何度もいらしていただいちゃって、申し訳ありませんね。主人は本当に慎重で、もういやになっちゃうんですよ」

「いえ、どうぞお気遣いなく。慎重になられるのも当然ですし、こちらは仕事ですから何度でも足を運ばせていただきますわ」

菜摘子も負けじと愛想よく応じた。作り笑いなら、菜摘子も得意とするところだ。我ながら狐と狸の化《ば》かし合いのようだと感じたが、こちらの意図は悟られてないはずだった。渋井夫人は「どうぞこちらへ」と言いながら、菜摘子を応接間に導く。

成城の豪邸に住んでいながら、渋井家の暮らしぶりはさほど贅沢ではない。家政婦が通ってはいるものの、ビジネスライクに掃除や料理をして帰っていくだけのようだ。だからこうした来客の際には、夫人が手ずからお茶を出してくれる。出てきた紅茶は、さすがに高価なものらしくよい香りがした。

「土曜日にまでご足労をおかけします」

夫人に遅れて、快活な声が応接間に響いた。この家の主の渋井だ。大きい子供がいるところからすると、渋井の年齢は四十前後と思われるが、見た目だけで正確に年を言い当てられる人は少ないだろう。若い頃はサッカーをやっていたというだけあって、その体軀《たいく》は細身だがしっかりと筋肉がついているように締まっている。顔はやや浅黒く、彫りが深い面長。少しエキゾチックな雰囲気すらあるから、日本人以外の血が混じっているのかもしれない。かなり人目を引く人物であることは間違いなかった。

「こちらこそ、お休みの日にまでお邪魔してしまい、申し訳ありません」

菜摘子は立ち上がって、頭を下げた。渋井はそれを押しとどめるように手を挙げ、「どうぞ、坐っててください」と言い添えた。

「実はですねぇ、のっけから言いにくいんですけど、まだ迷ってるんですよ」

ぜんぜん言いにくそうではなく、渋井はあっけらかんと言う。まだかよ、と菜摘子は呆れたが、それを面《おもて》に出さずににこりと微笑んだ。

「常識的に考えれば、なかなか高価な買い物ですからね。迷われるのも当然と思います」

こんな豪邸に住んでて、たかがリトグラフを買うのにそんなにいつまでもうじうじ悩むなよ。そう内心で突っ込みたくなるが、あくまで表情は微笑を保たなければならない。昔は口許が引きつったり、目が笑っていなかったりしたものだが、最近はすっかり慣れた。慣れてしまったことに、一抹《いちまつ》の寂しさを覚えなくはないのだが。

「煮え切らない奴とお思いでしょう？　ぼくは石橋を叩いても渡らないタイプなんです

よ」

わははは、と渋井は笑い声を立てる。「そうなんですか、ほほほほ」と菜摘子は相槌《あいづち》を打ったが、いい加減にしろよこのどケチ、と内心で悪態をつくのを忘れなかった。名は体を表すとはよく言ったもので、この渋井は根っからの吝嗇《りんしょく》だ。

「本当にねぇ。渋井は無駄なことにお金を使うのが、世の中で一番憎むべきことだと思ってるんですよ。自分の物は髪の毛一本だって無駄にしたくないと考えてるんですからね」

横から夫人が口を出す。これまでの二度の訪問で菜摘子もわかっていたが、リトグラフを欲しがっているのはこの夫人なのだ。だから最初は夫人にだけ攻勢をかけていたが、結局裁量権は渋井にあるのだと努力の末に判明した。となると、この吝嗇家から金を吐き出させるのは並大抵のことではない。こんなところに足繁《あししげ》く通うくらいなら、他を当たった方がいいかもと考えてしまうほどだった。

「ご立派ですわぁ。私なんて、ちょっとまとまったお金が入るとすぐ海外に遊びに行ったり、素敵なバッグを買ったりしてしまうから、いっこうにお金が貯まらないんです。渋井さんを見習わなければなりませんわね」

考えるよりも先に、調子のいいお追従が口から飛び出した。こんな自分が、菜摘子はふといやになることがある。いくらいい男でも、ケチは論外だ。よくまあ、夫人は我慢しているものだと思う。

「立派なもんですか。この家だって、大きいだけで殺風景でしょう？　潤いというものがまるでないんだから、恥ずかしくてお友達も呼べませんのよ」

夫人はおどける口調で、自分の夫を軽く睨む。しかしそれは冗談めかしているようでいて、夫人の本音だと菜摘子は見抜いた。やはり夫人だって、鬱憤《うっぷん》が溜まっているのだ。

しかし鈍感な夫の方は、そんな妻の内心にはまったく気づいていないようだった。

「いやぁ」と頭を掻いて、へらへらと笑う。

「潤いよりもやっぱりお金でしょう。お金は何があろうと裏切りませんからね」

これはやっぱり時間の無駄かも。さすがに渋井の言葉には、菜摘子も脱力した。さっさと腰を上げて帰りたくなる。

しかしそういうわけにもいかなかった。今の菜摘子には、リトグラフを売りつけるだけでなくこの家の内情を探るという役目がある。果たしてこの夫婦は、犬が誘拐されたら身代金を払うだろうか。

渋井の吝嗇ぶりを目の当たりにしていささか不安になったが、それでも見込みがゼロとは思わなかった。夫人の堪忍袋の緒は切れかけている。夫人が本気で怒りだしたら、おそらくいかに渋井がケチだろうと抗しきれないのではないかと見て取った。

「渋井さんのご信条には、ビジネスをしている者として大いに見習うべきものがあります。でも、せっかくですからまたカタログでもご覧になりませんか。カタログをご覧いただくだけでしたら、お金はちょうだいしませんので」

菜摘子も同じく冗談めかして言ったが、半分は嫌みだ。夫人には通じたらしく、「すみませんねぇ」と呆れ顔で詫《わ》びる。渋井は「どれどれ」と興味を示して、身を乗り出した。

そんな調子で小一時間ばかり話し込んだが、結局渋井はリトグラフを買うとは言わなかった。こうなるのではないかと予想していたので、菜摘子は特に落胆もしない。適当なところで切り上げ、腰を上げた。窓越しに庭に視線を転じると、犬小屋の前に屈み込んでいる男の子の後ろ姿が見える。

「おぼっちゃんは、本当にワンちゃんをかわいがってるんですね」

さりげなく、犬に言及した。リトグラフを買えなかったことに臍《へそ》を曲げかけていた夫人は、ぱっと顔を明るくする。

「そうなんですよ。うちはほら、ひとりっ子でしょう。自分より小さいものをかわいがる気持ちを持って欲しいなと思って飼い始めたんですけど、もう大正解でしたわ。毎日ちゃんと面倒を見ているから、本当に感心するんです。ちょっと親馬鹿ですけど」

「でも、あんなかわいいワンちゃんなら、気持ちはよくわかりますわ。私も飼ってみたいけど、高いんでしょうね」

「主人から買ってもらったものでは、一番高いかもしれません」

夫人は声を低める振りをして、答える。渋井は聞こえているだろうに、知らんぷりをしていた。

「少し撫《な》でさせていただいてもかまいませんでしょうか」

「どうぞどうぞ。かわいがってやってください」

頼んでみると、夫人は相好を崩した。息子が犬をかわいがっているのは事実だろうが、それ以上に夫人が溺愛しているのは明らかだった。

玄関を経由して、夫人とともに庭に向かった。近づいてくる足音に気づいたのか、息子は立ち上がって菜摘子たちを迎える。確か、名前は巧《たくみ》と言ったはずだ。

「たっくん、三雲さんがレックスをご覧になりたいと言ってるわ」

「こんにちは」

夫人の言葉に、巧は利発そうなはきはきした声で応じた。いかにも良家のおぼっちゃま風の美少年だ。あと十年経ってから会いたいなと、菜摘子は思う。十年後に自分がいくつになっているかは考えなかった。

「レックスって言うのね。かっこいい名前ね」

「ぜんぜん似合ってないけどね」

取りあえず話の端緒《たんしょ》として犬の名前を誉めたが、巧からは醒《さ》めた答えしか返ってこなかった。いささか鼻白んだものの、なんとか表情には出さずに済んだ。

「少し撫でさせていただいてもいいかしら」

「どうぞ」

巧は言って、横にどく。その陰には首の紐を外された犬がいたが、逃げる素振りはまったくなかった。

「かわいいッ」

菜摘子は叫んで、犬の傍らに屈み込んだ。背中に手を当てると、ふかふかとした弾力のある手触りを感じる。そのまま背中を撫でたが、犬はちっとも気持ちよさそうでもなく超然としていた。かわいくないヤツ、とそのまま背中の肉を抓ってやりたくなる。

「こんな綺麗な毛並みということは、犬の美容院とかに連れていってるんですか」

巧にではなく、夫人に質問した。夫人は得意げに、「ええ」と胸を張る。

「犬の毛はすぐに絡んでしまいますからね。三日に一回、連れていかないといけないんですよ」

「それは大変な出費ですね。よく旦那様が許してくださいますね」

これもまた、菜摘子は冗談を言う調子で口にした。夫人も苦笑するだけで、気を悪くした様子もない。

「これだけは、主人に何も言わせないんですのよ」

しめた。やっぱりそうかと菜摘子は内心でほくそ笑む。夫人にがんばってもらわないことには、犬誘拐も成立しない。

「ドッグフードも、その辺で売ってるようなものとは違うものをあげてるんでしょうね」

「ええ、まあ。どんなジャンルでも、それなりのものがあるんですよね。もう今じゃ、安いドッグフードには見向きもしないんですよ」

夫人はそう言って、自慢げに笑う。訊いておいてよかったと思いつつ、菜摘子はその銘柄を確認した。夫人がなにやら耳慣れない名称をいくつか挙げたので、心に留意しておく。

今回の訪問の目的のひとつがこれだった。犬を誘拐しても、殺してしまうつもりはない。ちゃんと大事に扱って、無傷のまま返してやりたかった。そのためには、日頃どんな食べ物を与えているのか、把握しておく必要がある。それを聞き出す任務を、菜摘子は山本から言いつかっていたのだった。

「まさか、お水もミネラルウォーターとかを与えてるんですか」

「ええ。まとめ買いしているお水がありますから、それをレックスにもあげてるんですよ」

ミネラルウォーターなんて上等なものは、菜摘子も常飲していない。犬のくせに生意気など、密かにムッとする。

「三雲さん、犬を飼いたいの？」

それまで黙っていた巧が、不意に口を挟んだ。菜摘子は一瞬虚を衝かれたが、すぐに立ち直って作り笑いを浮かべる。

「飼ってみたいけど、そんなに食べ物や飲み物にお金はかけられないわね。私は雑種でいいかも」

「ふうん」

巧は大して興味もなさそうな返事をして、菜摘子をじっと見る。子供にもあたしの魅力が通じるのかしらと菜摘子は都合よく解釈したが、その視線にはどこか落ち着かない気分を覚えた。

11

菜摘子はマンションのエントランスに入り、ルームナンバーを押すキーの前に立った。山本はあんなインチキ野郎のくせして、なかなかいいマンションに住んでいる。よほど稼いでいるのか、親が金持ちで買ってもらったのか、あるいは内情は火の車なのか。おそらく一番最後の推測が正解だなと、菜摘子はひとりごちる。きっと稼ぎの大半は、この家賃に消えているに違いない。

ルームナンバーを押して山本を呼び出すと、応答が聞こえるまでしばらく時間がかかった。何をやっているんだと苛々《いらいら》しかけたところに、スピーカーから声が響く。菜摘子はぶっきらぼうに「あたしよ」と言った。

「何やってるのよ。さっさと開けて」

「ちょっと待ってくれ。急に電気系統の点検が来てさ。今終わったところだから、あと二分後にもう一回来てくれよ」

「もう。しょうがないなぁ」

別に疲れたわけではないが、菜摘子は紅茶ではなくコーヒーが好きなので、山本の部屋で早くありつきたいと期待していたのだ。お預けを食らった気分で、いったんエントランスから離れる。

出直せと山本が言った理由は、菜摘子もよくわかった。心配しすぎとは思うが、山本と菜摘子の繋《つな》がりは極力他人に知られない方がいい。このマンションに入るところすら、人には見られないよう気をつけているのだ。電気の点検員がいるところに、のこのこ乗り込んでいくわけにはいかなかった。

こんなとき男だったら、手近な花壇にでも腰を下ろして缶コーヒーを飲めるのだが、女の身ではそんなこともできない。目立つのを避けるには、立ちたばこすら控えた方がいいだろう。男女同権とは言いつつも世の中まだまだ不公平だと、嘆いても仕方のないことをつい考えてしまう。

そもそも菜摘子は、二十代の前半までは普通のOLをしていた。それがなぜ今のような生活をしているかといえば、原因には男女の不平等がある。男中心の社会に嫌気が差し、自らドロップアウトしたのだ。やむにやまれぬ選択だったが、今に至るも後悔はしていない。

菜摘子は青森の、冬になれば大雪に閉ざされてしまうような片田舎で生まれた。町に書店はなく、本を買うには一時間かけて最寄りの大都市まで出なければならないような環境だったが、読書や勉強は好きだった。中学までは地元の学校に行き、高校は県で一番の進学校に往復二時間かけて通った。地元の中学からその高校に入った生徒は、開校以来ふたり目だったという。そのため大いに騒がれ、町一番の天才少女という異名を取った。

県下で一番というだけあって、高校ではそう簡単に頭角を現すことはできなかった。周りはみんな自分より頭がいいように見え、心底焦《あせ》った記憶がある。だが菜摘子は、その焦りをモチベーションに変え、猛勉強をした。三年生になる頃には、校内で一、二を争う成績を収めるようになっていた。

進路指導の際、担任の先生は東大を受けるよう薦《すす》めた。先生の手は震えていた。何しろ、いくら県で一番の高校とはいえ、東大に進学した生徒は少ない。そのときの先生の気持ちは、とんでもない博打《ばくち》に手を出すようなものだったのではないか。今ならば、菜摘子も想像がつく。

基本的に素直だった菜摘子は、先生の言葉を真《ま》に受けた。そして東大を受け、合格した。親はもちろん、親戚知人が大騒ぎしたことは言うまでもない。会ったこともない遠縁の人が大挙して押しかけ、三日三晩宴会が続いたものだった。

大学に入ったときには、高校入学時と同じ衝撃を受けると覚悟していた。何しろ今度は、日本全国規模で秀才が集まっているのである。むしろ逆に、いくら努力しても敵《かな》わない天才に出会えるのではないかと、そんな期待すら抱いていた。

ところがいざ入学してみると、事前の予想とは違うショックを菜摘子は受けることになった。視野に入る女性が皆、自分より遥《はる》かに垢抜《あかぬ》けていたからだ。菜摘子はといえば、それまでファッションにはほとんど興味を持っていなかった。母親が買い与えてくれるものを、そのまま素直に着ていただけである。小さい頃から本を読む習慣があったため、当然視力は落ちて眼鏡《めがね》をかけている。むろん、化粧など生まれてこの方一度もしたことがない。化粧なんてものは、会社に入ったらすればいいと考えていた。

現実は違った。東京は目が回るほどファッショナブルで、野暮ったい人間を拒絶するような雰囲気があった。ここでは学校の成績ではなく、個人の魅力こそが評価の対象なのだと瞬時に悟った。そして魅力という点では、自分はほとんど落第だと自覚した。菜摘子はどんなことにも努力を惜しまない性格である。己の劣った点を見つけたからには、全力を挙げてそれを克服しなければならないと決意した。

菜摘子はファッションについて、徹底的に勉強した。まずは書店に行き、若い女性が読むファッション雑誌を探した。最初は見当違いの雑誌を買ってしまい、ほとんど参考にならなかったが、クラスメートに購読誌を尋ねるという知恵を捻り出した。その雑誌をとっかかりにファッション感覚を磨き、化粧を覚え、眼鏡ではなくコンタクトレンズを使うようになった。そんな努力の甲斐《かい》もあって、東京での生活が一年になろうという頃には男からちらほらと声をかけられるようになった。ケバい姉ちゃんという陰口も耳に入ってきたが、そんなことを言う奴は本当のファッションがわかっていないのだと無視することにした。

自分の容姿がさほど悪いものではないと気づいたのも、ちょうどこの頃である。美人は得だということも、身をもって知った。思えばあの当時が、菜摘子の人生の絶頂だったかもしれない。男子学生にはちやほやされ、東大生ということで割のいいアルバイトが簡単に見つかり、ひとりでいるときは好きな本を読んで過ごした。こういう楽な生活が、今後もずっと続くものと信じて疑わなかった。

就職活動も、楽勝の一語で済んだ。希望した総合商社に、すんなりと入ることができた。もちろん一般職としての入社ではなく、総合職採用である。男と同じ仕事を任されても、同格かそれ以上の仕事ができる自信はたっぷりあった。

入社直後は、学生当時の面白おかしい生活が持続した。職場でも取引先でも、大いにかわいがられた。だから、その雰囲気がいつの間にか変わっていても、菜摘子はなかなか気づかなかった。その点が鈍感だったと言われれば反論の言葉もないが、女の価値を年齢で決める人間がこんなにも多いとは想像もしなかったのだ。世間の男は思っていたより遥かにレベルが低い。それが、会社勤めをして菜摘子が得た数少ない教訓のひとつである。

最初は些細《ささい》なことだった。四月に異動してきた課長が、菜摘子にお茶を淹れてくれと頼んだのだ。菜摘子が所属する部署には女子一般職がいたが、そのときは他部署への届け物があり席を外していた。だから課長はその場にいた唯一の女性に頼んだのだろうが、菜摘子には総合職として入社した自負がある。入社してこの方、お茶汲みなど一度もしたことがなかった。だから当然、その頼みは断った。すると課長は世にも意外そうな顔をして、菜摘子をまじまじと見つめた。そして、「ああ、そういうキャラクターなのね」と呟いた。

「そうそう。彼女はそういうキャラクターなんですよ」

近くでやり取りを聞いていた同僚が、そう追随《ついずい》した。これまで一度も、菜摘子に向かって皮肉や当てこすりを口にしたことがない人である。だからそんなことを言われたのがよけいに意外で、菜摘子は何が起きたのか見当もつかなかった。

「あたしが淹れます」

パーティションの向こうから言葉を挟んだのは、隣の部署に配属された新入社員の女子一般職だった。すでに給湯室の勝手がわかっているらしく、手早くお茶を用意して運んでくる。すると湯飲み茶碗を受け取った課長は、ごく自然な感想を漏らすようにこう言った。

「やっぱり素直な女の子はかわいいねぇ」

課長自身は嫌みを言っているつもりはなさそうだった。だが菜摘子にとっては、嫌み以外の何物でもなかった。お茶汲みを断る女はかわいくないのか。では男がお茶汲みを頼まれても、やはり断るべきではないというのか。断ったとしたら、かわいくない部下と見做《みな》されるのだろうか。

その日を境に、菜摘子は風向きが完全に変わったことを知った。いや、とっくに風向きは変わっていたのに、気づかずにいただけだったと思い知らされた。菜摘子は当時まだ二十八歳でしかなかったので、自分では充分に若いつもりでいた。実際、若いと言われてもおかしくない年齢のはずである。ところが世の中には、菜摘子より後に生まれた人間はごまんといるのだ。そして会社にも、少なからぬ数の後輩女子社員たちがいた。

　男子社員たちが新入女子社員を寄ってたかってちやほやしている様は、数年前の自分の境遇を思い起こさせた。つまり、今の自分はもうちやほやされる対象ではないのだ。それどころか、理屈っぽい女として煙たがられているような節すらある。菜摘子を煙たく思っている態度の者たちは皆、かつて会議の席などで菜摘子に論破された経験がある男たちだった。

　飲みに誘われる回数が減った。ちょっとした用を頼まれることがなくなった。話の輪に加われなくなった。どれを取っても些細なことである。だが、些細なことでも数が重なれば、それなりに居心地が悪くなった。仕方なく菜摘子は、これまで以上に仕事に没頭するようになった。

　ところが、人間関係がぎすぎすし始めると、仕事にも影響が出た。チームプロジェクトの場合は、それも当然のことだった。不協和音の原因は男どものくだらない態度のせいだと菜摘子は思っていたので、自分から歩み寄るつもりはなかった。〝かわいげ〟などというどうでもいいポイントで評価してもらわなくていいから、仕事の能力で正当に認められたかった。また、自分の実力を周囲に認めさせる自信はあった。

　しかし、菜摘子の努力は空転した。菜摘子ががんばればがんばるほど、波が引くように周囲の反応は冷ややかになっていった。菜摘子が自分の主張を引っ込めずにいると、「女のくせに」などという言われ方をした。それが癪《しやく》に障《さわ》り、菜摘子はますます眦《まなじり》を吊り上げた。

チーム内の雰囲気は、取引先にまで微妙に伝わったようだった。菜摘子が交渉に向かった先では担当者がなかなか首を縦に振らず、挙げ句の果てには「女じゃ話にならない」などと言い出すことすらあった。どうしても納得できずに食い下がったが、相手は折れなかった。結局、菜摘子より遥かに能力が劣る男性社員が出ていくと、あっさり話がまとまった。菜摘子のプライドは大いに傷ついた。

女性であることはハンディなのだ。ようやく菜摘子は気づかされた。つい数年前までは、美人は得だと思っていたものだが、それも間違いであることを知った。世の中の男は、《頭がよくない美人》が好きなのだ。頭が切れて能力があり、その上美人となると、男はコンプレックスを持つ。そしてその陰湿な感情を、皮肉や当てこすり、性差別で解消しようとするのだ。菜摘子は二十代後半になり、否応なく社会のシステムを理解した。

菜摘子が会社を辞めたきっかけも、傍目《はため》にはくだらなく見えるだろうことだった。あるとき、同僚のひとりに子供が生まれたのだ。同僚の妻は、菜摘子の旧知の人物だった。同期入社した総合職女性社員だったからだ。

その女性は総合職として入ってきたにもかかわらず、結婚するとあっさり退職し、専業主婦になった。大学でスペイン文学を専攻していた彼女は語学が堪能で、南米諸国との取引では大いに実力を発揮していた。それなのに、そんな能力をまるで生かす機会がない専業主婦の座に納まり、特に不満も持っていないという。菜摘子にはどうにも理解できない心情だった。

同僚は無邪気に赤ん坊の写真を持ってきて、皆に見せていた。かわいい、という声がそこかしこで上がる。菜摘子も興味を覚え、「あたしにも見せてください」と言った。上機嫌だった同僚は、「おお、どうぞどうぞ」と軽く答えた。

ところが、横手から笑いを含んだ声が届き、同僚は手を止めた。菜摘子もつられて、そちらに顔を向ける。そこにはへらへらとした笑いを浮かべた、菜摘子と同期入社の男性がいた。

「三上さんにそういう写真を見せるのは酷じゃないですか？」

「どうして？」

意味がわからないように、同僚は訊き返す。それは菜摘子も同じだった。

「だって、三上さんは自分の生き方に疑問を持ったらお終いじゃないですか。赤ちゃんかわいい、あたしも欲しい、なんて考えちゃったら、ヤバいでしょ」

同期入社は、特に悪びれもせずに堂々と答えた。それでも菜摘子は意味が理解できず、詰め寄った。なんとなく、不愉快な臭いだけは感じ取った。

「どうしてあたしが自分の生き方に疑問を持ったらお終いなのよ？　あたしだって女なんだから、この先子供を産むかもしれないじゃない」

「三上さん、子供欲しいの？」

問われて、菜摘子は言葉に詰まった。欲しいのかと訊かれれば、特に欲しくはないと答えるしかない。それどころか、どちらかといえば子供は嫌いだった。特にがさつな男の子などは、近くにすら寄って欲しくない。

だがそんなことを正直に言えば、相手を喜ばせるだけだと予想がついた。だから菜摘子は、ただ黙り込んだ。相手は調子に乗って続ける。

「三上さんは女の幸せを捨ててるから、今があるんじゃない。いまさら女の幸せ追求路線に乗り換えても、しんどいと思うよ」

後で考えてみれば、その男の言葉が特に腹立たしかったわけではない。聞き流そうと思えば、聞き流してかまわないくだらない言動でしかなかった。しかしその瞬間の菜摘子にとっては、どうにも聞き捨てならないことと感じられた。腹が立つだの、許せないだのという感情が形成されるより先に、手が動いていた。

手近にあったファイルを摑んで、相手の頭に思い切り振り下ろした。一度や二度では気が済まず、力の限りに何度も叩いた。相手の気障《きざ》ったらしい銀縁眼鏡は吹っ飛び、鼻血が流れた。相手は「悪かった悪かった」と言いながら体を丸めて頭を庇《かば》ったが、菜摘子はその背中をファイルでばんばん叩いた。

見ていた他の人たちに取り押さえられるまで、三十発は殴ったと思う。それでも荒れた感情は収まらず、菜摘子はハアハアと肩で息をした。手にしていたファイルをしゃがみ込んでいる男に投げつけ、踵を返す。もう何もかもいやだと、心の中で張り詰めていたものがぷつりと切れるのを自覚した。

すべてが馬鹿馬鹿しくなった。辞表を提出するのに、なんの躊躇《ちゆうちよ》もなかった。上司は菜摘子を慰留せず、あっさりと辞表を受理した。そうして二十代の大半を過ごした会社を、菜摘子は辞めることになったのだった。

菜摘子が退社した当時に付き合っていた男は、パチンコで生計を立てている人、いわゆるパチプロだった。菜摘子は昔から異性運が悪く、ろくな男と付き合ったことがない。真面目で堅実な男や、隙のないいい男にはどうも食指が動かず、どこかだらしがない、手を貸してあげなければ不安で仕方がないタイプに惹《ひ》かれるのである。そのせいでいつも痛い目に遭うのだが、持って生まれた性癖だけは改めようがない。もう二度とヤクザな男はごめんだと別れたときには考えるのだが、気づくとまた同じような男と付き合う羽目になっている。つくづく男運がないと、自分でも思う。

パチプロの男にも、それまで幾度か泣かされてきた。生活態度そのものがだらしない男なのである。だがこれまでの駄目男に比べれば浪費癖がなく、その点だけでもずいぶんましと言えた。菜摘子が付き合ってきた男は、ほぼ例外なく菜摘子の収入を当てにして恥じるところがなかったのだ。

菜摘子が会社を辞めたと聞いても、パチプロの男は態度を変えなかった。ただ気がなさそうに「ふうん」と言っただけである。これまでたかられたことがないとはいえ、デート代は菜摘子が負担することが多かった。だから、菜摘子が無職になったといえば少し慌てるのではないかと予想していたが、男は泰然《たいぜん》としている。そのことに、少し胸を撫で下ろした。

「じゃあお前、これからどうするんだよ。再就職するのか?」

彼氏は世間話でもするように訊いてきた。場所は菜摘子のマンションで、男はソファに寝そべったままパチンコ雑誌を読んでいる。顔を上げもしないままの質問だったが、こちらに関心を持ってくれるのが菜摘子には嬉しかった。

「うん、そのつもりだけど、しっかり失業保険ももらおうと思って。だからしばらくは求職中ってことにしとく」

「貯金があるんだっけ?」

彼氏はそんなことまで尋ねた。その言葉を聞いたとたん、菜摘子の脳裏にはこれまで経験した数々のいやな思いが甦《よみがえ》った。菜摘子の貯金は五百万円ほどあった。そこそこ遊んでいたとはいえ、男並みに残業も厭《いと》わず働いていたのだから、手許にそれなりの額が残る。しかしそれを正直に告げれば、この男もまた過去の男たちと同様目の色を変えるのではないか。そんな不安が頭をよぎった。

「あんまりないけど……」

だから、曖昧《あいまい》にごまかしておいた。無職となった身にとって、この五百万円は大切な虎の子である。パチンコで擦られてしまってはたまらなかった。

「じゃあ、次の仕事が見つかるまで、おれが食わせてやるよ」

彼氏があまりにあっさり言ったので、菜摘子はすぐには言葉の意味が理解できなかった。しばらくぽかんとして、やがて徐々に意味が脳に浸透してくる。同時に、かつて経験したことのない喜びが込み上げた。

「嘘！　嬉しい！」

菜摘子は彼氏に抱きつくことで喜びを表現した。彼氏はにやにやして、そんな菜摘子を抱き寄せた。

実際、彼氏には菜摘子を養ってやろうという意志があったのだろう。あの言葉が嘘だったとは、菜摘子も思いたくない。しかし目的がいかに崇高《すうこう》であろうと、そこに至るまでの手段に問題があっては話にならない。彼氏は菜摘子を養う金を手にしようと、裏ロムによるゴト、つまりパチンコ台に不正ロムを仕込むことでの一攫千金《いっかくせんきん》を企んだのだ。気持ちは嬉しい。過去に付き合ったろくでもない男たちに比べれば、なんと甲斐性があるのだろうと思う。だが初めてのゴトでいきなり捕まってしまう間抜けさ加減はどうにかならないものか。菜摘子は心底がっかりし、泣くことも笑うこともできなかった。

逮捕された彼氏に会うため、拘置所まで出向いたが、面会は許されなかった。親族か妻でもない限り、許可はなかなか下りないという。結局会えないままに彼氏との縁も切れ、菜摘子は男に養ってもらうという類希《たぐいまれ》なる経験をするきっかけを失った。以来、菜摘子にそんなことを言ってくれる男は一度として現れていない。

どんなくだらない出来事にも、学ぶべき教訓は潜んでいる。不毛だった会社勤めから、菜摘子はそうした人生訓を学び取った。だからこの彼氏との付き合いにも、プラスになる何かがあるはずなのだ。菜摘子はさんざん考えた末に、どうせ金儲けをするなら頭を使わなければ駄目だという悟りに至った。

彼氏は優しく、暴力も振るわなかった。だが残念ながら勤勉さに欠け、頭も悪かった。それなのに柄にもなく女を食わせてやろうなどと考えたために、背伸びして分不相応なことに手を出し、あっさり捕まってしまった。しかしあたしは違う。もしあたしだったら、もっと周到に準備を重ねて、絶対に失敗しない手段を考え出していただろう。菜摘子は心底、そう確信した。

ここでも菜摘子は、持ち前の勉強熱心さを発揮した。不正手段を勉強しようと思えば、世の中にはいくらでもその方法があるのである。菜摘子はたくさんの資料本を買い込んで勉強をし、様々な詐欺の手段を頭に叩き込んだ。優秀な女を排除する愚かな世間に、詐欺という手段で復讐してやりたいという気持ちもあった。

山本にまで言われてしまったのは業腹《ごうはら》だが、実際のところ、菜摘子には詐欺師としての素質があった。自分のどんな態度を男がいやがるのかと知った今なら、逆に気に入られる素振りを見せるのも簡単だった。美人で頭が切れるのだが、ちょっと抜けたところもあるかわいい女。それこそ、世の男どもが望む理想の女性なのだ。菜摘子が少しそんな女を装っただけで、金持ちの男たちは手もなく引っかかってくれた。

菜摘子が騙すのは基本的に、会社で女性を見下しているような脂《あぶら》ぎったオヤジだけである。そうした男どもから金を巻き上げるのは、えも言われぬ快感だった。だがそんな生活を何年も続けていると、ふと空しくなるのも事実であった。どこかから突然条件のいい男が現れて、「結婚しよう」と言ってくれないかなぁなどと夢想してしまうことも、皆無ではなかった。

そんなときに、間抜けな山本たちと出会った。間抜けは間抜けなりに、何かを企んでいるようである。山本と園部は見るからに頭が悪そうだが、少なくとも悪人ではなさそうだ。いや、詐欺師なのだから悪人ではないという表現も妙だが、仲間を裏切ったり女を食い物にしたりするようには見えない。生活を変えたいなら、こういう男たちと組んでみるのもひとつの手かもしれないと衝動的に考えた。

自分の行動が正しかったのかどうか、菜摘子は未だに判断がつかずにいる。だが、ひとりで詐欺を働いていたときに比べれば、子供が何か新しいいたずらを思いついたときのようにわくわくする気持ちがあるのは事実だった。このわくわく感は、久しく忘れていたものだ。今はもうしばらく、この気分を味わっていたいと思う。

三分経ったので、菜摘子はもう一度エントランスに戻った。山本を呼び出し、オートロックのドアを開けてもらう。エレベーターで三階に上がり、開放廊下を歩いて山本の部屋に入った。

「よお、ご苦労様。首尾はどうだった」

出迎えた山本は、菜摘子が後ろ手にドアを閉めるなりそう訊いてきた。菜摘子はヒールを脱ぎながら、答える。

「そんなに急《せ》かさないでよ。コーヒーでも飲みながら説明したいわ」

「相変わらず贅沢な女だ」

山本はぶつぶつ言いながら先にリビングに向かったが、廊下にはコーヒーの香りが漂っていた。どうやらすでに菜摘子のためにコーヒーを淹れてくれていたようである。なかなかいいところがあるじゃないかと、菜摘子は見直してやりたい気分になった。頭は悪そうだけど、まあ性格まで劣悪というわけではない。

ソファに落ち着き、山本が出してくれたコーヒーを前にして、今日の首尾を語った。

渋井はどケチであること、だが夫人は飼い犬を溺愛し、お金を惜しんでないこと、だから犬が誘拐されたとなれば、半狂乱になって夫に身代金を出させるだろうと思われること。それらを聞いて山本は、相好を崩した。

「いいじゃん、いいじゃん。つまり、うまくいく見込みはたっぷりってことね。チクショウ、ぞくぞくしてきやがったぜ」

武者震いを抑えるように、山本は手を交差させて自分の腕を抱く。菜摘子は冷静に、話を次の段階へと導いた。

「じゃあ、どうやって犬を連れ去るつもりか、詳細を聞かせてくれる？　それと、身代金受け渡し方法もね」

「そんなもん、これから考えるんだよ」

山本はまったく悪びれた様子もなく、あっさりと言った。どうせそんなことではないかと思っていたので、菜摘子も呆れたりはしない。むしろ自分が計画段階から関わった方が安心できるので、好都合だとすら思った。

「そういうことなら、一緒に考えましょうか。ところで、今日は舎弟クンはいないの？」

部屋に入ったときから園部の不在には気づいていたのだが、改めて確認をした。山本は肩を竦めて、答える。

「別に同居してるわけじゃないんだから、あいつがいなくたって不思議じゃないだろ。あんなアホがいたって耳クソほどの役にも立たないんだから、オレたちふたりでプランを練ればいいさ」

「そう。あなたたちがそれでいいなら、あたしに文句はないけど」

そう応じたときだった。菜摘子のバッグから、携帯電話の着信メロディが響いた。取り出して開いてみると、相手は見知らぬ番号だった。出ようかどうしようか迷ったが、山本の目の前ということもあってなんとなく通話ボタンを押してしまった。

「もしもし」

「三雲さんですか?」

相手はそう尋ねてきた。声は子供のものである。三雲という偽名は、渋井邸を訪れる際にしか使っていない。となると、電話をかけてきたのは巧なのか。

「はい、そうですけど、キミは巧クン?」

「そうだよ。よくわかったね」

巧は無邪気ともいえる口調だった。なぜ電話をかけてきたのかわからず、菜摘子は戸惑う。

「えーと、どうしたのかな。どうして私の携帯の番号を知ってるの?」

「だって、うちには非通知で電話してきてるわけじゃないじゃん。調べればすぐにわかるよ」

「ああ、なるほどね」

今の子供はナンバーディスプレイもごく当たり前の機能として利用しているらしい。この携帯電話は渋井を騙すため専用の物だから、用がなくなれば処分する。だから番号を知られたところで困りはしないのだが、だからといって騙す相手の子供からいきなり電話がかかってくれば大いに面食らうのも事実だった。

「それで、何か用なの？　お母さんに何か頼まれた？」

極力猫撫で声で、菜摘子は尋ねた。ここで巧を邪険に扱うわけにはいかなかった。

「ううん、別にそういうわけじゃない。ボク個人の用なんだけど」

「あたしに？」

巧から個人的に頼まれることなど、まるで心当たりがなかった。そもそも、言葉を交わしたのすら今日が初めてなのだ。山本も菜摘子の様子がただならないことに気づいたようで、眉を顰めて成り行きを窺っている。

「うん、そう。でも、電話じゃなんだから、直接会って話したいんだけど。今どこにいるの？」

巧はいかにも子供らしいマイペースぶりを見せた。用があるならさっき言えばよかったのに。金持ちのぼっちゃんの我《わ》が儘《まま》に、菜摘子は内心でうんざりした。

「今は巧クンの家から遠いところよ。私も仕事があるから、今から会うのはちょっと無理だな」

「高杉さんのマンション？」

唐突に、巧は奇妙なことを言った。高杉？　いったい誰のことだと思ったが、眼前の男の本名にも「高」がつくことをふと思い出した。まさか、山本の本当の名前が高杉なのか。

「高杉さんって誰よ？」

だから、あえて声に出してみた。すると案の定、山本は目を丸くして驚きを露《あら》わにする。どうやら本名は高杉で正解のようだ。

「高杉さんって、三雲さんの仲間なんでしょ。間違ってる？」

さらに続けて、巧は驚くべき発言をした。さすがにこれには、菜摘子も絶句した。

「な、仲間ってどういうこと？　あたしには高杉なんて知り合いはいないわよ」

つい取り繕《つくろ》うことも忘れ、素に戻って答えてしまった。そんな菜摘子の動揺に気づいているのかいないのか、巧はさらに爆弾を投げてくる。

「今、すぐ下にいるんだけどさ。今からそっちに行ってもいい？」

「すぐ下？　今から？」

ほとんど声が裏返りそうになりながら訊き返す間に、インターホンが鳴った。山本改め高杉は、飛び上がってモニターの前に駆け寄る。

一拍遅れて、菜摘子も高杉の背後からモニターを覗き込んだ。エントランスを映し出すテレビカメラは、男の子の姿を捉えている。巧はこちらの視線に気づいたように顔を上げると、嬉しげに微笑んでピースサインを送ってきた。

12

「おまおまおま、お前、どういうことだよこれは？」

モニターに指を突きつけながら、高杉は三枝晶子に問い質した。晶子自身が愕然《がくぜん》としているところからして、渋井家側に内通したわけでないことは察しがつく。となると、間抜けにも尾行されたのか。少しは使える女かと思ったのは、とんだ眼鏡違いだった。

「コ、コ、コイツは渋井のガキじゃないか。なんでこんな奴がこの場所を知ってるんだよ。お前、後を尾けられやがったな」

「お前呼ばわりしないでって言ったでしょ。それに、後を尾けられるようなへまはしてないわよ」

晶子は偉そうに反論する。だが実際にこうして渋井のガキがエントランスまで来ているのだから、晶子が尾けられたに決まっているではないか。

「じゃあどうしてガキがここにいるんだ？　お前が尾けられたとしか考えられないじゃないか」

「知らないわよ。あんたが招待状でも出したんじゃないの」

「ねえねえねえ、ボクのことガキって言わないでくれる？　巧って名前があるんだけど」

晶子が手にしている携帯電話から、かすかに声が聞こえた。どうやらこちらの会話は、携帯電話を通してガキに筒抜けだったらしい。

「馬鹿、電話切れよ」

慌てて指示したが、晶子がそれに応じるより早く、巧と名乗ったガキの声が制する。

「切らないでよ。どうしてボクがこの場所を知ったのか、その理由を知りたくないの」

言われて、思わず晶子と目を見交わしてしまった。誰かがどこかでへまをしたなら、その点は認識しておかなければならない。そもそも、巧に素性を知られたからには、計画そのものがもうおじゃんになったと考えなければならないのだ。高杉はがっくりと肩を落とし、ドアモニターの受話器を取った。

「開けてやるよ。入ってこい」

「どうも」

嬉しげな巧の声が、今度はドアモニターのスピーカーから聞こえる。もう何もかもどうにでもなれという投げやりな気分で、高杉はソファに身を投げ出した。

すぐに、ドアベルが鳴った。それでも高杉は立ち上がる気になれない。立ったままの晶子が「どうするのよ」と言うので、「出迎えてやれよ」と答えた。

「あいつはオレの客じゃなくって、あんたの客だ」

晶子は不本意そうになにやらぶつぶつ呟いていたが、言われたとおりに玄関へと向かった。「お邪魔しまーす」という場違いに明るい声がしたかと思うと、連れ立ってリビングに戻ってくる。

「こんにちは、高杉さん」

巧はいかにも育ちのよいぼっちゃんらしく、ぺこりと頭を下げた。高杉がそちらに目を向ける気にもなれず、ぶっきらぼうに「こんにちは」と応じると、わざわざ前に回り込んできて顔を覗き込む。

「ああ、やっぱりあなたが高杉さんだったんだね。昨日はどうも」

「き、昨日？」

ソファの肘《ひじ》掛けに肘を置いて頬杖《ほおづえ》をついていたのだが、思わず顔を上げて間抜け面を曝《さら》してしまった。巧は屈託のない表情で、にこにことしている。

「昨日、ボクの後を尾けてたでしょ。ご苦労様でしたね」

「おまおまおま、お前、気づいてたのか！」

まさか尾行を気取《けど》られているとは思わなかった。巧は一度も振り返りはしなかったではないか。

「そんなことじゃないかと思ったわよ。あたしのこと責めといて、間抜けなのはあんたじゃない」

立ったまま腕組みをしている晶子は、冷ややかな視線で高杉を見下ろしていた。高杉はといえば、そんな晶子と巧に交互に目を向けるので忙しかった。

「ちょっと待て、ちょっと待ってくれ。ということは、オレのことを逆に尾行したのか」

巧の尾行を切り上げた後、誰かの視線を感じたように思ったことを思い出した。ちらりと見かけた影が小さかったので軽く考えてしまったが、あれは巧だったのか。

「まあ、そういうこと。坐ってもいいよね。三雲さんも坐れば」

巧は勝手にソファに坐り、自分の隣をパンパンと叩いた。晶子は苦笑して、言われるままに腰を下ろす。

「でもオレは、車に乗って帰ったんだぞ。あそこからここまで尾けてくることはできなかったんじゃないか」

高杉は反射的に思いついた疑問を質した。考えてみれば、晶子にも同じようにしてこのマンションを突き止められたのである。一度ならず二度も同じ過ちを繰り返したことに、頭を抱えたくなった。

「ここまで尾けてきたわけじゃないよ。この辺りに来たのは今日が初めて」

巧は澄まして答える。高杉の頭の中では、ますます疑問符が飛び交った。

「じゃあ、どうしてわかったんだよ」

「だってさ、不審な車が何度も何度も出没してたら、ナンバーくらい控えておくじゃん。ナンバーがわかれば、その持ち主の住所を陸運局で調べられるんだよ。それで高杉さんの名前もわかったってわけ」

そんなことも知らないのかと言いたげな巧の口調が小面憎《こづら》い。高杉としては口をへの字にして黙り込むしかなかった。

つまり、園部もへまをしていたというわけだ。自分ひとりのミスでないのはまだましだが、怒りを向ける先がない。オレたちの考えることなんてしょせんこんな落ちが待っているだけかと、空《むな》しく自嘲するしかなかった。

「待てよ。ここの住所をどうやって割り出したのかはわかった。だがその女とオレの繋がりは、なんで知ってるんだよ」

まだ納得できない点を発見し、高杉は背凭《せもた》れから身を起こした。晶子も不思議そうに巧を見ている。当の巧は晶子と高杉に等分に目を向け、「だってさ」と肩を竦めた。

「三雲さんの態度、いかにも怪しかったんだもん。レックスのこと根掘り葉掘り訊いて、もしかして誘拐でもするつもりだった？」

　この言葉には高杉も驚いたが、それ以上に晶子の方が衝撃を受けているようだった。

「なんですって！」と大声を上げ、腰を浮かせる。

「あたしの態度のどこが怪しかったのよ」

「三雲さん、ぜんぜん犬好きには見えないよ。それなのに妙に興味を持ってるようだったから、高杉さんの件と合わせて、『ははあ、そういうことか』とピンと来たってわけ。たまたま別口が重なった可能性はあるけど、ふたりが手を組んでると考えた方が妥当でしょ。蓋然《がいぜん》性の高い推測に基づいて行動したら、それが合ってたということ」

　なんだこのガキの口振りは。これで十歳なのかよ。妥当？　蓋然性？　そんな単語を口にするのは二十年早い。高杉は悔し紛れに内心で悪態をつく。

「やられたわね、これは。あたしたちの負けよ、高杉さん」

　晶子はわざとらしく呼びかけを強調する。犯行計画がぱあになった上に、晶子に本名まで知られてしまった。踏んだり蹴ったりとはこのことだ。

「オレたちは揃いも揃って間抜けだったってわけだね、三枝晶子さん」

　高杉も同じように名前を呼んでやる。巧はそんなやり取りを面白そうに見て、口を挟んだ。

「三雲さんの本名、三枝晶子っていうの？　でも本当は違うんでしょ」

「どうでもいいでしょ、そんなこと。それより、あたしたちのことをどうするつもり？　どうしてわざわざこんなところまで訪ねてきたのよ」

晶子はしぶとく自分の名前を隠し、話題を逸らせた。晶子の本名だけ不明なのは腹立たしいが、巧が何を考えているのかは確かに聞いておきたい。現時点で警察に通報されても逮捕されるようなことはしていないものの、こうしてマンションまで乗り込んできたのはいささか無謀ではないか。単なる子供の好奇心か。

「その前に確認しておきたいんだけど、高杉さんと三雲さんが企んでたのは、レックスの誘拐なの？」

「オレたちは何も企んじゃいないよ、おぼっちゃん」

ここで言質《げんち》を取られるわけにはいかなかった。いまさらでも、とぼけとおすしかない。

「ああ、言えないってわけね。そりゃそうか。じゃあまあ、そこは認めてもらったってことで話を進めるけど、ママからいくら取れると思ってたの？」

「だから、何も企んじゃいないっての」

「一千万くらい？　それとも、仲間は三人みたいだから千五百万かな」

巧は高杉の否定を無視して、不気味に正確な推測をする。いったいこのガキはなんなんだと、高杉はまじまじと見つめた。

「当たりみたいだね。うん、けっこういい線いってると思うよ。レックスのためなら、ママはそれくらい出しそうだから」

「ああ、そうかい、よかったね。それならキミがレックスとやらを誘拐すれば」

ほとんどやけっぱちになって言ってやると、巧は困ったように小首を傾げた。

「考えないでもなかったんだけどさ。やっぱりボクひとりじゃ無理なんだよ。レックスを預かってくれる人とか、脅迫の電話をかける人とか、身代金を受け取る人とか必要でしょ」

「そりゃ、そうだ。で、オレたちと手を組みたいなんて言い出すんじゃないだろうな」

冗談のつもりで口にすると、巧は真顔で「まあね」と頷く。高杉は一瞬言葉を失い、かろうじて体勢を立て直した。

「あのなぁ、ぼっちゃん。オレたちは真っ当に生きてる善良な社会人なんだよ。夢の中で悪さを考えるのはいいけどさ、オレたちまで巻き込まないでくれるか」

「そうそう。大人をからかうのはよくないわよ」

晶子も同調する。それでも巧は、表情を変えなかった。

「高杉さんと三雲さんのことはパパやママには言わないから安心してよ。どうせボクにこのマンションまで知られたからには、計画を白紙に戻すしかないんでしょ。だったら、ボクの話も聞いてくれない？」

「家に帰っておとなしく宿題でもしてなさい」

「ボクの学校では宿題なんて出ないんだよ」

面白そうに巧は答える。高杉としては、もうなんでもいいからこのクソ生意気なガキを追い払いたかった。

「高杉さんたち、お金が欲しいんでしょ。千五百万は、まあまあ大金だもんね。でもさ、どうせならもっと欲しいと思わない？　例えばひとり一千万くらい」

巧は余裕綽々《しゃくしゃく》の口振りで、そんなことを言い出す。いったい何を示唆《しさ》しているのか、高杉には見当がつかなかったが、一瞬後には腰が抜けるほどの驚愕《きょうがく》を味わった。巧はあっけらかんと、とんでもないことを言ったのだ。

「ボクを誘拐してよ。そうしたら、ひとり頭一千万くらい軽いって」

13

「あのなぁ、ぼうず。おふざけもいい加減にしろよ」

さすがに少し腹が立ってきて、高杉は言葉を尖《とが》らせた。こんなガキに振り回されている自分が腹立たしいが、やはり大人相手に小生意気な口を利く巧を窘《たしな》めてやらないことには気持ちが収まらない。最初に考えたとおり、頬を抓り上げてやろうかとも思った。

「そうよ。あたしたちはキミの友達じゃないんだからね。高杉さんが怒り出さないうちに、おとなしく帰りなさい」

晶子も同じ思いなのか、少し眉を寄せてそう言った。それでも巧は、鈍感なのか大人を大人と思っていないのか、あくまで平然とした顔を保っている。

「ふざけてるんじゃないよ。真剣。ふざけてるように見える？」

「見える見えないの問題じゃなく、自分を誘拐してくれなんて言い種《ぐさ》の、どこが真剣なんだよ。悪い冗談としか思えないじゃないか」

「悪い冗談に聞こえるのはわかるけど、でも本気なんだよ。ちゃんと聞いてくれない？」

「いいからさっさと帰れよ」

「聞いてくれないなら、高杉さんと三雲さんのことをパパに言っちゃうよ。三雲さんはパパに顔を知られてるし、高杉さんはここを引っ越すしかなくなるよね」

「脅しかい。上等だぜ、クソガキ」

「高杉さんは怒ると何をするかわからないのよ。あたしなんか、ストーカーになってやるって凄《すご》まれたんだから」

　横から晶子が妙な怖がらせ方をする。高杉はそんな晶子に指を突きつけて、「おい、ちょっと待てよ」と遮《さえぎ》った。

「こんなときに何を言い出すんだ。このガキをおとなしく帰らせるのが先だろ」

「だから説得してるんじゃない。つまらないことにいちいち引っかからないでよ」

「高杉さん、三雲さんのことが好きなの？」

「誰がこんな女」

「悪かったわね、こんな女で」

　皆が口々に好き勝手なことを言う。もはや収拾がつかなくなり、高杉は「うー」と唸って不毛なやり取りを打ち切った。

「よし、話を戻そう。巧クンよ、キミは自分を誘拐してくれって言うけど、つまりそれは親から身代金を取れって意味か？」

　帰れと言うだけでは素直に従いそうにないので、仕切り直して問い詰めることにした。巧はとうてい質問の意味がわかっているとは思えないほど明るい声で、「そうだよ」と認める。

「レックスならせいぜい千五百万円くらいまでしか払えないけど、さすがにボクがさらわれたんなら、六千万は出すよ。一億だったらどうかと思うけどね」

「あんたの親は、子供がさらわれても一億円だと出さないのか。とんでもないケチだな」

呆れて指摘すると、巧はうんざりしたように眉を寄せて、「そうなんだよ」と言う。

「もうパパは本当にケチでさ。いやになっちゃう」

「そんなケチでも、六千万円までなら出すのかよ」

「いくらなんでも、子供が誘拐されたとなればね。というか、六千万円くらいなら、警察に捕まらずに受け取る方法を考えたんだよ」

「何？」

警察に捕まらずに身代金を受け取る方法だと？　そんなやり方があるなら、確かにリスクの大きい一億円より、安全な六千万円だ。しかし、こんな子供の言うことを真に受けていいものだろうか。

「六千万円ということは、もしかしてキミの取り分も千五百万円か？」

「そうだね。みんな同額の方が喧嘩にならなくていいでしょ。実際の取り分はもう少し少なくなっちゃうけど」

「千五百万円も、キミの年でどうするつもりだ？」

「うん、それがさっきも言ったとおり、うちのパパはケチでさぁ。ボク、自分の部屋用に液晶テレビが欲しいんだけど、いくらねだっても買ってくれないんだ。今あるのは、すごい邪魔っけのブラウン管テレビなんだよ。ひどい話だと思わない？」

小学生のくせに、自分の部屋にテレビがあるというだけでかなり贅沢だと思うのだが。このガキはいったいどういうメンタリティーを持っているのか。高杉は内心で呆れたが、巧は自分の話が相手にどういう思いを抱かせたかまるで気づいていない。

「だからね、ちょっとパパからまとまったお小遣いをせしめようかと考えたわけ」

「液晶テレビを買うのに、千五百万も必要ないでしょ。残ったお金はどうするのよ」

晶子も質問をする。巧は体を捻って、晶子の方を向いた。

「これから欲しい物が出てきても、きっとパパは買ってくれないと思うんだ。だからそのときのために貯金しておく」

コイツ、人間のクズだな。高杉は不快な思いを抱いた。こんな奴が大きくなっても、ろくな人間にならないだろう。自分の方がよほどまともだという気がしてきた。

「あのねぇ、巧クン。もしキミのパパがお金を払うとしたら、それはキミの身をすごく心配しているからなのよ。そんな心配をかけて、申し訳ないとは思わないの？　それはいけないことなのよ」

晶子が至ってまともなことを言って諭《さと》す。晶子とてとうてい真っ当な社会人ではないだろうに、そんな女にまで常識的なことを言わせる巧はある意味すごかった。なんと答えるかと見守っていたら、巧はそれでもいけしゃあしゃあと言葉を返す。

「パパはインサイダー取引をやってて、それでお金を儲けてるんだよ。そんなお金なら、取っちゃったって良心は痛まないでしょ。ボクだって、パパがまともに稼いでいるならこんなことは言わないよ。ボクのこと、すごい悪人だと思ったでしょ？」

巧は心外そうに、高杉と晶子の顔を見る。悪人だと思われても当然のことを言ってるじゃないかと高杉は内心で突っ込んだが、あえて口にせずにおいた。巧の言葉が本当なら、確かに六千万くらいいただいてもいいと思ったのだ。

「インサイダー取引？　巧クン、めったなことは言わない方がいいわよ。それを聞いて高杉さんがパパのことを脅迫したらどうするのよ。六千万円どころじゃ済まないかもしれないわよ」

晶子がまた変な脅し方をする。「おい！」と高杉は声を上げた。

「いちいちオレを引き合いに出すな。お前だって脅迫しそうな女じゃないか」

「あたしはそんなことしないわよ。それと、お前呼ばわりはやめて」

「オレだってしねえよ」

言い返してから、高杉はしばし考えた。そして立ち上がり、「ちょっと」と晶子を呼ぶ。北側の部屋に行くぞと、顎をしゃくって無言で伝えたら、晶子はすぐに察してついてきた。

「どう思う？　あのガキのこと」

ドアを閉めて、小声で尋ねた。晶子は呆れたように肩を竦める。

「あんな悪ガキだとは思わなかったわ。あたしが親だったら、もうお尻が腫《は》れ上がるくらい叩いてやるのに」

「躾《しつけ》はオレたちの仕事じゃないさ。どうやって追っ払うか、あるいは話を聞いてみるか、それを確認したいのさ」

「話を聞く？　それ、本気？」

「多少はな」

認めると、晶子は眉を寄せて高杉を横目で見る。

「あなたも巧クンに負けず劣らず、親の躾がなってなかったようね。お尻を叩いてあげましょうか」

「そういう趣味の人なら喜ぶだろうけど、あいにくオレはそうじゃないんだ。まあ聞けよ。子供を誘拐するのは人非人だと思う。まして子供を思う親の気持ちにつけ込んで身代金を取るなんて、極悪非道もここに極まれりだ。でもな、これは狂言誘拐だ。さらわれる子供本人が自分から飛び込んできたんだから、いわばオレたちは受け身だろ。それに、渋井パパは不正な行為で金を手にしてるというじゃないか。別に正義の鉄槌《てっつい》を下すとは言わないが、特に罪悪感を感じる必要はないだろう。違うか？」

「詭弁《きべん》じゃない？　そういうの」

「何もあのガキの言うがままになろうってんじゃない。何を考えてるか、聞くだけ聞いてみてもいいんじゃないかと言いたいんだ」

「聞くだけ、ねぇ。ちゃんと叱《しか》って、家に帰してあげるのが大人の分別ってものじゃないかしら」

「じゃああんたは好きにしろよ。もしうまくいったら、あんたを抜きにしてオレたちで金を山分けだ」

「え」不意に晶子は声を変えた。「ちょ、ちょっと待ってよ。いやもちろん話を聞いてから叱るんでもいいのよ。どうせ子供の考えることだからね。聞いても無駄だとは思うけどさ」

うろたえ気味の晶子を見て、高杉はにやにやした。しょせんこの女も、金の匂いを嗅げば常識だの信念だのを遠くに投げ捨てるタイプの人間なのだ。だったら最初から偉そうなことを言うなよと思うが、それは高杉自身にも当てはまるのだと一瞬後に気づき、わずかに苦笑する。

「オレが気になったのは、一億なら無理だけど六千万なら受け取る手段があると、あのガキが言ってた点だ。あいつ、妙にこまっしゃくれてるけど、頭はよさそうじゃないか。ガキっぽい考えだとしても、オレたちが補強してやればけっこう現実味があるのかもしれないって思ったんだよ」

「まあ、あの子が頭がいいのはあたしも認めるわ。あたしら自身がこれだけ綺麗に出し抜かれれば、認めないわけにはいかないものね」

晶子も同意する。実を言えば高杉自身、未だに気が進まない思いもあるのだが、取りあえず手を打つことにした。

「よし、じゃあそういうことだ。ま、余興のつもりで話を聞いてみようや」

なおも何か言いたげな晶子に背を向け、リビングに戻った。巧はおとなしく、ソファに坐っている。

「話し合いはどうなったの？」

「キミはミステリー小説が好きだろ」

巧の質問には直接答えず、いきなり断定してやった。さすがの巧も、きょとんとした顔をする。

「なんのこと？　まあ、好きと言えば好きだけど」

「やっぱり、アレだよな、読むのが好きだと、自分でも考えてみたくなるだろ。だからキミは、誘拐もののミステリーを読んで自分でも身代金を奪う方法を考えたわけだ」

「ははあ」

やはり巧は頭の回転が速く、早くも察しをつけたようだった。高杉はにやりと笑って、先を続ける。

「だからキミは、自分の考えたストーリーをオレたちに話してみたい。オレたち善良な市民は、キミがミステリー作家になれるかどうか、その話を聞いて判断してやるよ。それでいいだろ？」

「別にいいけど、どうしてそこまで取り繕うのかな。大人の体裁ってヤツ？」

「善良な市民は、誘拐なんて恐ろしい犯罪とは一生縁がないものさ」

「なんだかなぁ」

巧は生意気な態度で肩を竦めると、わかったよとばかりに頷いた。そして、すでに頭の中で話す順番を整理してあったらしく、整然と計画を語り始める。最初は穴があったら突っ込んでやろうと思っていた高杉も、やがて身を乗り出して真剣に耳を傾けた。

「――ということを考えたわけ。どう、高杉さん？　ボクはミステリー作家になれるかな」

問われても、とっさには返事ができなかった。思わず晶子に目をやると、彼女も驚いたようにこちらを見返している。言葉を交わさなくても、互いの思いが共通していることは理解できた。

「いや、まあ、うん、よくできたストーリーだと思うよ。それ、本当にキミがひとりで考えたのか？」

「そうだよ」

巧は当然だと言いたげに胸を張る。それでも高杉は、念を押さずにはいられなかった。

「誰かの小説で読んだとか、そういうわけでもないんだな」

「違うよ。似たようなトリックの話だって、たぶん書かれてないんじゃないかな」

「ホントかよ」

これは巧への確認ではなく、思わず口から飛び出した呟きだった。巧の計画は至極現実的で、しかもかつて聞いたこともないアイディアに基づいていた。こんなことを十歳で考え出すとは、まさに末恐ろしい。そんなに頭がいいなら、もっとましなことに使った方がいいんじゃないかとアドバイスしたくなった。

「ボクの計画でも、いくつかネックがあるのはわかるよね。そこは高杉さんたちでどうにかできるかな？」

巧は犯罪の計画を練っているとは思えぬ無邪気な口振りで、そう確認する。ふたたび高杉は晶子と目を見交わし、「ああ」と頷いた。

「なんとかなると思うよ。そういうことにはルートがあるからな」

「よかった。やっぱり高杉さんたちと手を組もうと考えたのは正解だったな。他の人じゃ、こうはいかないもんね」

手を組む、とはまた生意気な。自分のことを高杉たちと対等に考えているのは明らかだ。高杉はひと言言ってやりたかったが、しかし現に突拍子もないアイディアを提供してくれたのだから子供扱いもできない。晶子もそう感じたのか、苦笑いを浮かべていた。高杉は渋々認めてやる。

「……まあ、オレたちも暇じゃないんだが、これからもキミの小説のアイディアを聞いてやってもいいよ。それで満足かい」

「やったぁ」

ぱちんと手を打って、巧は喜びを表した。そして高杉と晶子の顔を交互に見ると、またしても大人びたことを言った。

「じゃあ、チーム結成だね。チームになったからには、隠し事はしちゃ駄目だよ。というわけで三雲さん、そろそろ本名を教えてよ」

なるほど、そう来たか。それはいい提案だぞ。高杉は内心で巧を誉めてやる。

どう応対するかと見ていたら、晶子は諦めたように首を傾げた。

「仕方ないわね。あたしの名前はミカミナツコ。一、二、三の三に、上、菜っ葉を摘《つ》む子供で菜摘子。よろしくね」

そう名乗って、やけっぱちのように頭を下げる。ようやく本名がわかり、高杉は痛快だった。

「こちらこそよろしくな、三上菜摘子さん」

「そうとなったら、ボクたちはもっとお互いを知るべきだと思わない？　チームなんだからさ」

巧はにこにこして、そんなことを言い出した。お互いを知る？　いったい巧は何が言いたいのだと、高杉の裡《うち》でまた警戒心が頭をもたげた。

「お互いを知るべき、って、ご趣味は？　とか質問し合えばいいのか？」

そうであって欲しいという願望も込めて、訊き返した。それなのに巧は、「ううん」と首を振る。

「そんな、お見合いじゃないんだからさ。やっぱり他人の性格を知るには、一緒に行動するのが一番だと思うんだよ。だから今から出かけない？」

「出かけるって、どこに？」

「どこでもいいんだけどさぁ、例えばディズニーランドなんてどうかな？」

「でぃずにいらんどぉ？」

14

言うに事欠いて、このガキは何を言い出すのか。どこかのかわいい女の子とデートするならそれもいいが、何が悲しくてこまっしゃくれたガキと性格の悪い女と三人でディズニーランドに行かなければならないのか。寝ぼけたことは眠りながら言って欲しい。

「あのなぁ、そういうところはパパとママと行け」

「親が連れてってくれるなら、こんなことは言わないよ。ねぇ、行こうよ」

巧は少し生意気な態度を改め、懇願《こんがん》するように高杉を見つめた。だがそんな目で見られたって、いやなものはいやなのだ。

「あいにく、キミと違ってオレは貧乏でな。ディズニーランドなんて金のかかるところに行く余裕はないんだよ」

「お金なら、これからがつんと入ってくる予定じゃん」

「取らぬ狸の皮算用はしない主義なの」

「別にボクが出してあげてもいいからさ」

「はぁ？　お前、そんなに小遣い持ってるのか」

「お小遣いをたくさんもらってるわけじゃないって、さっきも言ったでしょ。少ない額をこつこつ貯金してるんだよ」

「十歳のガキに奢《おご》ってもらうほど、オレは落ちぶれちゃいないよ」

「じゃあ、割り勘で行こうよ」

「おい、菜摘子さんよ。なんとか言ってやってくれ」

相手をするのも馬鹿馬鹿しくなり、菜摘子に話を振ってみた。菜摘子も困ったような顔で、巧に半身を向ける。

「あのさ、巧クン。いくらなんでも高杉さんみたいなおじさんをディズニーランドに付き合わせるのは酷じゃないかしら」

「オレはまだ三十四だ！」

コイツに相手を任せたオレが馬鹿だった。高杉は反省して、話を引き戻す。

「まあいいや。そういうわけで、オレは行かない。そこにいる若い若いお姉さんに連れてってもらえよ」

ソファの背凭《せもた》れに体を預け、菜摘子に向かって顎をしゃくる。菜摘子は高杉の嫌みに、険しい目つきで応じた。

「あたしだって忙しいのよ。これから帰ってやることがあるんだから」

「ふたりとも、冷たいね。高杉さんはともかく、三上さんはもっと優しい人かと思ったのに」

恨みがましく、巧は菜摘子を下から見上げる。菜摘子は困り果てたのか救いを求めるような目を向けてきたが、高杉は知らん顔をして窓の外を眺めた。

「あーもうわかったわよ。ディズニーランドに連れてってやればいいんでしょ。別にあたしだって嫌いじゃないから、行ってもいいわよ。ただし、そこのおじさんもついてくるならね」

「おじさんじゃないっつーの！」

高杉は抗議したが、菜摘子はもちろん、巧も取り合ってくれなかった。菜摘子はなおも言葉を重ねる。

「千五百万よ、千五百万。千五百万のためなら、ディズニーランドに行くくらい我慢しなさいよ。行けばけっこう楽しいって。おじさんは行ったことないだろうけど」

「ディズニーランドくらい、行ったことあるよ」

「誰と？　ひとりで？」

「デートだ！　かわいいかわいい若い女の子と何百回も行ったことあるよ」

「へー。じゃあ常連なのね。ますます高杉さんにエスコートして欲しいよねぇ」

菜摘子はわざとらしく巧に同意を求める。巧もにやにやしながら、「うん」と頷いた。

「高杉さん、女の人にもてるんだ。さすがぁ」

下心見え見えのおだてだということはわかっていても、高杉としては怒るわけにもいかなかった。反論する言葉を失い、しばし「うー」と唸る。

「……わかったよ。ディズニーランドに連れてってやればいいんだろ。キミをディズニーランドに連れてけば、オレは千五百万円を手にできるんだろ」

「よかったね、巧クン。おじさんが連れてってくれるって」

「おじさんじゃないっての」

もはや言い返す声にも力が入らなかった。誘拐計画の前段階として、当の子供をディズニーランドに連れてって遊ばせてやらなければならないとは、そんな情けない誘拐犯がかつていただろうか。せめて園部がいてくれればよかったのにと、高杉は我が身の不幸を嘆いた。

マンションを後にして、三人で車に乗り込んだ。高杉がハンドルを握り、菜摘子と巧は後部座席に坐る。巧はどうやら嬉しくてたまらないようだが、それを高杉たちに悟られまいと不自然に顔を引き締めている。菜摘子もそれに気づいているのか、苦笑気味の表情だった。高杉は「行くぞ」とだけ声をかけて、車を発進させた。

こんな奴らとディズニーランドに行くために金を使うのも業腹だったが、時間を浪費する方がもっと無駄だと考え、首都高速に乗る。時刻が中途半端なせいか、さほど混んでなく、一時間強で舞浜《まいはま》に着いた。

途中、はしゃいでいるのかあるいは座持ちをしなければならないと気を使ったのか、巧はずっと喋っていた。学校の友達の話をしたかと思えば、そこから派生していきなり時事問題を論じたり、あるいはインターネットで集めたらしき芸能人のゴシップを披露《ひろう》したりする。その話題は多岐に亘《わた》っていて、正直なところ、聞いていていて飽きなかった。

つまらない独りよがりの話を続ける大人も多いことを思えば、巧は十歳にしては恐ろしく話し上手と言えた。高杉はあまり口を挟まなかったが、菜摘子などは「そうそう」「へええ」などと相槌を打ち、それなりに楽しげにしていた。

駐車場に車を停め、エントランスに向かった。とても奢ってやる気にならなかったので、巧にはパスポート代を自分で払わせる。巧も常にそれくらいの金は持ち歩いているようで、なんのためらいもなく支払っていた。

中に入ると、見慣れたぬいぐるみたちがあちこちにいた。巧は駆け寄って、他の子供たちと一緒にぬいぐるみに触る。菜摘子と並んでそんな様を見ていると、なにやら子供を遊ばせている夫婦者のようで、くすぐったい気分を味わった。

巧は声を上げて高杉たちを呼ぶと、自分の携帯電話を突き出した。これで写真を撮れと言うのだ。適当にシャッターボタンを押してやると、満面に笑みを浮かべた巧が携帯電話のディスプレイに残った。

店が並んでいるエリアを抜けると、巧は偉そうに指示を始めた。

「じゃあ、高杉さんはまず《プーさんのハニーハント》に行ってファストパスを取ってきてよ。取り方は、さっき車の中で教えたとおりだからね」

今は順番待ちをしなくていいように、アトラクションによっては整理券を発行しているらしい。それを、高杉だけ先に行って取ってこいと巧は言っているのだ。車の中で指示されていたこととはいえ、なぜそんなことをしなければならないのかと高杉は釈然としない。

「お前が自分で行ってくればいいじゃねえか。なんでオレが」

「大人の方が足が速いでしょ。ほら、行ってきてよ」

「あ、あたしの分もね」

菜摘子はそんなことを言って、自分のパスポートを押しつけてくる。ふたり分の視線に曝され、高杉は渋々それを受け取った。

「わかったよ、行ってくればいいんだろ」

仕方なく右前方の方角へ歩き出す。すると後ろから、「早く！」という声が聞こえた。

「ああ、もう」と吐き捨てて、高杉は走り出す。

以前に来たときには、《プーさんのハニーハント》なんていうアトラクションはなかった。少し来ない間に、どんどん新しいアトラクションができるのだろう。もっとも、最後に来たのはもう十年近く前のことなので、このアトラクションも新しいわけではないのかもしれないが。

前回は、本当に女性と一緒に来た。付き合っていたわけではなく、付き合えたらいいなと高杉が望んでいた相手である。ここで過ごした一日は楽しい時間となったが、結局その後はあまり嬉しい展開とはならなかった。風の便りでは、今ではその子も結婚して二児の母だという。それに引き替え自分は、せこいカード詐欺に行き詰まった末に狂言誘拐を計画中とは、なんとも寂しいことである。しかし傍目にはきっとそうは見えず、親子三人仲良く遊んでいるように映るのだろうと思うと、どうにも落ち着かない心地になった。

ファストパスを三人分取って、菜摘子たちが追いついてくるのを待った。大して遅れずに現れたふたりは、高杉を見つけるとすぐに次に行こうと言い出す。《プーさんのハニーハント》の順番が回ってくるまで、他のアトラクションで楽しむ計画らしい。巧はもちろん、菜摘子も乗り気になっているようで、すでにふたりの間では相談ができていた。

そのまま、近くにある《ホーンテッドマンション》に行った。待ち時間は四十分だった。いきなりの待機だが、これでもまだ短い方だろう。午後も遅いということもあって、園内はそれほど混んではいなかった。

菜摘子と巧は、「怖いのかなぁ」「それほどでもないよ」などと言葉を交わしている。巧は園内のシステムにやたら詳しい割には、ひとつひとつの内容までは把握していないらしい。もしかして、来るのは初めてなのか。

「なあ、巧クン。キミ、ディズニーランドは初めて?」

「うん、そうなんだよ」

尋ねてみたら、思いがけない返事があった。あんな金持ちの一家のくせして、ディズニーランドに来たことがないのか。それとも、一般レベルを遥かに超えた金持ちはこんなところに遊びに来ないのだろうか。

「まさか、東京ディズニーランドには来たことないけど、アメリカのディズニーワールドには行ったことあるって言うんじゃないだろうな」

「ないよ。家族旅行なんて、めったにしたことないもん」

「へえ、そうなの」驚いたように、横から菜摘子も口を挟む。「海外とか、バンバン行ってるのかと思った」

「ママはよく行ってるよ。友達同士で。でもボクは二回しか行ったことない」

十歳で二回も海外に行ったことあるなら恵まれてる方だと思ったが、ママは友達同士でよく行っているというくだりが気になった。家族持ちでもそんなものなのだろうか。

「じゃあ、パパは？」

菜摘子もその点に引っかかったのか、確認をする。巧は大人びた仕種《しぐさ》で、肩を竦めた。

「パパはいつもお金儲けに忙しくて、ボクたちのことなんかかまってくれないよ」

「だからママも、好き勝手にしてるってわけ？」

「そういうこと。うちはみんな、バラバラなんだよ」

巧はそう答えると、わずかに俯《うつむ》いた。高杉はつい、菜摘子と目を見交わす。客観的にはかわいそうな話だと思うが、しかしオレにそんなことをこぼされてもなぁと、高杉は困惑した。

「あ、でも、だから寂しいってわけじゃないんだよ。別に同情なんかしてくれなくていいからね」

巧は不意に気づいたように、顔を上げて強がった。言葉だけでなく、本当に同情を拒絶する真剣な表情をしている。高杉は少し安心し、そのプライドを尊重して何も言わずにおいた。その代わりに、綺麗に整えられている髪の毛をぐちゃぐちゃにしてやる。巧は「やめてよ」といやがったが、顔には笑顔が戻っていた。

ようやく順番が回ってきて、移動式の椅子《いす》に三人で坐った。暗い建物の中に入っていく。精巧な模型やホログラフィーのモンスターたちが次々に現れ、巧は声を上げて喜んだ。入り口から出口まで何分かかるアトラクションなのかわからないが、高杉にとってもほとんど一瞬に感じられるほど楽しめた。

ちょうど《プーさんのハニーハント》の順番が回ってくる頃になったので、そちらに向かった。これもまた、大人でも充分に楽しめるほどの刺激に満ちている。ぐるぐると回転する椅子に翻弄《ほんろう》されながら、巧も菜摘子もはしゃいでいた。

それから以後は、次々に人気アトラクションを乗り歩いた。ファストパスを発行するところではそれをもらい、順番が回ってくる間に他のアトラクションに並ぶ。最初は見ているだけにしようと考えていた高杉だが、結局すべてに付き合うことになった。自分だけ乗らずに待っているのは、何かもったいないような気がしてきたのだ。

いつの間にか日が翳《かげ》り、辺りは夕暮れに包まれ始めた。高杉は不意に我に返り、巧に問い質す。

「おい、そろそろ家に帰らないとまずいんじゃないか。ママが心配するだろ」

「今日は塾に行く日だから、別に大丈夫」

少し頬を上気させて、巧は答えた。それでも高杉は、納得するわけにはいかなかった。

「塾があるなら、よけい帰らないと駄目だろ。間に合うのか」

「今日は欠席するって言っといたから、遅くまで遊んでてもいいんだ」

「欠席？　いつそんな連絡をしたんだ？」

「さっき。トイレに行ったときに電話した」

そういえば、三十分ほど前にトイレに行った巧は、なかなか戻ってこなかった。大きい方でもしているのかと思ったが、そうではなくそんなアリバイ工作をしていたのか。抜け目のない奴だ。

「ずる休みか。いいのかよ」

「別にいいの。だってこんなチャンス、めったにないんだから」

今ここで帰されてはたまらないとばかりに、巧は言い張った。それを聞いていた菜摘子は、諦めたように眉を吊り上げる。

「ま、いいんじゃない。気の済むまで遊ばせてあげれば」

「……そうするか」

ちょうど《ビッグサンダー・マウンテン》を待っているところだったので、その間に食事をすることにした。売店ではなくレストランに入り、きちんとした夕食を摂《と》る。食事代は割り勘にせず、高杉が三人分を払った。巧は「いいんですか」と気にしたが、「それくらいの稼ぎはあるから任せろよ」と強がっておいた。本当は他人に食事を奢ってやるほど、余裕ある生活を送っているわけではないのだが。

食事後も園内に残り、最後のパレードを見てからようやく帰路に就いた。巧は大満足だったらしく、あれが面白かったこれがすごかったと、車の中で幾度も反芻《はんすう》していた。菜摘子も巧とほとんど同レベルで盛り上がり、はしゃいでいる。高杉はといえば、往路の憂鬱《ゆううつ》な気分が綺麗に払拭《ふっしょく》されているのを自覚していた。

やがて巧の口数が少なくなり、ついには静かになった。ルームミラーで後部座席を見ると、口を開けて頭を窓に凭《もた》れさせていた。

「寝たのか」

「そうみたいね」

菜摘子が応じる。菜摘子の顔には、苦笑とは違う穏やかな笑みが浮かんでいた。

「いくら頭がよくても、生意気でも、やっぱり子供よね。ま、あたしもたっぷり楽しんじゃったけどさ」

「そりゃ、よかったな」

「あなたは楽しくなかったの？　ディズニーランドの常連さん」

「内緒だ」

高杉はそう答えて、今度はルームミラーに映る車の後方に視線を転じた。二度も尾行をされれば、どうしても背後が気になる。先ほどからずっと同じ車がついてくるような気がしていたが、すでに日が落ちた状態ではそれも判然としなかった。

巧の家の前まで乗りつけるわけにはいかないので、少し離れたところで車を停めた。巧を起こし、ひとりで帰れるかと尋ねると、大丈夫だと答える。車を降りる際に、巧はぺこりと頭を下げて「今日はありがとうございました」と殊勝《しゅしょう》なことを言った。

「すごく楽しかった。またね」

迷いのない足取りで、巧は振り返ることなくさっさと歩いていく。それを見送っていると、菜摘子が「またね、だってよ」とおかしそうに言った。

「友達と遊ぶ約束してるんじゃないんだからねぇ。また付き合わされるのは勘弁して欲しいわ」

「まったくだ。ところであんた、どこに住んでるんだよ。送ってってやるよ」

どうせ答えないだろうと思いつつ、一応訊いてみた。すると菜摘子は、一瞬悩むように口を噤《つぐ》んでから、少し早口に答えた。

「梅《うめ》ヶ《が》丘《おか》まで行ってちょうだい」

「梅ヶ丘？　なんだ、近いじゃないか」

本当に梅ヶ丘に住んでいるのかどうか怪しんだが、あえて訊かずにおいた。車を出し、来た道を戻る。

環状七号線から少し入ったところで、菜摘子を降ろしてやった。菜摘子は一度車を出てから、助手席のウィンドウをこつこつと叩く。そちら側を開けると、身を屈めて高杉の顔を見た。

「今日はどうもありがとう。巧クンじゃないけど、楽しかったわ」

「あんたが『ありがとう』なんて言葉を知っているとは思わなかったよ」

「あたしはこれでも礼儀正しいのよ。じゃあね」

菜摘子は軽く手を振ると、颯爽《さっそう》とした足取りで去っていった。まあ、性格は最悪でもかわいげがないわけではないようだと、高杉は回りくどい言葉でひとりごちる。先ほどまで表情を作っていたので、なんとなく頰の辺りが強張《こわば》っていた。ひとりになると自制も解け、いつの間にか口許がほころんでいた。

15

ディズニーランドに行った日から一週間が過ぎても、高杉からはなんの連絡もなかった。菜摘子もそれなりに忙しかったので自分から電話をせずにいたが、さすがに一週間も間が空くと高杉の動向が気になってくる。いくらアホでも、手を組むと決めたからには放っておくわけにはいかない。高杉は高杉で着々と準備を進めているものと思いたかったが、何しろあのアホコンビのことだ、ただぼうっと過ごしているだけという可能性もあった。

菜摘子は自分の携帯電話を使って、高杉に連絡を入れた。もう番号は教えてあるので、非通知にする必要はない。飛ばし携帯ではなく、自分の携帯から非通知にせずに電話をするのなど久しぶりだと、菜摘子はふと気づいた。つまりここ最近は、昔からの友達にも連絡をしていなかったということだ。他人から寂しい生活だと指摘されれば腹が立つが、こんなときは確かにそのとおりかもしれないとふと思ってしまう。

高杉の携帯電話にかけたので、すぐに捉まえることができた。今どこにいるのだと尋ねると、自宅だという。「暇そうで羨《うらや》ましいわ」と皮肉のひとつも言ってやると、「あんたはオレがどれだけ苦労をしているか知らないんだ」と歯軋《はぎし》りしかねない声が返ってきた。

「オレの苦労をあんたにも分けてやりたいよ」

「何がそんなに大変なの？　そんなに大きな獲物でも見つけたってわけ？」まさかひとりで別口の儲け話を見つけたのではないだろうなと、菜摘子は鋭敏に反応した。こうして携帯電話の番号まで教え合う関係になったからには、抜け駆けは許さない。

「大きな獲物？　そりゃあ、いるにはいるさ。物好きにも向こうから飛び込んできたのを、あんたも知ってるじゃないか」

高杉は今度はため息混じりにそう言った。菜摘子は意味がわかりかね、「巧クンのこと？」と訊き返した。

「なんで巧クンのことで苦労してるのよ？」

「あんた、今時間があるのか？　だったらうちまで来てくれよ、頼むから」

頼むから、とはこれまた弱気な発言だ。いったい高杉の身に何が生じているのか。

「どうしたってのよ？　そんなに困ったことが起きたの？」

「巧のガキが来てんだよ」

すかさず背後から、「ガキって言わないでよ」という声が聞こえてくる。なるほど、そういうことか。菜摘子は納得した。ふうん、ずいぶん懐《なつ》かれたものじゃない。子供に好かれるタイプとは思わなかったわ。

「巧クンが遊びに来てるのね。ふうん、ずいぶん懐《なつ》かれたものじゃない。子供に好かれるタイプとは思わなかったわ」

「勘弁してくれよ。子供とナマコはオレが世の中で一番苦手なものなんだ。なっ、頼むからちょっとこっちに来て巧の面倒を見てやってくれ。お願い」

別に高杉さんに面倒を見てもらった憶えはないよ、と抗議する声が上がった。菜摘子は思わずクスリと笑ってしまう。

「まあ、そこまで言われたら行ってあげてもいいけどね。でも、ふたりで楽しく遊んでいるのにお邪魔じゃないかしら」

「ぜひ来てくれ。うまいコーヒー豆もある。諸手《もろて》を挙げて歓迎するよ」

「じゃあ、今から行くわ。たまたまあたしの時間が空いてて、ラッキーだったわね」

「うんうん、ラッキーだった」

これまでならこちらの言葉尻を摑まえて絡んでくるところなのに、今日の高杉は至って素直だった。よほど子供の相手に難渋《なんじゅう》しているらしい。菜摘子とて子守りは大の苦手だが、巧はその辺の洟《はな》垂れ小僧とは違ってがさつなところがない。子供扱いせずにきちんと扱ってやれば、ちゃんと礼儀正しく応じてくるからましだ。通話を切ってから、

「仕方ないなぁ」とひとり言を言って腰を上げた。

マンションに到着すると、電話を切ってからずっと玄関先で待っていたのではないかと思わせるほど素早く、高杉はドアを開けた。菜摘子の顔を見て、大袈裟に嘆息する。

「待ってたよ。ホント、よく来てくれた」

「あなたにこんなに歓迎される日が来ようとは思わなかったわね。なんでそんなに参ってるの？　巧クンは手がかかる子じゃないでしょ」

「そうだけどよぉ。ガキがずっと部屋の中にいるってのは落ち着かないもんだぜ」

こそこそと小声で囁く高杉の背後から、ぱたぱたと小さな足音が聞こえた。肩越しに覗くと、にこにこ笑っている巧の顔が見える。

「いらっしゃい、三上さん。この前はどうも」

「いらっしゃい、ってなぁ。ここはお前の家じゃないんだぞ」

ぶつぶつ文句を言いながら、高杉は先に立ってリビングに向かってしまった。そんな後ろ姿に目をやりながら、菜摘子は巧に小声で問いかけた。

「高杉さんとふたりで、何して遊んでたの？」

「クイズ。でも高杉さん、ぜんぜん当てられないんだよね。頭使って考えないんだもん。つまんないから、ちょうどパソコンいじってたとこ」

クイズ攻めか。辟易《へきえき》する高杉の顔が目に浮かび、菜摘子は笑いを嚙み殺した。

リビングまで行くと、巧が二度くしゃみをした。勝手にティッシュボックスからティッシュを取り、鼻をかむ。「風邪？」と尋ねると、巧は鼻を赤くさせて首を振った。

「ううん、たぶんアレルギーだと思う。埃《ほこり》アレルギー」

「埃アレルギー？　ちょっと、聞いた？　ちゃんと掃除したら？」

キッチンに立っている高杉に大声で話しかけたが、返事はない。まあ菜摘子自身も自分の部屋を常に綺麗に保っているとは言いがたいので、あまり追及はしないでおいた。

「大丈夫？　こんな汚い部屋に来なきゃいいのに」

改めて巧に訊くと、鼻をかんだティッシュをゴミ箱に捨てながら、にっこりと笑う。

「大丈夫だよ。埃にはそんなに反応しないんだ。ボクが一番駄目なのは馬糞《ばふん》」

「馬糞？　馬糞アレルギーなんてあるの？」

「あるよ。アレルギーってのはどんなものに対してもあるんだよ」

「でも、馬糞くらいでよかったわね。馬糞だったらいくらでも避けようがあるじゃない」

「そうそう。だから困ることは特にないんだ」

巧は鼻をひと啜《すす》りして、フローリングに直接置いてあるノートパソコンに向かった。

菜摘子はソファに坐ってくつろいでから、高杉にもう一度声をかける。

「約束だから、おいしいコーヒーを淹れてよね。ああそれと、あたしが来るときに備えて豆は切らさないようにしてよ」

それに答えるように、電動ミルで豆を挽く音が聞こえてきた。文句を言いたいのに無理矢理呑《の》み込んでいる気配が伝わってくる。あー楽なもんだわ、と菜摘子は首を捻って肩の凝りをほぐしながら考えた。

高杉の困惑の原因は、黙ってノートパソコンをいじっている。放っておけば静かな子じゃないか。なぜあんなにいやがらなければならないのかと、菜摘子は不思議でならなかった。

「ねえ、巧クン。ところでどうしてこんなところに遊びに来てるの？　もちろん親御さんには言ってないよね」

高杉が面倒見のいい相手ならともかく、あれだけいやがっていれば巧もあまり面白くないのではないか。子供が喜びそうな物など何もないこのマンションに、何を好きこのんでやってきたのかと疑問に思う。

「家にいるよりずっと楽しいよ」巧は顔を上げて、まるで同意を求めるように菜摘子を見た。「家にいたって誰もいないしさ。塾に行っても、教わるのはわかってることばっかりでつまんないし。それに、高杉さんっていい人だと思わない？　口ではいやそうなこと言っても、結局はなんでも言うこと聞いてくれるからね」

「お人好しだもんね」

　菜摘子がうんうんと頷いていると、「何、勝手なこと言ってやがる」と呟きながら、恨《うら》めしそうな目をした高杉が戻ってきた。手にしているコーヒーカップを、乱暴に菜摘子の前に置く。

「ここは託児所じゃねえんだぞ。遊びたいんなら、他行《ほか》って遊べ」

「行くとこないんだもん」

「友達の家に行けよ。友達くらいいるんだろ」

「友達って、学校の友達？　学校の子はみんな、幼稚であんまり面白くないんだよね」

　ああ、なるほどわかる。巧の言葉に、菜摘子は深く頷いてしまった。巧はまだ子供らしいところを残しているが、それでも同世代の子に比べれば遥かに大人びている。これでは確かに話が合うわけもなかった。

「だからって毎日来られても、こっちは迷惑なんだよ。オレだって忙しいんだからな」

　高杉の困り果てた訴えを耳にして、菜摘子は軽く驚いた。毎日？　今日だけでなく、巧は毎日ここに通っているのか。

「忙しいって、別になんにもしてないじゃん」

「大人にはな、子供にゃわからない難しい事情ってもんがあるんだよ。だいたい、働かなきゃおまんまの食い上げじゃないか」

巧の言葉に高杉はむきになって反論するが、横で聞いていると単にごまかしているようにしか思えない。そもそも、カモを見つけられないでいる詐欺師なんて、することは何もないはずだ。

「まあまあ、そんなに邪険にしないで。巧クンだって高杉さんのことを慕ってるから、こうやって遊びに来るんでしょ。人徳人徳」

からかうつもりではなく、それなりに本気で宥《なだ》めてやった。しかし高杉は、怨《えん》じるような目で菜摘子を見るだけだった。

「オレが喜んでるとでも思ってんのか。他人事だと思いやがって」

「でもさ、ちょうどいいじゃない。せっかくこうやって集まったんだから、例の計画を進めましょうよ」

自分としては前向きな意見を提示したつもりだったが、高杉はまたしてもうんざりした表情で応えるだけだった。

「それがさ、あの計画はしばらく棚上げなんだ」

「どうしてよ」

細かい金儲けはいくつか進行中だが、一千五百万円もの大口仕事は他にない。できることならさっさと取りかかりたいのに、なぜ棚上げにしなければならないのか、その理由がわからなかった。

「巧に訊いてくれよ」

高杉は顎をしゃくって巧を示すと、自分はまるで頭痛がするとでも言いたげに額に手を当てて俯いた。菜摘子が視線を転じると、巧は涼しい顔で言う。

「ボクさ、まだ学校があるんだよね」

そりゃそうだろう。小学生なんだから、学校があるのは当然ではないか。巧が何を言っているのか、菜摘子にはよくわからなかった。

「誘拐されるとなると、その日のうちには帰れないよね。ってことは、学校を休まないと駄目じゃない。学校行ってもつまんないけどさ、ずる休みはしたくないんだよねー」

「ってことは、いつやるのよ？」

「うん、夏休みに入ってからがいいな」

「はあ？」

開いた口が塞がらず、思わず高杉の顔を見た。高杉はますます頭痛が亢進《こうしん》したように、表情を情けなさそうに歪《ゆが》めている。

「――だってよ。菜摘子さん、コメントをよろしく」

「コメントって言われても……。ホントに夏休みにならないと駄目なの？」

「うん。高杉さんも三上さんも、それぞれ都合はあるでしょ。ボクにもあるんだよ。どうせなら、誰にも負担がかからないようにすべきじゃない？」

　巧は澄まし顔で言ってのけた。誘拐なんて大事件を起こすのに、なんだって子供の都合を考えて夏休みまで待たなければならないのか。自分たちがいったい何を計画しているのか、菜摘子はふと見失いそうになった。

「……夏休みって言ったら、まだ一ヵ月以上も先じゃない。そんなに待ってられないわよ」

「急《せ》いては事をし損じる、ってね。じゃあ今から始めようか、ってわけにはいかないんだから、夏休み前にいろいろ準備しておいてよ」

「オレが頭抱える気持ちもわかってくれるだろ、菜摘子さんよ」

　高杉が向けてくる目は、真の理解者を求める人のそれだった。さすがにかわいそうになり、「よしよし」と慰めてあげたくなる。菜摘子はため息をついて、「わかった」と渋々頷いた。

「ということは、このチームもしばらく休止ね。それまであたしも、真面目に日々働くことにするわ」

「でも計画とは関係なく、また遊びに来てよ。待ってるからさ」

　無邪気に言う巧に対し、「ここはオレの家だ」と力なく反論する声が聞こえた。菜摘子は憐れな高杉と視線を交わし、気持ちはわかるよと深く頷きかけた。

16

　今日も学校が終わったら遊びに行くね、などという電話がかかってきたのは、午過《ひる》ぎのことだった。高杉は着信番号を見た瞬間にそのまましらばっくれようかとも思ったが、子供相手に居留守を使うのも大人げないかと考え直し、つい着信ボタンを押してしまったのだ。そして、声を聞いた瞬間に後悔した。こんなことを毎日繰り返しているから、お人好しと言われてしまうのだと反省する。

「オレは忙しいの。子供は子供らしく、外で友達と遊びなさい」

「だから、友達いないんだって言ってるじゃない。寂しいこと何度も言わせないでよ」

　巧は少し怒ったような声だった。もしかしてプライドを傷つけてしまったのかなと、ほんの少しだけ自分の失言を悔いる。だがそんな気持ちを声に滲《にじ》ませれば巧が図に乗るだけなので、あえてぶっきらぼうに言った。

「じゃあ、家に帰っておとなしく宿題やってろ」

「宿題はないんだってば。あのさ、ボクだっていつも手ぶらでお邪魔するのは気が引けるんだよ。でね、昨日帝国ホテルの缶詰スープをもらったんでさ、おみやげに持っていこうと思うんだけど、いる？」

帝国ホテルの缶詰スープ。そんなもの、三十四年間の人生で一度も口にしたことがないぞ。いったいどんな甘美な味がするのかと想像を巡らせると、口の中に一瞬で生唾《なまつば》が溜まった。

「そ、そうか。手みやげとはガキのくせに気が利くじゃないか。帝国ホテルのスープなんて飲み飽きてるけど、せっかくの好意を無にするわけにはいかないな。いいから持ってこいよ」

唾を飲み込む音を立てまいと喋《しゃべ》るので、口の中がべちゃべちゃする。巧は高杉の強がりをさらりと受け流し、「じゃあ、またいつもの時間にね」と言って電話を切った。

帝国ホテルのスープか。高杉はなんとなく落ち着かない気分になり、部屋の中をうろうろと歩き回った。巧にだけは死んでも知られたくなかったが、実は帝国ホテルのスープでなくても、今は食料品をもらえるならひれ伏してお礼をしたいほど切実に困窮《こんきゅう》していた。何しろ金本を騙す詐欺に失敗してから、実入りはゼロなのである。少ない貯金を切り崩す生活にも、そろそろ限界が見えてくる頃だった。

だが高杉はふと我に返り、足を止めた。気づいてみれば、早く来ないかなと巧の来訪を心待ちにしている自分がいたのだ。あまりのさもしさに、己が情けなくなる。やっぱり貧乏は人間の器を小さくするなぁ、とひとりごち、子供に頼るような卑しい根性を頭から追い払った。よし、自力で生きていくための算段をしよう。ともかく、なんでもいいから小金を稼ぐべきなのだ。しばらく遊んで暮らせる大金は、巧が夏休みに入りさえすれば手にできるのだから、それまでの繋ぎのためのひと稼ぎを考えなければならない。

何はともあれ、こうしてマンションで燻《くすぶ》っていてもしょうがない。外に出て、千円でも二千円でも稼いでこよう。ただ、巧が来るのに留守にしておくわけにはいかない。留守番のために、園部を呼びつけておくことにする。子守りを園部に押しつけ、その上食料を入手できるなら一石二鳥というものだ。よしよし。

電話をすると、園部は尻尾を振らんばかりの勢いで駆けつけてきた。まるで忠犬ハチ公のような奴だ。どこぞのこまっしゃくれたガキとは違って、頭の悪いヤツはかわいいなぁとしみじみ思いつつ、留守番を命じる。巧が来るから一緒に遊んでやれよとつけ加えると、園部はまるで切腹を命じられたように顔を強張らせた。

「そんなぁ、アニキ。オレにあのガキの相手をしろって言うんですか。殺生《せっしょう》ッスよ〜」

「何が殺生だ。じゃあ三上菜摘子の相手をする方がいいか。好きな方を選ばせてやる」

「そ、それだけはご勘弁を。オレは昔っから、頭がいい女は苦手なんですよ。忘れもしない小学校三年のとき、なんで頭を洗ってこないんだって学級委員の女子にがみがみ怒られてからオレはああいうタイプは駄目なんです。あの女の相手をさせられるくらいなら、いっそ死んだ方がましッス」

「じゃあ死ね」

「アニキ〜。最近オレに冷たくないッスか？」

「たかだか子供の相手くらいで、そんなに青ざめるな。あいつは勝手に遊んでるから、放っておけばいいんだよ」

「うー。ホントでしょうね。なぞなぞ攻めとかにされたら、オレきっと頭パンクするッス」

ならば、あと数時間後にお前の頭は破裂するわけだな、と内心で思ったが言わない。その代わりに、ふと疑問に思ったことを質してみた。

「ところでお前、頭を洗えと怒られたときはどれくらい洗ってなかったんだ？」

「え？　いや、別に大したことないッスよ。一ヵ月くらいじゃないッスかね」

それでは周囲の者が怒るのも無理はない。よほど臭かったのだろう。高杉は学級委員に同情しつつ、マンションを後にした。

千円でも二千円でも稼がなければ、という決意の許《もと》に外に出たのはいいが、これといって金儲けのアイディアがあるわけではなかった。こんなときは足を棒にして歩き回るに限る。まずは最寄りの駅に行き、切符販売機の周りをうろうろした。

探しているのは残高のあるプリペイドカードだ。ほんの数十円が残っているだけなら、もう使えないからと捨ててしまう人もいる。それらを掻《か》き集めて切符を買い、間違えて買ってしまったと駅員に換金してもらえば、少なくとも小銭は手に入るのだ。

だが残念ながらそれも昔の話で、今はプリペイドカードでそのまま改札を通れてしまうから、切符販売機の周りに捨てていく人も少ない。何枚か拾ってはみたが、どれも綺麗に使い切ったものばかりだった。

仕方ない。本当はもっと追いつめられたときにやろうと思っていたのだが、奥の手を出すか。高杉は嘆息しつつ、近くのゲームセンターに行った。

目当てはゲームではない。たいてい入り口の脇に設置されている、いわゆるガチャポンと呼ばれる玩具《がんぐ》の販売機が、高杉の目指すものだった。

百円なり二百円なりを投入してハンドルを回すと、カプセルに入ったおもちゃが出てくるこの機械は、ゲームセンター内に十台ばかり置かれていた。それらを高杉は念入りに調べ、都合のいい台を見つけ出す。かなり確率の低い金儲け手段なので、いきなり最初から見つかるとは幸先がよかった。

店員の目が届いていないことは確認済みだが、それでも一応演技をした。硬貨を投入してハンドルを回す真似をする。そして大袈裟に首を捻ってから、「なんだよ」と呟いてカウンターに向かった。

「すみません、あそこのガチャポンにお金を入れたんですが、カプセルが一個も入ってなかったみたいで、何も出てこないんですけど」

「ああ、そうでしたか。それは失礼しました」

アルバイトらしき若い男は疑うことなくあっさり言うと、鍵を持ってカウンターを出てきた。そしてガチャポンを開け、「すみませんでした」と頭を下げながら二百円をこちらに渡す。「いやいや、いいんですけどね」と高杉も愛想よく応じて、引き下がった。

もちろん高杉は、ガチャポンに一銭も投入していない。だがお金を入れたかどうかは痕跡《こんせき》が残らないので、抗議をすれば店としては代金を返さざるをえない。そもそも、たった二百円をせしめるためにそんな嘘をつく奴などいないだろうという思い込みが、こちらの付け目だ。労せずして二百円を手に入れることができ、高杉は満足だった。

この手口の難点は、そうそう何度も繰り返せないというところだ。いい年をしたオタクがうようよしているご時世だから、三十代の男がガチャポンをやっていること自体は特に怪しまれない。だが毎度空のガチャポンにお金を入れたと訴えては、向こうもこちらの意図に気づく。もうこのゲームセンターでこの方法は通用しないと思わなければならなかった。

その足で、歩いていける範囲にあるガチャポンを置いてある店すべてを回ったが、他には空のガチャポン台はなかった。仕方なく、池袋まで出る。池袋ではゲームセンターはもちろんのこと、書店、デパート、レンタルビデオ屋、家電量販店のゲーム売り場などを虱潰《しらみつぶ》しに見て回った。それだけ回れば空の台もいくつかあるものである。都合千二百円を入手したところで、疲れ切って切り上げることにした。

交通費を抜いて九百円ほどの儲けを手に、高杉はマンションに戻ってきた。そろそろ夕方になろうかという時刻だが、いつもどおりならまだ巧は帰っていないはずだ。園部がクイズ攻撃を食らって目を白黒させているところを想像し、ひとりでにやにやする。園部も巧の相手をすることで、少しは頭がよくなればいいのだがとも思った。

玄関ドアを開けると、予想に反して三和土《たたき》に巧の靴はなかった。今日は早く帰ったのかなと首を傾げつつ、靴を脱ぐ。奥から園部が出てきて、「お帰りなさい」と声をかけた。

「けっこう早かったッスね」

「ああ、まあな。ところで、巧はもう帰ったのか」

尋ねると、園部は戸惑った表情で首を振った。

「いえ、まだ来てないんですけど」

「来てない？」

とっくに学校は終わっている時刻である。缶詰を取りに一度家に帰ったとしても、とうにここに到着していていいはずだった。缶詰を持ち出そうとしたところをママにでも見つかって問い詰められたか、あるいは気まぐれを起こして友達と遊びに行ったか。いずれにしても、今日は帝国ホテルのスープを口にすることはできそうにないようだ。心底がっかりし、これだからガキの言うことは当てにならないと腹を立てた。

「どうしたんですかね。何かあったんじゃないッスか？」

園部は心配そうだった。高杉は肩を竦めて、さっさとリビングに向かう。

「躾がなっちゃいねえんだよ、躾が。約束は必ず守りなさいって教えてくれる大人が周りにいないんだろ。金持ちのぼんぼんだから、甘やかされて育ってんだよ」

「それならいいんですけどねぇ」

園部は眉を寄せたまま、表情を元に戻さない。逆に高杉が訊き返した。

「じゃあ、他にどんなことが考えられるんだよ」

「例えば、交通事故に遭ったとか」

「交通事故？」

なるほど、確かにそれはあり得る。しかし、親でもないのにどうしてそんな心配をしてやらなければならないのか。それに園部も園部だ。自分のガキがいるわけでもなし、よくそんなことに気が回るものだ。

「あいつが車に轢かれるようなタマかよ。そんなかわいげがあるなら、こっちも苦労はないわな」

　後先考えず走り回るガキならともかく、あの巧が車に轢かれるようなへまをするとは思えなかった。どうせたわいもない理由で約束をすっぽかしたに違いない。今度会ったらたっぷり説教を垂れてやると、心の中で言うべき文句を列挙した。

　そんなときだった。高杉の鞄の中から電子音が聞こえた。携帯電話にメールが着信した音である。もしや巧ではあるまいかと端末を開いてみると、案の定そのとおりだった。

「巧だよ。今頃詫《わ》びか」

　呟きながら、メールを開封した。読み上げようかと思いつつ文面を目で追い、大いに戸惑う。これはどういう意味かと、しばし考え込んでしまった。

　メールにはたった一行、「子供は預かった」と書いてあったのだ。

17

「なんじゃこりゃ？」

　思わず声を上げてしまった。まったく意味がわからない。巧がいったい、誰の子供を預かったというのか。

「どうしたんですか？」

高杉の反応を見て、園部が不思議そうに携帯を覗き込んでくる。高杉は園部に向けて、携帯を突き出した。

「なんですか、これ？」

一読して、園部も首を傾げる。高杉はメールを閉じながら、「知らねえよ」と吐き捨てた。

「ふざけてやがるんだろ。大人をからかうようなガキは、二度とこの家の敷居を跨《また》がせねえ。ちょっと叱りつけてやる」

そのまま巧の携帯に電話を入れた。だが繋がらず、メッセージを要求する音声案内が聞こえた。高杉は「ばーか」とだけ吹き込んで、携帯を閉じた。

「まったく、近頃のガキは何を考えてるのかね。親の顔が見てみたいよ」

携帯をテーブルの上に投げ出してぶつぶつ呟いていると、園部が不安そうな目を向けてきた。

「あのー、アニキ。『子供は預かった』って、ふつう誘拐したぞって意味ですよね」

「そうとは限らないだろ。忙しい親に代わって、近所のおばちゃんが面倒を見てくれてるのかもしれないぜ」

「そんなことで、いちいちメールしてきますか？」

「きっとな、あいつは誘拐計画を練ってて、脅迫の文面を考えて、それを間違えてオレ宛に送っちゃったんだろ。頭よさそうな面《つら》してるくせに、案外粗忽者《そこつもの》だよな」

「これ、脅迫じゃないッスかね」

「脅迫？」

園部が何を言っているのかわからなかった。巧がこのオレを脅迫してるっていうのか？

「どうしてオレが巧に脅迫されなきゃならないんだよ」

「いえ、メールを送ってきたのはあのガキじゃなく、ガキをさらった奴でしょ。そんで、足がつかないようにガキの携帯を使ってメールを送ってきたんです」

「はあ？」

何を言ってやがるんだ、コイツは。だから頭が悪い奴と付き合ってると疲れるんだよな。高杉はため息混じりに反論した。

「ガキをさらった奴、って、巧が誰かに誘拐されたって言いたいのか？」

「そうッス」

園部は真顔で頷く。高杉はそのあばた面に向かって、諄々《じゅんじゅん》と説き聞かせるように語りかけた。

「いいか。そりゃあ、あのガキが誘拐されても不思議はないさ。何しろ親はあんな豪邸に住んでる金持ちなんだからな。他ならぬオレたちだって、あの親から金を巻き上げようと狙ってるくらいなんだから、同じことを考える奴が世の中にはいるかもしれないよ。だがな、その場合は親を脅迫するもんじゃないか。なんだってオレのところにそんな無意味なメールを送ってくるんだよ」

「間違えたとか」

「だとしたらそいつは、お前並みに間抜けだってことか」

「じゃあ、親がケチだから脅迫しても無駄だと思ったんじゃないッスかね」

「オレを脅迫してももっと無駄だ。何しろ金はこれしかないんだからな」

そう言って、小銭で膨れ上がった財布が入っている腰のポケットをパンパンと叩く。

園部が言っていることは支離滅裂で、いちいち答えてやるのも馬鹿らしい。

「じゃあ、アニキはぜんぜん気にならないんですか？　オレ、ちょっと不安ですよ。本当になんでもなきゃいいんですけどねぇ」

園部はなおも大袈裟に嘆いた。そんなふうにすぐそばで騒がれては、高杉もなんとなく落ち着かなくなる。仕方ねえなぁと、もう一度巧に電話をするために携帯へ手を伸ばした。

すると、そのタイミングを見計らっていたようにテーブルの上の携帯が鳴り出した。

またしてもメールの着信である。思わず動きが止まり、園部と目を見交わしてしまった。園部は真剣に怯《おび》えながら、「ま、またメールッスよ」とわかりきったことを言う。

「あ、ああ」

頷いて、携帯を手に取った。メールの差出人は、やはり巧である。「すみません、変なメールを送っちゃいました」という詫びであることを祈りつつ、開いてみた。

だが、高杉の祈りは天に届かなかったようだ。そこにはこんなことが書かれていた。

《渋井巧を預かった。無事に返して欲しければ、こちらの指示に従え。もちろん、警察になど通報するな。巧の親にも言ってはいけない。最後につけ加えるが、このメールは高杉篤郎宛である》

「お、おおおおお、おい、ちょ、ちょっとこれを読め」

震える声を隠しきれず、携帯電話を園部に渡した。園部は言われたとおりにメールを読み、顔を青ざめさせる。

「ほら、オレの言ったとおりじゃないッスか。アニキ、オレのこと馬鹿だと思ってるでしょ。オレ、馬鹿じゃないッスよ。だって、オレの言ったとおりじゃないッスか。ねっねっ」

園部も狼狽《ろうばい》しているようで、場違いに自分の推測の正当性を延々と主張した。そんな園部の頭を「うるせえよ」と平手で一発叩き、高杉は携帯電話を取り返した。

何度読み返しても、文面は変わらなかった。何かの間違いであることが読み取れないかと期待したのだが、どう超絶の読解をしたところで相手の意図は明らかだ。何しろ先方は、高杉をフルネームで名指ししているのである。手違いや勘違いの可能性は一ミクロンもなかった。

「ちょっと待て。冷静になろうな。ええと、さっきも言ったとおり、巧を誘拐してオレを脅迫するってのはおかしいんだよ。だから、これは巧がオレたちをからかっているに違いない。なっ、お前もそう思うだろ」

頼むから同意してくれ、という気持ちを込めて園部に問いかけた。だが無情にも、園部は厳《いか》つい顔を静かに左右に振るだけである。

「あのガキはクソ生意気だけど、こういういたずらをする奴とは思えませんよ」

「じゃあ、なんでオレを脅迫するんだよ。オレと巧は縁もゆかりもないじゃないか」

「縁もゆかりもなくはないでしょ。ここんとこ、ずっと面倒を見てたんじゃないんですか」

「面倒なんか見てねえよ！　向こうが勝手に押しかけてきただけだ」

「オレに言わないでくださいよ。文句があるなら、このメールを送ってきた奴に言ってください」

「コイツが誰だかわかるのか、お前」

「知らないッスよ、そんなこと」

園部は困り果てたように答える。さすがに高杉も理不尽なことを言っているという自覚があったので、それ以上食ってかからなかった。しばらく考えて、また続ける。

「よし。じゃあ推測その二だ。巧は本当に誘拐されたんだとしよう。それなのにオレを脅迫してくるってことは、相手はアホだ」

「はあ」

「な。この推測なら納得できるだろ」

「納得はできますけど、それで何かの解決になるんですか？」

「オレが解決しなきゃいけないのかよ。どうしてオレが！」

「じゃあ、このまま無視するんですか？　あのガキを見捨てるんですか」

いやなことを言ってくれる。高杉は心底、園部を呪ってやりたかった。一所懸命その結論から目を逸らしていたのに。

「巧の親に知らせてやりゃいいじゃねえか」

「親に言っちゃ駄目だって、メールに書いてあったじゃないッスか。もし約束破ったら、あのガキ殺されるかもしれないッスよ。そうなったら寝覚め悪いッスよ〜」

お前がオレを脅してどうする。高杉は園部から顔を遠ざけつつ、横目で睨みつけてやった。

「どうしろって言うんだよ！　オレが巧を助け出すために身代金を払わなきゃいけないのか？」

「わかんないッスけどね。相手の狙いはなんなんでしょうねぇ」

「わかんねえなら言うな！　どアホ！」

園部を怒鳴ったところで事態は何も変わらないのはわかっていたが、他にどうしようもなかった。人生には思いがけないことが起こるものだと承知していても、いくらなんでもこれはひどすぎる。どうして他人のクソ生意気なガキが誘拐されたからといって、こんなに気を揉《も》まなければならないのか。

「アニキ。ひとつ言っていいですか？」

恐る恐る、園部が口を開く。どうせまたいやなことを指摘するのだろうと思ったが、黙らせておいたらよけい気になる。顎をしゃくって促すと、園部は心底申し訳なさそうに言った。

「あのー、オレが思うに、アニキは逃げられないッスよ。だって、相手はアニキの素性を知ってるみたいじゃないッスか」

「わかってるよ、そんなことは！」

ああもう、どうして馬鹿はいちいち口に出さないと気が済まないのか。言われなくてもわかっとるわ。少しくらい現実逃避をさせてくれ。

「あのー、もうひとつ言ってもいいですか？」

「うるせえ。ろくなこと言わねえんだから二度と口を利くな。金輪際《こんりんざい》口を利くな」

「いや、あの、今度は建設的な意見ッス。あの女に相談してみたらどうッスかね」

「あの女？」

菜摘子のことか。そうだな、このふざけた状況に巻き込める人間がいるとしたら、それは菜摘子以外にない。だいたい、あの女と出会ってしまったのが運の尽きだったのだ。責任を取ってもらおうじゃないか。高杉はそう結論する。

「園部、お前もたまにはいいこと言うじゃねえか。次にいいことを言うのは一万年後か？」

「オレ、一万年も生きられないッスよ」

園部は律儀に答える。律儀な馬鹿は捨て置き、高杉は再度携帯電話を手にした。

18

「ちょっと待ってくれる？　何を言ってるのか、さっぱりわからないわ」

電話口の向こうで喚《わめ》き立てる高杉に、菜摘子は眉を顰《ひそ》めながら言った。巧、とか、誘拐、という単語を連呼してはいるものの、菜摘子たちが計画していることとはどうも違うようだ。このまま喋らせ続けたら、周囲の誰に聞き咎められるか知れない。そんな危険を冒《おか》さないためにも、直接会って話をした方がよさそうだと判断した。

「もういいわよ。よくわからないから、今からそっちに行く。それまでに頭を冷やして、話を整理しておいてよ」

まったく、こっちは忙しいのに。ぶつぶつと呟きながら、携帯電話を閉じた。実はそれほど忙しいわけではなく、単にコーヒースタンドで一服していただけである。無駄足ばかりで疲れたのでまだ休んでいたかったのだが、なにやら高杉の剣幕がふつうでないので放っておくわけにはいかなかった。とんでもないへまでもやらかしたのではなかろうかと、不安が胸の中で膨らむ。

電車を乗り継いでマンションに到着すると、出迎えた高杉の目はわずかに血走っていた。興奮しているのか苛立《いらだ》っているのか、明らかに菜摘子の知る高杉とは違う。ますますいやな予感を覚え、菜摘子は身構えた。

「よく来てくれた。まあ入れよ」

高杉は暗い声で促した。菜摘子は無言で、出されたスリッパを履く。高杉の後に続いてリビングに入ると、園部が世にも困り果てた顔を向けてきた。

「電話ではなんだかさっぱり要領を得なかったんだけど。何があったのか、もう一度説明してくれない？」

勝手にソファに坐り、妙な顔をしている男たちに語りかけた。園部は高杉に縋《すが》るような目を向け、高杉は不機嫌な顔でそれを受け止める。そして、おもむろに言葉を吐き出した。

「巧が誘拐された」

「なんか、そんなようなことを言ってたわよね。それ、どういう意味？」

電話で高杉が何度もそう連呼していたのだが、とても俄《にわか》には信じられなかった。これは計画の予行演習なのではないかとしか思えなかったのだ。

「どういう意味もこういう意味もない。巧がさらわれたってことだよ」

なぜわからないのかと、苛立ちを露わにして高杉は答えた。アホだと見做《みな》している高杉に苛々され、菜摘子のプライドが少し傷つく。

「誰によ？」

「そんなことわかるか」

「じゃあなんで、巧クンが誘拐されたってあなたが知ってるわけ？」

「オレ宛に連絡があったんだと言っただろうが」

確かにそれも、電話で高杉が喚いていたことのひとつだ。しかし、巧が誘拐されてなぜ高杉にその連絡が来るのか、今ひとつ理解できない。菜摘子がその点を質すと、高杉は自分の携帯電話を開いてこちらに突き出した。

ディスプレイに表示されているメールを一読して、おおよそのところはわかった。だが同時に、菜摘子の胸には不信感も生まれる。果たしてこれは、額面どおり受け取っていいことだろうか。高杉が何かを企み、菜摘子を罠に嵌《は》めようとしている可能性はないだろうか。

「どうして相手はあなたの名前を知ってるの？」

「そんなこと知るかよ。オレたちだってまだ、このメールに書かれている以上のことは何もわからないんだからな」

理不尽なことを言われたように、高杉は口を尖らせる。そんな態度を、菜摘子はじっと観察した。

高杉は詐欺師だ。詐欺師とは人を騙して金儲けをするのが生業《なりわい》である。つまり高杉にとって、他人に嘘をつくのは息をするようにごく自然な行為のはずだ。何しろ菜摘子自身にとってもそうなのだから。

しかし同時に、高杉はそれほどいい詐欺師とは思えない。金本邸でのだらしない体《てい》たらくを見ただけで、それは断言できる。そんな高杉に、菜摘子を出し抜いて自分だけ利を得ようなどという計画が立てられるだろうか。そんなことはとうてい無理だという気がした。

　まして、いかにも混乱しているといったこの態度が、演技であるはずもなかった。こんな演技ができるなら、今頃高杉はもっと恵まれた生活を送っているだろう。小指の先ほどしか脳味噌がなさそうな園部に至っては、何をか言わんやだ。腕っ節は強そうだが、菜摘子の目を欺く演技力など皆無に違いない。つまり、こいつらの言っていることはすべて事実だと、そのまま受け取っていいということか。

「ええと、じゃあ冷静に考えましょうか」菜摘子は自分のためにも、まずそう切り出した。「相手があなたの名前を知っていたのは、巧クンから聞き出したから。もちろんあなたのメールアドレスもね。何かの方法で事前に調べ上げていた可能性もあるけど、ともかく巧クンが情報源だと考えれば取りあえず説明はつく。この点はいい？」

「いいぞ。巧が口を割ったと考えた方が、オレとしては不気味じゃなくていいからな」

「なら、次。なぜ連絡が親ではなく、あなた宛に来たのか。これについてご意見は？」

「わかんねえよ！　オレのことをよっぽど金持ちだと思ったんじゃねえのか」

「もし相手が事前にあなたのことを知っていたのではなく、巧クンの口から初めて知ったのだとしたら、巧クンがそのように思わせようとした可能性があるわね。つまり親ではなくあなたに連絡を入れさせる方が、自分が助かる確率が高いと計算したんじゃないかしら」

「どうしてだよ。親にさくっと金を出してもらった方が、簡単に解放されるだろうが」

「親がケチだってことは、巧クンもよくわかっているようだったじゃない。身代金を出し渋られたら困るから、あなたに助けを求めてきたのよ」

「そんなことあるかよ。実の親だぜ。いくらケチでも、自分の息子が誘拐されたのに身代金をケチるか」

高杉は納得がいかないようだった。菜摘子はまるで憤《いきどお》っているかのような高杉を宥《なだ》める口調で言う。

「実際にそうするかどうかじゃなくって、巧クンがどう考えたか、よ。親が信用できないから、あなたの名前を出したんじゃないかしら」

「親よりオレを信用してるってか？　そんな馬鹿なことがあるか。オレと巧は縁もゆかりもない赤の他人だぞ」

「あのー、ちょっといいッスか」

それまでずっと頭を抱えていた園部が、おずおずと手を挙げた。園部が口を挟んでくるとは思わなかったので、少し意外な感に打たれて目を向ける。園部は顔を赤らめながら、言った。

「オレたちだけじゃとてもそんなことは思いつかなかったから、さすが菜摘子さんだと感心したッス。でも、ちょっとそれは変なんじゃないッスか」

「誘拐犯としては、当然ガキの親から金をもらおうと考えてさらったわけでしょ。それなのに、いくらガキが名前を出したからって、どんな関係かもわからない相手に素直に脅迫メールを送りますかね。それがきっかけで、かえって足がつくかもしれないじゃないッスか」

「えっ、どこが？」

なるほど。園部の言うことにも一理ある。小指の先ほどしか脳味噌がないと考えたのは、とんだ眼鏡違いだったかもしれない。菜摘子は自分の観察眼を反省した。

「園部、どうしたんだ！　お前らしくなく冴えてるじゃないか」

高杉が心底驚いたように、隣に坐る園部の肩をバンバンと叩く。園部は本気で照れているのか、「いやー」と言いながら頭を掻いた。

「それほどでもないッス」

「お前がこんなに頼りになるなら、オレとしては安心だ。この件は全部お前に任せる。オレは今から昼寝するから、よろしく頼むぜ」

「そんな〜。アニキ、現実逃避しないでくださいよ」

「ちょっと。漫才やってる場合じゃないでしょ」

園部の言葉どおり、高杉は本気で現実逃避したいようだ。ここで高杉に何もかも放棄されては困る。巧のためにも、現実に引き戻さなければならなかった。

「園部クンの指摘はもっともだけど、でもそうなるともっと厄介よ。何しろ相手は、最初から高杉さんの名前を知ってたってことになるんだから」

「うー」

高杉は唸って、髪を掻きむしった。どうやらわざわざ指摘してやるまでもなく、自分でわかっていたようだ。

「でもな、結局話は元に戻るが、どうしてオレなんだよ。オレを脅迫したって、一文の得にもならないぞ」

「《こちらの指示に従え》って、メールには書いてあるわよね。ということは、単にお金を取りたいわけじゃなく、あなたに何かをやらせたいんじゃない？」

「何かって、なんだよ」

「それは次の指示が来るまでわからないわね」

そう応じた瞬間だった。まるで菜摘子たちのやり取りを盗み聞きしていたかのようにタイミングよく、携帯電話が鳴り出した。あまりのタイミングのよさに驚いたが、すぐに安心する。鳴ったのは高杉の携帯ではなく、菜摘子の物だったからだ。菜摘子は「失礼」と断って、バッグから携帯電話を取り出した。

19

携帯電話を開いて、菜摘子は愕然とした。ディスプレイに表示されている相手の名前は、なんと巧だったのだ。巧本人か、それとも巧の携帯を使って電話をしてきた別の人か。一瞬高杉に目を向けてから、こいつじゃ頼りにならないとすぐに思い直して通話ボタンを押す。そして、素早く耳に当てた。

「もしもし。巧クン？」

その呼びかけを聞いて、高杉と園部は顔を強張らせた。無理もない。「巧」という名前ほど、今の彼らを刺激する単語はないはずだった。

「三上菜摘子さんかい」

だが期待に水を差すように、聞こえてきたのは巧の声ではなかった。いや、それどころか人間の声には聞こえない。まるで安手のSF映画に出てくるエイリアンのような、キンキンとした声。すぐに、声質を悟られないために何かで加工した声だと察した。

「そうよ。あなたは？」

問い返す声が震えそうになるのを、菜摘子は意志の力で押しとどめた。もはや事態は、巧の悪ふざけや高杉の陰謀などではないと直感する。この声の主が、本当に巧を誘拐したのだ。

「自己紹介しよう。私は渋井巧を誘拐した者だ」

耳に響くキンキラ声は、そのように説明した。言い回しには、完全に主導権を握っているという自信が満ちている。菜摘子や高杉を言いなりに動かすことができると、確信しきっている口振りだった。

「お名前はなんて言うのかしら」

訊いても無駄と承知しつつ、取りあえず尋ねてみた。素直に従うものかという気概を、言外に込めたつもりだった。

「私の名前はジョン・レノンだ」

笑みを含んだ返答があった。その笑みは自分のつまらない冗談に喜んでいる笑いではなく、嘲笑《ちょうしょう》だと菜摘子は聞き取った。

「じゃあ、ジョンと呼ばせてもらうわ。で、ジョン。なんの用？」

「まず状況説明をさせてくれ。私は渋井巧を誘拐した。もちろん金目当てだ」

「あなたがショタコンでないなら、当然目的はそうでしょうね。でも、だとしたら電話をかける相手を間違ってるんじゃないかしら」

「なぜ親に電話をしないのか、と言いたいのか？　いい質問だな」

言葉を交わしているうちに、少なくとも相手に関して判明したことがひとつあると菜摘子は思った。相手は女ではない。男だ。女はこんな揶揄《やゆ》を含んだ話し方をしない。

「それは、警察に捕まりたくないからだよ」

ジョンの言葉の意味を、菜摘子はとっさに理解しかねた。警察に捕まりたくないのはわかる。だが、それと菜摘子に連絡をしてきたこととの間にどんな因果関係があるのか、考えが及ばない。

「そりゃあ、捕まりたくないでしょうね。でも、あたしが警察に通報してあげるわよ」

「あんたが、か？」

くくく、と押し殺すような笑い声が聞こえた。それこそ、つまらない冗談を聞かされたような乾いた声だった。

「どの面下げて警察に通報しようってんだよ。そもそも、あんたと渋井巧がどういう関係か、説明できるのか？」

菜摘子は思わず携帯電話を取り落としそうになった。ジョンは菜摘子が後ろ暗いところを持っていることまで承知しているのだ。いったいジョンは何者だ。

「あなたはあたしと巧クンの関係を知ってると言うの？」

「そりゃ、知ってるさ。あんたと渋井巧、それと高杉と園部の関係もな」

予想できたことだが、ジョンは高杉はおろか園部の名まで出した。どうやらこちらの尻尾は完全に摑まれていると思った方がよさそうだ。自分たちの名前が出てきたことを聞き取ったのか、高杉は口許を引きつらせ、園部は顔を青ざめさせている。

「高杉と園部って誰よ？」

それでも、相手の言葉をそのまま肯定するわけにはいかなかった。無駄と知りつつ、一応とぼけておく。

「話が進まないからそういうおとぼけはやめてくれないか、三上菜摘子さん。こっちの話を聞く気はあるか？」

わずかに、ジョンの口調に苛立ちが籠《こも》ったようだった。思いどおりにならないと苛々する性格のようだ。危険な相手だと、菜摘子は警戒する。本当に巧が誘拐されたのだとしたら、その身の安全が心配だった。

「聞く気はあるわ。どうしてあたしに電話してきたのか、教えていただけます？」

へりくだると、「それでいいんだ」とジョンは満足そうだった。そして、思いもかけないことを言い出す。

「あんたに電話したのは他でもない。私に代わって、渋井の親から金を取って欲しいんだよ」

「なんですって！」

金を要求されることしか念頭になかったので、ジョンの言葉には心底驚かされた。そうか、それが相手の狙いだったのか。

「あたしが、巧クンの親を脅迫するの？」

「もともとそのつもりだったんだろ。当初の計画をそのまま実行してくれればいいんだよ」

そんなことまでジョンは把握しているのか。巧が口を割ったのだろうか。思わず菜摘子は歯噛みしたくなる。

「ということだ。詳しい条件はまた追って連絡する。言っておくが、あんたらが言うようにならないならガキの命はないからな」

くっくく、とさも愉快そうな笑い声を残し、ジョンは電話を切った。「もしもし」と呼び止めたが、すでに遅かった。菜摘子は諦めて、携帯を閉じる。

「なんだ、どうしたんだよ？」

すぐに高杉が尋ねてきた。だが菜摘子は、もうこれ以上口を開くのが億劫《おっくう》でならなかった。なぜ高杉でなく自分に電話をしてきたのかと恨みたい気分になるが、それはおそらく、こちらの素性など全部承知しているぞという脅しの一環なのだろう。最前まではどこか他人事めいた思いしか抱けずにいたが、自分もまた部外者ではないことを思い知らされた。

「なんで巧クンの親じゃなく、あたしたちに連絡してきたのか、その理由がわかったわ」

ため息混じりに、かろうじてそう説明する。高杉は身を乗り出して、菜摘子の言葉をひと言も聞き漏らすまいと構えていた。菜摘子はそんな高杉と園部を交互に見てから、捨て鉢に言った。

「相手は、あたしたちを使って身代金を奪わせようとしているのよ」

「ど、どういうことだよ」

「奴はあたしたちが狂言誘拐を企んでいることを知ってたわ。それをそのまま実行して、金を手に入れろというのが奴の要求」

「なんだと」

高杉は軽く仰《の》け反《ぞ》った。そんな大袈裟な仕種が、今はまったく大仰《おおぎょう》に見えない。無意識に出た反応だと、菜摘子には理解できた。

「オレたちが巧の親から身代金を奪って、それを渡さなきゃならないのか？」

「そういうことね」

「冗談じゃねえぞ」

高杉は目の前の見えない障害物を弾き飛ばすように、大きく手を払った。そして体を斜めにして、ソファの背凭れに寄りかかる。

「なんでオレたちがそんなことをしなきゃならねえんだよ。中間マージンでもいただけるのか」

「それは望み薄でしょうね。取った身代金、全額渡さなきゃ先方は納得しないと思うわよ」

「じゃあオレたちは、警察に捕まるかもしれない危険を冒しても、一銭にもならないってわけか」

「そういうことになるわね。それどころか、捕まるような失敗は許されないのよ。あたしたちが失敗したら、その時点でたぶん巧クンの命はなくなるから」

「知るか、ンなこと」

高杉は苛立たしげに、ソファの肘掛けを叩く。園部はというと、こちらのやり取りに口を挟むこともできずに、ただおろおろと視線を菜摘子と高杉の間で往復させていた。

高杉の気持ちはわかる。こんな理不尽な話があるかと、菜摘子も思う。何しろ菜摘子たちは、巧の親でもなければ親戚でもない。ほとんど行きずりの関係でしかないのだ。昨日今日知り合った子供のために、どうしてわざわざ逮捕される危険を冒してまで身代金を奪わなければならないのかと感じてしまう。巧を殺すと脅迫されても、高杉の言うとおり「知ったことではない」のだ。

しかし、本当にそうだろうか。菜摘子は自問せずにはいられなかった。仮に今、ジョンの脅迫を無視して巧が殺されたとして、自分には関係がないと思えるだろうか。今この時点で、巧が誘拐されたことを知っているのはここにいる三人しかいない。巧の親ですら知らないのだ。つまり、巧の命を助けられるのは菜摘子たち三人だけということになる。菜摘子たちが見捨てれば即、巧の命は失われるのかもしれない。それはとりもなおさず、巧の生殺与奪権を菜摘子たちが握っているということを意味する。

こんな状況で、果たして自分は知らん顔ができるだろうか。自分たちが何もしなければ巧が死ぬとわかっていて、ジョンの脅迫を聞かなかった振りなどできるか。そんな選択をすれば、菜摘子が巧を殺したも同然ではないか。

納得はいかない。どうして数えるほどしか会ったことのない巧のために、そこまでしてやらなければならないのかと理不尽に感じる思いは拭《ぬぐ》えない。それでも菜摘子は、人殺しにはなりたくなかった。これまでそうだったように、今後も枕を高くして眠りたい。毎晩夢の中に、恨み言を言い募《つの》る巧が登場するような目に遭うのはごめんだった。

「高杉さん。あたしは巧クンを見捨てることはできないわ」

あえて言葉にしてみた。そうすることで、自分の中の逡巡《しゅんじゅん》を振り払いたかった。他に道はないのだと、はっきり確認したかったのだ。

さあ、高杉はどう出る。高杉は巧を見捨てることができる男なのか。菜摘子はじっと、その反応を待った。

20

見捨てることはできない、か。きっぱりと言い切った菜摘子を前にして、高杉は怯《ひる》むものを感じた。そりゃオレだって、見捨てたりなんてしたくないさ。しかしだからって、どうして一銭にもならないただ働きをしなければならないんだ。誘拐犯なんて悪い奴を捕まえるためには、警察という立派な組織があるではないか。

「見捨てることはできない、って、どうするつもりなんだよ」

菜摘子への不満というより、自分が置かれた状況がどうにも不満で、それが口調に滲んだ。菜摘子は真顔で、高杉を見つめ返す。

「どうするって、先方の指示に従うのよ」

「苦労して巧の親から身代金を奪っておいて、それをそっくりそのままわけのわからない野郎にプレゼントしようってのか。はっ。気前のいいことだな」

「そんな皮肉な言い方してても、なんにもならないでしょ。あたしだってそんなのいやよ。でも、あたしのせいで巧クンが殺されるのはもっといやなの」

「あのな、巧をさらった奴は、オレたちに身代金を脅し取れと言ってるんだぞ。ちょっとしたお使いとはわけが違うんだ」

「もちろん、わかってるわよ」

「いいや、わかってないね」

高杉は語調を強くした。菜摘子は感情だけでものを言っている。相手の指示に従うことがいったい何を意味するのか、はっきりと認識させてやらなければならない。

「脅迫は向こうがしてくれて、オレたちはただ金を受け取りに行くだけならまだ楽だ。でもそうじゃなく、脅迫まで含めて全部オレたちにやらせようとしてるんだろ、今の電話の奴は。ってことは、オレたちが考えなければならないことは山のようにある。巧の親は当然警察に通報するだろうから、その動きを読む必要があるし、電話一本かけるにしても足がつかないよう気を使わなくちゃいけない。つまりオレたちは、自主的に誘拐の片棒を担《かつ》がなければならないってことだ」

「でも、それはもともと考えていたことじゃない。警察に捕まるつもりで計画を練っていたわけじゃないでしょ」

「それは大金を手にできるからこそ冒せる危険だ。一円たりともこっちの手許に入ってこないのに、そんなリスクが冒せるかよ」

「じゃあ、どうしろって言うの？　やっぱり巧クンを見捨てるわけ？」

菜摘子の反問は、非難というより困難を前にして答えを求める人の声になっていた。高杉は否応なく苦渋の決断を下す気分に追いやられ、考えを述べる。

「巧の親に知らせる。これは巧の親の問題だ。オレたちが心配することじゃない」

「だって、相手は親に知らせるなって言ってるのよ。向こうの指示を破ったら、巧クンがどんな目に遭うかわからないじゃない！」

「巧は金の卵を産む鶏だ。そう簡単に殺しやしないよ」

「なんでそんなこと言い切れるの？　金が受け取れないなら、いっそ殺してしまうかもしれないじゃないのよ」

「だから、そんな心配は巧の親がすればいいんだよ。巧の親が警察に通報せずに、要求された金をそのまま払えば問題は解決だ」

「でも、相手は親と直接交渉をしたくないからこそ、あたしたちを使おうとしてるのよ。親と交渉できるくらいなら、あたしたちを巻き込まないでしょう」

「そりゃ、向こうの事情だ。オレたちには関係ない」

「巧クンを助けたいなら、言われたことを守るべきよ。巧クンを助けられるのは、あたしたちしかいないんだから」

「オレはそうは思わないね。巧を助けるのは巧の親であり、警察だ。オレたちはさっさとこんなことは忘れて、日銭稼ぎに精を出してればいいのさ」

「鬼。人でなし。そんなことを言う人だとは思わなかったわ」

「何を言いやがる。そんなに首を突っ込みたいなら、お前だけでやればいいじゃねえか」

　思わず言ってしまった。菜摘子は心底びっくりしたようにきょとんとした顔をして、そして徐々に軽蔑《けいべつ》の色を目に浮かべ始める。高杉は居心地が悪くなった。

「アニキ、ちょっとそれはひどいんじゃないッスか」

　それまで黙っていた園部が、おずおずと口を開いた。高杉は菜摘子の視線から逃れたくて、そちらに顔を向ける。

「なんだよ、何がひどいんだ」

「菜摘子さんに全部押しつけて、自分は知らん顔しようって言うんですか。オレ、アニキがそんな人だとは思わなかったッス。悲しいッス」

「何が悲しいッスだ。そんなこと言うなら、お前が手伝ってやればいいだろ」

「もちろん、そうするつもりッス」

「えっ？」

　思いがけない返事を聞かされ、高杉は慌てた。まさか園部が自分ではなく菜摘子の側につくとは、予想もしなかった。

「お前、この女が苦手なんじゃなかったのかよ。小学校三年のときに、学級委員にがみがみ怒られてから頭がいい女は苦手になったんだろ」

「苦手でもなんでも、男はやるときにはやらなきゃならないんです。それが男というものッス」

園部の決意を聞いて、高杉は頭を抱えたくなった。そうだ、この馬鹿は妙に任侠道《にんきょうどう》に憧れていて、男とはかくあるべしなんてアホらしいことを容量の乏しい頭で考えているのだった。今どき、「男はやるときにはやらなきゃならない」などという台詞《せりふ》を臆面もなく口にできる奴がどこにいるだろうか。高杉はその単細胞ぶりが少し羨ましかった。

「ああ、そうかい。お前は立派な男だよ。オレはお前みたいな舎弟が持てて幸せだな。そこまで言うならこの菜摘子お姉さんと仲良くすりゃいいじゃねえか。オレはお邪魔虫だから、とっとと退散することにするぜ」

居たたまれなくなって、両膝を手で叩いて立ち上がった。菜摘子はそんな高杉を無言で見上げ、園部は手を伸ばして引き留めようとする。

「ちょ、ちょっとアニキ、どこに行くんですか？」

「お前らがいないところならどこでもいいんだよ。じゃあな」

「ま、待ってください。アニキ、もう一度よく考えてみてくださいよ」

「うるせえ。オレはお前らみたいに正義の味方ごっこをしてられるほど暇じゃねえんだ」

取りすがろうとする園部を振り切って、高杉はリビングを出ようとした。その際に磁力で引かれるように菜摘子に目をやると、向こうもまた高杉を冷ややかに見据えていた。

菜摘子の無言の視線は、百万の言葉よりも雄弁に高杉を非難している。ふざけんなよ、どうしてオレが責められなきゃならないんだ。高杉は逃げるように視線を逸らし、足早に玄関に向かった。

21

どうにも面白くなくて仕方がなかった。自分は絶対に間違ったことを言っていないという自信が、高杉にはある。世の中のどんな人間だって、同じ局面に置かれれば自分と同じ判断をするはずだ。たまたま妙な考え方をする奴がふたりもいたからといって、多数決の原理に負けてたまるか。厄介事に首を突っ込みたいのなら勝手にすればいい。善良な市民のオレまで巻き込まないでくれ。

マンションを出てきたのはいいが、行く先などあるはずがない。こうなったら今日一日で稼いだ金を元手に、パチンコでぱぱっと儲けるか。高杉はそう考えて、駅前に足を向けた。

パチンコで食っていけるほどスキルも運もないので、ふだんはあまりパチンコ屋に足を向けないが、まったく勝手がわからないわけではない。玉を千円分だけ買って、台を真剣に物色してから、腰を落ち着けた。得てしてこんな気分のときほど玉がよく出たりするものだと、内心で少し期待をしていた。

二十分後、高杉は何も手にすることなくパチンコ屋を後にした。暇潰しのつもりで店に入ったのに、買った玉をすべて台に呑み込ませるまで二十分しかかからなかった。パチンコとはなんと非効率的な娯楽なのだろう。何時間もかけてようやく稼いだなけなしの金がたった二十分で消えてしまうのだから、理不尽にもほどがある。もう二度と来るかと腹の中で捨て台詞を吐いて、高杉は足早にパチンコ屋から離れた。

気晴らしがしたかったのに、よけい気持ちがくさくさしてしまった。このままどこか遠くに行ってしまいたい気分だったが、今日は珍しく歩き回ったので足が疲れている。となると、金がかからない娯楽施設としては図書館くらいしか思いつかない。ここからは少し遠いが、行ってみることにした。

十五分ほど歩いて、図書館に辿り着いた。棚を閲覧し、前から読みたかった小説を発見する。それを手にして二階に上がり、座席に坐って読み始めた。これでたっぷり三時間は潰せると計算した。

ところが、いくら気持ちを集中しようとしても、視線は活字を上滑りした。ストーリーになかなか入り込めず、同じ行を何度も読み返したりしている。この作者の本は何冊か読んだことがあり、いつも我を忘れるほど没頭していたのに、こんなに乗れないのは初めてだった。

あまり活字を読む気分ではないようだ。読書は諦め、雑誌をぱらぱらと拾い読みすることにした。雑誌コーナーから週刊誌を持ってきて、ページを捲《めく》る。大して興味を惹かれない記事ばかりだったが、少なくとも何が書いてあるかくらいは理解できた。

雑誌を三冊通読したところで、空しくなった。オレはいったい何をやっているのか。なぜ自分が読書に集中できないのかは、実はよくわかっていた。頭の片隅に、厄介な現実が引っかかっているからだ。それを無視して何もなかったかのように振る舞おうとしても、結局は無理なのだと認めなければならない。どんな形でもいいから事態が収まれば、オレのこの落ち着かない気分も晴れることだろう。

そう考えて、図書館を後にした。少し歩いて環七にぶつかると、コンビニエンスストアの横に公衆電話があった。高杉は受話器を取り上げ、十円硬貨を投入した。

渋井家の電話番号は、携帯電話のメモリーに入れてある。もちろん携帯から電話をするためではなく、単なるメモ代わりだ。非通知設定にして電話をしたところで、ＮＴＴが調べれば発信者を特定できることを高杉は承知していた。渋井家に電話をするなら公衆電話からでなければならない。

携帯のディスプレイに渋井家の番号を呼び出し、それをダイヤルした。飛び込みの営業をしていた頃とは比較にならないほど、緊張が高まる。相手に喋らせないうちに、さっさと用件だけを告げて切ってしまおうと考えていた。

回線が繋がったので一気に捲《まく》し立てようとしたところ、応答したのは留守番電話だった。高杉は拍子抜けして、肩に入っていた力を抜いた。メッセージを最後まで聞いてから、何も言わずに受話器を置く。

巧の両親に下駄を預けてしまえば、第三者である自分は解放される。そう考えていたはずなのに、相手が不在だったことに高杉は胸を撫で下ろしていた。高杉が誘拐犯の指示を守らなかったせいで巧が殺されるとしたら、高杉は今危うく巧の死刑執行許可証に判を押すところだったのだ。菜摘子や園部がその役割を引き受けてくれるのなら喜んで譲るが、高杉自身にはもう一度電話をかけ直す気力がなくなっていた。

もし今の電話が繋がっていて、それが遠因で巧が死ぬ羽目になっていたら、巧はオレを恨むかなぁ。ふと、そんなことを考えてしまった。あいつ、けっこう根に持ちそうなタイプだから、化けて出てくるかもしれないよな。どうせ祟《たた》るなら殺した相手に取り憑《つ》いて欲しいところだが、オレが恨まれちゃうのかよ。なんで世の中はこうも理不尽なのか。高杉はぶつぶつとひとり言を呟く。

もう外をうろうろするのもいやになってきた。どうして自分の家があるのに、遠慮して外で時間を潰さなければならないのか。あいつらふたりが仲良く親睦《しんぼく》を深めているとは思えないから、話し合いもいい加減終わっている頃だろう。終わってなかったとしても、叩き出してやればいいだけのことだ。高杉はそう開き直って、帰宅することにした。

棒のようになった足を引きずり、ようやくマンションに帰り着いた。それでも菜摘子と顔を合わせたくなかったので、エントランスから自分の部屋を呼び出してみる。それで反応があるようなら、さっさと帰れと怒鳴りつけてやるつもりだった。

ところが、応答はなかった。やはりふたりとも、もう引き上げたようだ。少し安心して、エントランスの鍵穴に鍵を差し込む。エレベーターに乗ると、疲労と安堵《あんど》がいちどきに襲ってきてその場に坐り込みたくなった。

園部には部屋の合い鍵を預けてあるので、出ていくときにきちんと戸締まりをしていたようだ。高杉は解錠してから誰も待っていない暗い部屋に入って、今晩の食事について何も考えていなかったことに思い至った。いまさら材料を買いに出ていく気にはなれないし、外食する金もない。仕方ない、今日も冷凍してあるご飯と納豆で済ませるか。

そんなことを考えながらソファにへたり込んでいると、なにやらものすごく惨めな気分になってくる。同時に、こんな人生を送っている人間がどうして他人の子供の心配をしてやらなければならないんだと、改めて自分が置かれた状況の理不尽さに腹が立った。

「たまんねえな」

思わず、声に出した。もう何もかもがいやになる。園部のようなアホや菜摘子みたいなクソ生意気な女と関わることがいやならば、せこい詐欺でその日暮らしをしている自分の生き方もいやでたまらない。そろそろこんな生活からは足を洗って、真っ当な生き方を心がける時期なのかもしれないな。柄にもなく、そんなことまで考えてしまう。いまさら真っ当な人生など送れないことは、高杉自身が一番よくわかっていたのだが。

高杉は深々とため息をついた。すると、それに呼応するように静かな部屋中に電子音が響き渡った。高杉はあまりに絶妙なタイミングに驚き、身を竦ませる。そして、電子音が聞こえる方へと目を向けた。

電子音は、高杉のバッグの中から響いていた。携帯電話が鳴っているのだ。

22

予想はしていたが、ディスプレイに表示された相手の名前は巧だった。今度はメールではなく、電話だ。話し相手を菜摘子から高杉に切り替えたらしい。高杉は覚悟を固めて、通話ボタンを押した。

「どうも、高杉さん。ジョンです」

キンキンした合成音でいきなり名乗られ、高杉はなんのことかと戸惑った。どうやら相手はジョンと名乗っているらしい。そういえば菜摘子もそんなふうに呼びかけていたっけ。いったいどういうセンスだ。

「ああ、どうも」

間が抜けているとは思ったが、ジョンなどと名乗られたせいで脱力していた。言いたいことがあるならさっさと言えという気分にもなっていた。

「こちらの要求は三上菜摘子から聞いてるよな。で、あんたは素直に従う気になったか」

滑稽《こっけい》にすら聞こえるロボットじみた合成音が、ぞんざいな口調で服従を求めてくる。そのギャップに高杉は、自分の直面している事態がとうてい現実のこととは思えなかった。

「別にオレが従わなくても、三上菜摘子が言われたとおりにすりゃいいんだろ」

投げやりに言ってやった。電話をかける相手を間違えてるぜと教えてやりたくもあった。

「ほう。つまりあんたは従う気はないってことか」

さして意外そうでもなく、相手は言った。まるで高杉の反応を最初から読んでいたかのようにも聞こえる口振りだった。

「まあ、そういうことだな。だからオレはいっさい関わる気がないからさ。もう二度と電話しないでくれ」

「あんた、三上菜摘子と園部のふたりだけで身代金を手に入れることができると思ってるのか」

そんなこと知るかよ。問われて高杉は、内心で吐き捨てた。うまくいくかもしれない、いかないかもしれない。でもそれは、オレが加わっていたとしても同じことだ。オレがいたってしくじるときにはしくじるだろう。むしろ、オレみたいな不運な星回りの者が嚙んでいない方が、成功の確率も上がるんじゃないか。本気でそう考えた。

「三上菜摘子はオレなんかと違って頭が切れるからな。園部が足を引っ張らなきゃ、なんとかするんじゃないか」

「いや、おそらく無理だろうな。渋井家との交渉の過程では、必ず男が必要な場面が出てくる。そのとき、園部が対応するのではあまりに荷が重いだろう」

ジョンは的確なことを言った。まさにそのとおりだと、つい同意したくなる。だが高杉は呑気《のんき》に頷くこともできず、相手の分析に警戒心を強めた。こいつはオレたちのことをよく理解している。舐《な》めてかかれる相手ではなかった。

「あいつらが失敗したらどうなるんだよ。あんたは仕方ないと諦めてくれるのか」

肝心な点を、さりげなく訊いてみた。どうでもいいことを訊いているように、相手の耳に届けばいいのだがと思った。

「仕方ないことは仕方ないが、それなりにペナルティを科す必要はあるよな」

ジョンも簡単に応じる。だがその言葉の内容が、高杉はどうにも気にかかった。

「ペナルティってなんだよ」

「渋井巧には死んでもらう。それはしょうがないだろ」

結局そういうことになるのか。携帯電話を握る掌《てのひら》の表面に、いつの間にかうっすらと汗をかいていた。

「じゃあ、園部たちがへまをしないよう、オレもせいぜいお祈りすることにするよ」

「祈るだけか。あんたには他にできることがあるんじゃないのか」

「あいにくオレは、自他ともに認める無能な男なんだ」

かろうじて軽口で応じると、不意に耳に入る声のトーンが変わった。思わず高杉は、携帯電話を握り直す。

「高杉さん。ごめん、へましちゃった」

「巧か」

声を耳にすると、今にも手が届く距離にいるような錯覚を覚えた。チクショウ、そういう手を使うのは卑怯《ひきょう》じゃないか。高杉は自分が思いがけなく動揺していることを自覚した。

「ボクとしたことが情けないね。お蔭で今は、ずっと目隠しされてて声しか聞こえないんだよ。声しか聞こえないってのは寂しいね。気分が暗くなっちゃった」

「お前、今どこにいるんだ。お前をさらった奴は何人だ？　男だけか、それとも女もいたか？」

　誘拐犯がすぐそばにいるなら、巧も自由に喋ることはできないだろう。だが訊けることはなんでもいいから訊き出さなければならない。巧もあれだけ大人顔負けの生意気な口を利くならば、知恵を働かせてみろと言いたかった。

「一応ご飯は食べさせてもらってる。怪我もしてないよ。でも、これから先どうなるかはわからない」

　しかし巧は、高杉の問いかけに応えなかった。それを聞いて、電話の向こうに巧がいないことに気づいた。これは録音した声だ。いくら尋ねても、巧が答えることはない。

「ということだ」声がまた合成音に代わった。「これから先どうなるかわからないというガキの見通しは、まさに正解だよ。優しいお兄さんとしては、そんな子供が憐《あわ》れだとは思わないのかな」

「あいにくオレは、子供とナマコが大の苦手なんだ。そのふたつが世の中から消えてなくなればせいせいすると、常々思ってるくらいでね」

「なるほど。あんたがそこまでハードボイルドな人だとは思わなかった。それはそれで立派だよ。他人の子供なんて、見捨てちまえば気が楽だもんな」

「おっしゃるとおり。だからこんな電話はさっさと終わらせたいんだがな」

「子供の死亡記事を肴《さかな》に飲む酒は、さぞや旨《うま》いだろうな」

くっくっく、と相手は押し殺した笑いを漏らした。高杉はどうにも不快で、「勝手に殺せ、ばーか」と毒づいて自分から電話を切った。

携帯電話を閉じて、テーブルの上に投げ出した。ソファの背凭れに寄りかかり、疲れ果てた体を休める。もう何もする気が起きないほど、精も根も尽き果てていた。

世の中にはひどい人間がいるものだ。高杉はそんな認識を新たにした。単にメールで脅迫されているうちは、相手がどういう人間なのか今ひとつ把握できなかった。だがこうして直接言葉を交わしてみれば、その人となりが否応なく理解できる。ジョンを名乗る奴は、必要とあれば躊躇《ちゅうちょ》なく巧を殺すだろう。ジョンにもひとかけらの人間味があるのではないかなどと、そんな甘い考えはとうてい持てなかった。

どいつもこいつも人間のクズばかりだ。高杉はうんざりした思いで吐き捨てた。美術を見る目など持っていない田舎の成金に、リトグラフのコピーを売って金儲けをする女。カード詐欺ひとつうまくできずに、兄貴分に迷惑ばかりかけるアホな男。自分の部屋に液晶テレビが欲しいからと、実の親から金を騙し取ろうとするクソガキ。そして、自分は絶対に警察に捕まらない安全圏から、人を操って大金をせしめようとする誘拐犯。世の中にはどうしようもない人間が満ちている。

かくいう高杉自身、とてもまともな人間とは言えないことを自覚していた。それもそのはず、この年になるまで高杉は、まともな大人とは一度も接していないのだ。両親、学校の先生、会社の上司。どれを取ってもろくでもない奴らばかりだった。これでは真っ当な人間が育つわけもない。

いや、そんなことはないか。不意に、これまでほとんど思い出しもしなかった情景が、記憶の堆積層《たいせきそう》の奥から飛び出してきた。あれは確か、小学校一年生のときのことだ。

放課後、高杉はクラスメートと一緒に近所の公園で遊んでいた。だが一緒に遊んでいた子供たちは、習い事でもあったのかひとりまたひとりと減っていき、ついには高杉だけが残されてしまった。つまらなくなった高杉は家に帰ろうとしたが、ちょうどそこに見慣れぬ子供が現れた。年格好は高杉よりひとつふたつ上か。色が黒く、すばしこそうな細い体格の男子は、どこか危険な匂いを発しているようで幼い高杉の注意を惹いた。何がきっかけだかは思い出せないが、おそらく自分から近づいていったのだろう、その子としばらく遊ぶことになった。

予想どおりその男子は、これまで高杉が経験したことのない遊びを教えてくれた。団地のフェンスを乗り越えて中に侵入すること。一軒家の塀の上に乗って綱渡りの真似をすること。野良猫を追いかけ回して遊ぶこと。どれもこれも、学校の友達と遊んでいるだけでは決して味わえないスリルに満ちていて、高杉は興奮した。世の中にはこんな遊び方があるのかと、胸が高鳴った。

遊ぶ場所を点々と移動するうちに、いつしか見知らぬ町までやってきていた。そこは男子の住む町だという。そして時刻は、そろそろ夕方から夜になろうとしていた。男子はもう帰らなければならないと言った。また遊ぼうなと手を振って、男子は消えていった。

取り残された高杉は、かつて経験したことのない心細い思いを抱く羽目になった。いったいここはどこなのか。自分がどんな経路を辿ってここにやってきたのか、まるで憶えがない。同じ道筋を通って帰ろうにも、その都度場当たり的に進路を変えてきたので、とうてい辿り直せはしなかった。高杉は不安と恐怖に押し潰されそうになったが、しかし泣くことだけはしなかった。自分の不始末で泣くのなど情けないと、幼いなりの矜持《きょうじ》を胸に抱いていた。

どこをどのようにうろうろしただろうか。ますます見憶えのない場所へと向かうばかりに思えた頃に、声をかけられた。白地のTシャツにGパン。服装はそこまで鮮明に思い出せるのに、なぜか顔だけははっきりしない。今から思えば、おそらく高校生くらいだったのだろう。だがまだ六歳の高杉には、立派な大人に見えた。

迷子か？　高校生はそう尋ねてくれた。それなのに高杉は、自分を迷子と認めたくはなく、違うと答えた。ただ家への帰り道がわからなくなっただけだよ。

高校生は苦笑して、家の住所は言えるかと重ねて尋ねた。高杉はつい最近、住所を暗記したばかりだった。それが役に立つのかと思いながら、相手に伝える。高校生はしばらく考えるような素振りをして、こっちかなと歩き出した。

もしかして、家まで連れていってくれるのか。高杉は期待した。だが同時に、親の言いつけも思い出した。知らない人についていってはいけない。今がまさに、親が注意していたシチュエーションではないか。この人が悪い人だったら、自分はどこかに売り飛ばされたり、改造されたりしてしまうのだろうか。

だから高杉は、前を行く高校生から距離をおいてついていった。高校生は立ち止まり、どうして離れているのかと不思議そうに高杉を見る。見られた高杉はぎくりと体を震わせ、やはり立ち止まった。高校生は仕方ないとばかりに肩を竦め、また歩き出した。

ずいぶん長い距離を歩いたような憶えがある。おそらく二十分ばかり歩いたのではないだろうか。いつまで続くのかと不安に思い始めた頃、気づいてみれば町並みに見憶えがあった。ここはうちの近所だ！　高杉は叫び出したいほどの喜びを感じた。

こっちだよ。今度は先に立って走り出した。高校生が小走りに追ってくる。やがてアパートが見えてきて、高杉は小躍りした。

そのアパートか、よかったな。追いついた高校生はにっこり笑って、高杉の頭を撫でてくれた。そして、もう二度と迷子になるなよと言い置いて、そのまま去っていった。子供の高杉でさえ戸惑うくらい、呆気ない立ち去り方だった。

いい人だったんだ。そのときになってようやく、高杉は悟った。知らない人についていってはいけないと母親はよく言っていたが、知らない人の中にもいい人はいるんだ。それはとてつもない発見のように思えて、幼い高杉をわくわくさせた。今日のこの大冒険は一生忘れないだろうと、強く心に思った。

その予想に反し、高杉は幼い頃の経験を忘れ去っていた。自分を助けてくれた高校生の顔立ちすら、ろくに思い出せない。だが今こうして不意に記憶が甦ったのだから、一生忘れないだろうという予想は当たっていたとも言える。そしてそれを今このタイミングで思い出したという事実が、高杉には大きな意味があるように感じられた。

世の中の人間はクズばかりじゃない。知り合いでもない子供を助けて、わざわざ片道二十分も歩いてくれる高校生だっているのだ。その一方、自分は何をしようとしている。渋井巧という名前を知り、何度もこのマンションに上がらせてやった子供を、自分の都合だけで見捨てようとしているのだ。オレこそ、世の中を構成するどうしようもないクズのひとりに他ならない。

なんでこんなことで悩まなきゃならないんだ。高杉は深々と嘆息した。運がないにもほどがある。だが考えてみたら、運がないのは今に始まったことではないではないか。幸運に恵まれたことなど、これまで一度でもあったか。いまさら己の不運を嘆いてみても、何も変わりはしない。どうせなら、いつもどおりに諦め悪く足掻《あが》いてみたっていいのではないか。

そんな結論に達すると、思いがけず心が軽くなり高杉は驚いた。なんだ、そういうことだったのかよ。高杉は自分の小心ぶりを笑いたくなったが、それはどこか自嘲とは違うような気がした。

携帯電話に手を伸ばし、取り上げた。ディスプレイにメモリーを呼び出して、通話ボタンを押す。相手が出ると同時に、こう言った。

「今どこにいるんだ、菜摘子さんよ。遊んでる暇はないぜ。今から計画の練り直しだ」

23

電話をしてから十分後に園部が、そして二十分後に菜摘子が戻ってきた。このマンションを出てから、それぞれ別行動をしていたらしい。菜摘子は高杉の顔を見るなり、意外そうに言った。

「どういう心境の変化よ。逃げ出したかったんじゃないの？」

「別に今だって気持ちは変わりゃしないさ。逃げられるものなら逃げてる。お前らだけじゃ頼りないから、放っておけなくなったんだよ」

「あらあら。ずいぶん親切なこと」

菜摘子は皮肉そうに肩を竦めたが、その目からは冷ややかさが抜け落ちていた。むしろ、笑みを含んだような気配が滲んでいる。高杉はそんな視線を正面から受け止め、話を進めた。

「さっき、オレの携帯に連絡が入ったんだ。巧の声を聞かされた」

「えっ？　巧クンは無事なの？」

菜摘子はたちまち落ち着きをなくし、身を乗り出した。高杉は菜摘子を落胆させないよう、静かに首を振る。

「いや、巧の声は録音したものだった。今現在、あいつがどんな扱いを受けているのかまではわからない」

「録音……」

それでも菜摘子は、がっかりしたように声を落とした。高杉は極力事務的な口調で続ける。

「それで、オレはこの計画を進めるに当たって、ひとつの問題に気づいたんだ。オレたち主導の狂言誘拐なら、話は早い。だがこんなふうに誰かの指示を受けて身代金を奪わなければならないのなら、クリアーしなければならない難問が出てくるんだ」

「巧クンの親をどう信じさせるか、ね」

さすがに菜摘子は頭の回転が速い。高杉が巧の声を聞いたと知って、すぐに察したようだ。

「そのとおりだ。単に言葉だけで誘拐したと言っても、相手はなかなか信じないだろう。たとえ巧が家に帰ってこなかったとしても、な。だからオレたちは、巧が無事だという証拠を手に入れなきゃならない。オレは巧の携帯に電話をして、それを要求しようとしているんだが、まだ繋がらないんだ」

「じゃあ、メールはどうかしら。メールだったら、相手も読んでくれるんじゃない？」

「……そうか」

なるほど、そういう手段があったか。ふだんは携帯電話のメールなど使わないので、すぐに思いつかなかった。自分の携帯電話を開き、相手が送ってきた脅迫メールを呼び出す。どうやったらこれに返信を出せるのだろうかとまごついていたら、横から菜摘子に端末を奪われた。

「あたしが送るから」

菜摘子は慣れた手つきでボタンを押し、あっという間に送信した。そして念を込めるように両手で携帯電話を包み込むと、静かにそれをテーブルに置いた。

「誘拐犯とこんなふうに連絡がとれるなんて、便利な世の中になったものよね」

皮肉そうに呟く。確かに、かつてであればやり取りは完全に一方通行だったはずなのに、今はこうして相手に要求を伝えることができる。その一事だけでも、巧の生還の可能性が少しは高くなっているのではないかと思えた。

「でも問題は、どうやって巧クンの声なり動いている映像なりを受け取るかよね」

「ああ。それはオレも考えてた」

菜摘子の言葉に、高杉は腕組みをして応じた。今からジョンが巧の声を録音し、そのテープをこちらに送ってきたところで、到着は早くても明日になるだろう。つまりそれだけ巧の拘束期間が長くなるわけで、できるだけ早く助けてやりたいこちらの気持ちとは反することになる。いったいどうしたらいいのか。

「相手がパソコンに詳しければいいんだけど。そうすれば、データで受け取れるから」

菜摘子は高杉のパソコンに目を向けながら、希望を口にした。だが高杉は、そういう手段はあまり期待できないと思った。

「データで音声や画像をこちらに送ってくるのは、向こうにとってリスキーだろう。巧の携帯で動画が送れるならともかく、あいつの機種では無理だ。となると、ジョンは自分で調達したパソコンを使わなければならない。その場合、メールでもウェブ上のレンタルスペースを使うのでも、なんらかの痕跡が残ることは避けられないからな。オレたちにそれをトレースする能力がなくても、警察にはある。できるならローテクで済ませたいはずだよ」

「まあ、そうね」

菜摘子も納得したのか、高杉の意見に同意する。やはり、計画始動は早くても明日ということになってしまうのは避けられそうにないようだ。巧は何を食べさせてもらっているのだろうかと、高杉は案じた。

園部も含めた三人の視線が集まる中、携帯電話が満を持したように鳴り出した。メールの着信音だ。高杉はすかさず端末を取り上げ、開く。巧のアドレスからのメールだった。

《ビデオテープを郵便受けに入れた。確認しろ》

その文面を読み終えるやいなや、高杉は携帯電話を放り出して立ち上がった。園部が後を追ってくるが、かまわず玄関を飛び出す。そのまま階段で一階エントランスまで駆け下りて、郵便受けを覗いた。

確かに、何かが入っている。高杉はもどかしい思いでダイヤル錠を合わせ、蓋《ふた》を開けた。

それはまさしく、紙袋に入ったビデオテープだった。素手で触ってしまってから後悔したが、これを警察に証拠物件として差し出すことなどできない限りは相手の指紋を気にしても意味がない。今度はエレベーターに乗り込み、自室を目指す。一歩遅れた園部を置いてけぼりにしてしまったが、気にしている余裕はなかった。

「あったよ」

菜摘子に報告しながら、真っ直ぐにテレビ台に向かった。ビデオデッキにテープを挿入し、再生する。画面にはまずノイズが現れ、そしてどこかのアパートの一室らしき畳の上に坐る巧が映し出された。巧はアイマスクで目隠しをされ、両手は手錠で自由を奪われている。痛ましい姿だった。

「ボクは元気です。言われたとおり、お金を払ってください。そうしなければ、ボクは殺されます。お願いします。助けてください」

思い切り棒読みの台詞だった。いかにも言わされていますという口調なので、まったく切迫感がない。それでも言わせているのが誰かと考えると、冗談で済まされる状況ではなかった。これを見れば、いかに疑り深い親でも我が子の誘拐を信じるだろう。

巧は同じ台詞を、さらにもう一度繰り返した。そして映像は途切れる。正味一分半ほどの、短い映像だった。

高杉は巻き戻して、最初から見直した。今度は巧ではなく、背後の様子に気を配る。

だが巧が背にしているのはただのモルタルの壁で、そこに何かの手がかりがあると期待するのは無理だった。敵はこんなところで尻尾を摑まれるような奴ではないと確認できたことだけが、唯一の収穫と言えた。

「本物ね。あなたが最後に郵便受けを見たのはいつ？」

菜摘子は冷静に問いかけてきた。園部がぜいぜい息を切らしながら戻ってきたが、ふたりとも目も向けない。高杉はしばし考えて、答えた。

「あんたに電話する前に、オレは出かけてたんだ。帰ってきたときに、一度郵便受けを覗いた。そのときにはこんな物は入ってなかった」

「電話する前って、最初の電話？　ということは、あたしたちを置いて出ていったときには、郵便受けを見なかったってわけね」

「そうだ。だから、ジョンかその使いがここに来た時刻は、そんなに絞り込めない」

敵がすぐそばまで来ていたのに、それに気づかず見逃してしまったのはなんとも痛恨だった。その段階で相手の姿を目に留めるなり、あるいは尾行してアジトを特定できていれば、今後の交渉が大いに有利になったのに。高杉はきつく奥歯を嚙み締める。

「その紙袋には、何も書いてない？」

菜摘子は高杉が手にしている紙袋に顎をしゃくる。言われて目の前に翳《かざ》してみたが、それは単なる無地の茶色い袋でしかなかった。製造元も、店の名前も書かれていない。

「敵さんはそうそう簡単に身許を明かしてはくれないってことだな。仕方ない。材料が揃ったからには、さっさと計画をスタートさせようぜ」

高杉が決意を込めて宣言すると、菜摘子も園部もそれを敏感に察したらしく、硬い顔で頷いた。

24

料理教室から戻ってくると、レックスが尻尾を振って近づいてきた。渋井亜也子《あやこ》は愛犬を抱き上げ、頬擦りをする。うん、なんていい感触なんだろう。レックスも嬉しそうに、亜也子の頬を舐めた。

「ひとりで寂しかった? いつもお留守番させちゃって、ごめんなさいね」

犬に言葉が通じるかどうかなど、亜也子は気にしたこともない。話しかければ反応があるのだから、気持ちは伝わっているのだ。現にレックスは、「大丈夫だよ、気にしないで」と言わんばかりに舌を出して喜びを表している。犬に話しかけても無駄だなどと考える人は、人生の大きな喜びを逃していると、亜也子は本気で思う。

「喉は渇いてない？　お腹《なか》空いてない？」

訊いてみたが、レックスは「ハッハッハッ」と激しい呼吸音を漏らすだけである。きっとこれも、「大丈夫だよ、気にしないで」という意味だろう。以心伝心とはまさにこのことだ。亜也子はすこぶる満足だった。

「レックス、今日はママねぇ、またおいしい料理の作り方を覚えてきたのよ。パパもたっくんも喜んでくれると思うけど、ママはレックスにも食べさせてあげたいわぁ」

「ハッハッハッ」

「そうよねぇ、レックスも食べたいわよねぇ。でもね、犬に人間の食事をそのまま食べさせるのは、よくないことなのよ。ごめんね、わかってね」

「ハッハッハッ」

「そう。わかってくれたのね。レックスは本当にお利口さんね。ママは大好きよ」

「ハッハッハッ」

「ありがとう！　嬉しいわ」

亜也子はレックスを抱いたまま、自分の部屋に移動した。ドアを開けてからレックスを床に降ろし、鏡台に向かう。化粧を落として、室内着に着替えてから、また一階に下りた。

「レックス、ずっとおうちの中にいて退屈したでしょ。少しお庭で遊ぼうか」

そう声をかけ、リビングルームから庭に出た。庭師には定期的に来てもらっているが、植えてあるのは剪定《せんてい》が必要な植物ばかりではない。花壇に植えた花は亜也子の趣味で、しかもそれなりに手のかかるものばかりだった。特に薔薇は手入れが大変で、それだけにきちんと花が咲いたときには喜びもひとしおである。亜也子は軒下に置いてあったガムテープで、葉についているアブラムシを捕った。接着面に見る見るくっついてくる無数のアブラムシを見ると背筋が寒くなるが、こうした日々の努力が綺麗な薔薇の花に繋がるかと思えば怖がっているわけにもいかない。亜也子は心の中で「えいっ、えいっ」とかけ声を発しながら、アブラムシを次々と捕らえていった。

今日は雲ひとつない晴天で、こんな日に庭いじりをするのは本当に気持ちがいい。レックスは庭に出してもらえたのが嬉しいらしく、まさに転がるようにして走り回っていた。ああ、なんて幸せなのかしら、と亜也子は自分の現状に充足感を覚えた。

夫は外資系の証券会社に勤める高給取りで、おまけにいいところのおぼっちゃん。息子は親の贔屓目《ひいきめ》ではなくかわいらしい顔立ちに生まれつき、その上神童かと思うほど頭もいい。亜也子自身は料理教室に英会話、茶道に着付け教室と、目が回るほど忙しい、だが充実した毎日を送っている。もちろんエステに通って自分を磨くことも忘れていない。夫が人並み外れてケチだという難点はあるものの、おおむね恵まれた、他人から羨まれる生活と言っていいだろう。こんな満足感は何度味わったって飽きることがない。いったい一日に何回くらい同じことを考えるのだろうと自分でも思うが、幸せは噛み締めるためにあるものだという持論を持つ亜也子は、もちろん改める気などなかった。

今日の巧は英会話教室に行っているはずだった。キッズクラスはレベルが低いと不満を漏らしていたが、まさか小学生が大人に交じってレッスンを受けるわけにはいかない。ネイティブスピーカーと接しているだけでもプラスになっているのだから、せめて小学校のうちは今のクラスでリスニング能力を磨いて欲しかった。中学に入って、カリキュラムと巧の能力にあまりに開きがあるようなら、外国人の家庭教師を雇ってあげてもいいのだが。まったく、頭がよすぎる息子を持つと、こんなところであれこれ悩んでしまう。亜也子はひとり密かに苦笑した。

「ねえ、レックス。たっくんはどうしてあんなに頭がいいのかしらね」

「ハッハッハッ」

「えっ、ママが頭いいから、だって？　じゃあレックスが頭いいのもママに似たからね」

「ハッハッハッ」

「もう、レックスはいつもかわいいことを言うわねぇ」

亜也子は嬉しくなって、さらにまた二十四ほどアブラムシを虐殺した。うーん、今日はよくアブラムシが捕れる。

「ところで、たっくんは遅いわねぇ。そろそろ帰ってくる頃なのにね。あまり遅いと、レックスを散歩させる時間がなくなっちゃうじゃないねぇ」

いくら庭が広いと言っても、ここを走り回らせるだけでは運動不足になってしまう。レックスをぶくぶく太ったお座敷犬にしないためにも、毎日の散歩は欠かせない日課だった。

本当なら亜也子が連れていってやればいいのだが、残念ながら亜也子は長い距離を歩くのが大嫌いだった。駅前に行くだけでもタクシーを使うような人間が、犬の散歩などさせられるわけがない。だからレックスは、巧が帰ってくるまで庭を走り回っているしかないのだ。かわいそうだから早く帰ってきてあげればいいのにと、よくできた息子にちょっとした不満を覚える。本屋にでも寄り道しているのかしら。

アブラムシを捕り終え、家の中に戻った。レックスも渋々といった様子でついてくる。ミネラルウォーターをあげると、嬉しそうにぺちゃぺちゃと飲んだ。走り回って、喉が渇いていたようだ。

時計を見ると、巧が帰ってくる予定時刻から三十分近くが過ぎていた。こんなことは珍しい。遅れるなら遅れるで、電話の一本もすればいいのに。いくら頭がいい子でも、そんなところにまで気が回らないのはやはり小学生か。帰ってきたらひと言言ってやらなければ。

　電話がかかってこないなら、こちらからかけるまでだ。少し心配になって、亜也子は電話の子機を取り上げた。短縮ダイヤルで、巧の携帯電話を鳴らす。だが繋がったのは、留守番電話サービスだった。電源を切っているわけはないから、電波の届かないところにいるようだ。まったく、いったいどこに行っているのだろう。

　友達の家に遊びに行くような子ではない。その点は若干心配の種なのだが、巧には同世代の友達がいないのだ。だがそれも仕方がないと思う。巧にとって、十歳の子供など幼稚すぎて話し相手にならないのだから。頭がよすぎるのも考えものよねと、巧に友達がいないことを思うと亜也子はため息をつきたくなるが、しかし馬鹿よりは遥かにましだった。広い世界に出ていけば、巧と同程度とは言わないまでも、なんとか話についていける程度の知性を持った友達がいずれできるだろう。それまでは、この賢いレックスを友達にして遊んでいればいい。亜也子は真剣にそう考えている。

　それにしても、巧はどこに行ったのか。英会話教室から家に帰ってくるまでに、電波が届かなくなる場所などないと思うのだが。いったんそんなふうに考えると、亜也子の中の不安は少しずつ膨らみ始めた。まさか交通事故に遭って病院に担ぎ込まれているのではないかなどと、不吉なことまで想像してしまう。しかし、万が一そんなことがあったとしたら、真っ先に連絡が入るはずだとすぐに思い至り、自分を宥《なだ》める。想像だけ膨らませても仕方がない。落ち着かないけれど、もう少し待ってみよう。亜也子は壁時計を見上げながら、不安を押し殺した。

そうだ、携帯電話にメールが入っているかもしれない。これまでそんなことは一度もなかったが、一応確かめてみようと亜也子は考えた。携帯電話はハンドバッグの中に入れっぱなしだ。慌てて二階に駆け上がり、自分の部屋に置いてあるバッグを漁《あさ》る。携帯電話を取り出し、開いてみた。

メールは着信していなかった。可能性は低いと思っていたが、それでも落胆してしまう。動き回ったせいで、よけいに不安が大きくなったようにも思えた。ホントにもう。何事もなく帰ってきたら真剣に叱ってやらないと。なまじ出来がいい子なので、少し甘やかしすぎたのかもしれない。いくら頭がよくても世間的にはまだ十歳の子供なのだから、それをはっきり自覚させなくちゃと亜也子は考えた。

ちょうどそのときだった。据え置き型の電話が鳴っている音が聞こえ、亜也子は自分の部屋を飛び出した。電話は二階の寝室にもある。そちらに飛び込み、受話器を取り上げた。

「もしもし」

当然巧の声が返ってくるものと思っていた。だが聞こえてきたのは、なにやら異様なキンキラ声だった。明らかに人工的な、耳に突き刺さってくる高音の声。その宇宙人じみたふざけた声は、亜也子の心臓を鷲掴《わしづか》みにするようなことを言った。

「渋井さんですね。悪いんですが、お宅の息子を預かりました」

25

パソコンの液晶ディスプレイには、メールソフトが表示されている。メールソフトは一分おきにサーバーにアクセスし、着信メールを受信していた。そうして随時メールを読まないことには、あっという間にサーバーに溜まってしまうのだ。今も渋井隆宏《たかひろ》は、着信した三通のメールのうちの一通に返事を書いている。アメリカからのメールなので当然英語で返事を書かなければならないが、翻訳ソフトはもちろんのこと、辞書ソフトすら使う必要はない。むしろ変換作業がないだけ、日本語で書くより早いかもしれない。一分ほどで書き終え、ざっと読み返してから、送信する。これでおおよそ、三百万円の稼ぎといったところか。小さい仕事である。

レスを書いている間にまたメールが着信したが、サブジェクトを見る限りスパムが二通、そして緊急性のないメールが二通だった。少し休憩しようと、ディスプレイから目を逸らして窓の外を見る。地上四十三階のインテリジェントビルから眺める風景は格別で、隆宏はこの眺めが好きだった。収入もポジションもオフィスも、高ければ高いほどいいと思う。

この外資系証券会社に入って、そろそろ十年になろうとしている。十年間の平均年収は、三千万円を若干切るくらいか。能力給とは素晴らしい。これが日本の企業だったら、どんなに会社に貢献したところでこんな高額年俸はもらえないだろう。若い頃はニューヨークとロンドンに頻繁に通う毎日を送り、インターネットが発達した今はこうして日本のオフィスに坐ったままで大金を動かす。アシスタントの女の子を三人従え、インテリジェントビルのオフィスから地上を見下ろしていると、「おれってヤンエグ?」という死語を含んだフレーズが頭をよぎる。隆宏は自分の現状にうっとりとした。

とはいえ、満足しているわけでは決してなかった。学生時代は、年収三千万円の生活などと聞いたらそれはもう目眩《めくるめ》くゴージャスなものだろうと想像していたが、実際に手にしてみるとそうでもないことがよくわかる。三千万円程度では、他人が羨むほどの贅沢はできない。家電ひとつ買うにも、インターネットを駆使してどこが一番安いかしばらく検討しなければならないほどだ。ゆとりある生活を送りたいなら、せめて今の倍は稼ぎたい。そのためにはやはり独立のタイミングを考えなければならないなと、隆宏はぼんやりと思いを巡らせた。最低六千万円くらいないと、スーパーで百円の卵と二百円の卵が並んでいたとき、二百円の方を籠《かご》に入れる勇気は湧かない。

そんなことを考えていたとき、胸ポケットに入れていた携帯電話が鳴り出した。着信メロディからすると、相手は亜也子だ。亜也子が仕事中に電話をしてくるのは珍しい。だから隆宏は、着信メロディだけで緊急事態を予想した。

「はい」

出てみると、果たして亜也子の声は上擦っていた。「あたしあたしあたしあたしあたし」と、息継ぎも忘れて繰り返す。隆宏はアシスタントたちの反応を気にしながら、小声で「どうした」と尋ねた。

「落ち着くんだ。何があった」

「ゆ、ゆかゆかゆかゆかゆかゆかゆか」

「床？　床がどうした？　床が抜けたのか」

床が抜けたらそれは一大事だ。しかし新築ではないとはいえ、いくらなんでも床が抜けたりはしないだろう。そもそも、床が抜けたくらいでわざわざ電話はしてこないのではないか。それとも、こんなに動揺するほど派手に抜けたのか。

「違う。さらさらさらさらさらさら」

「皿？」

皿を割ったのか。しかし、割ったら大騒ぎするほど高級な皿など、もともと持っていない。そんな高い品には、とても手が出ないのだ。いくら隆宏が倹約家でも、百円ショップで買った皿を割ったくらいで慌てたりはしない。まして金遣いの荒い亜也子なら、「あらあら」で済ませるはずなのだが。

「は？」

「さ、さら、さら、さらわれたのよ！　ゆ、ゆか、誘拐！」

どうやらようやく亜也子は言いたいことを言えたようだが、意味がわからない点では同じだった。誘拐だと？　いったい誰が誰をさらったというのか。

「たっくたっくたっくたっくたっくたっくたっくたっくんが誘拐されたのよ！　どどどうしたらいいんだろう」

「巧が？」

亜也子はおっとりしているように見えて、その実しょっちゅう早合点をする。これもまた何かの勘違いなのだろうと、隆宏は楽天的に考えた。

「それ、お隣さんの話じゃないか？」

「うちよ、うち！　うちに電話がかかってきたんだから、お隣のわけないでしょ」

「じゃあ間違い電話だ」

「『渋井さんですね』ってちゃんと言ったわよ。間違いなくたっくんがさらわれたの！ああもう、どうしてあなたはそんなに現実認識能力がないの」

不本意な言われようである。隆宏ほど現実をしっかりと認識し、慎重に対処する人間もいないと思うのだが。亜也子はこの慎重さを「ケチ」などと表現するが、とんでもない理解不足だ。隆宏が慎重だからこそ、亜也子のように金遣いの荒い女がいてもなんとか家計が破綻《はたん》せずに済んでいるというのに。

「電話をかけてきたのは、どこのどなた様だ」

「そんなこと名乗るわけないでしょ！　早く現実を認識してよ。この昼行灯《ひるあんどん》！　どケチ！」

ケチはこの際関係ないのに、亜也子もよほど動揺しているのだろう。仕方ない。少し話を聞いてやらないことには収まらないようだ。携帯電話の送話口を手で塞ぎ、アシスタントに「少し席を外す」と断ってから部屋を出た。廊下の端に行って、もう一度携帯電話を耳に当てる。

「本当に巧がさらわれたのか？　相手は何か証拠を見せてくれたのか」

「郵便受けにビデオテープが入ってた。手錠をかけられたたっくんが映ってるのよ」

「手錠をかけられた巧？」

どうやら本当に亜也子の早合点ではないようだ。隆宏にも、亜也子の不安が瞬時に伝染してくる。これはただごとではないと、顔が青ざめた。

「電話をかけてきた相手は、いったいなんと言ってたんだ」

「たっくんを返して欲しかったら、金を用意しろって」

「金？　いくらだ」

心臓がばくばくと高鳴った。そ、そうか。子供を誘拐されたら金を払わなければならないのだった。いったいいくら要求されるのだろう。百万円か、二百万円か。そんなに取られたら、しばらく立ち直れない。

「三億だって」

亜也子の返事を聞いて、失神しそうになった。三億だと？　百万円の三百倍？　非常識にもほどがある。

「それはきっと、たちの悪い冗談だ。悪ふざけだ」

「違うって言ってるでしょ！　現実逃避しないでよ」

「だって、三億も払えるわけないじゃないか。ない袖は振れませんって、ちゃんと相手に言ったか？」

「言えるわけないでしょ！　あなたが年収何千万もあることを知ってて、相手は要求してるのよ」

「何千万もないよ。せいぜい三千万だ」

「三千万もあったら普通はお金持ちなの！　そんなに稼いでても百円ショップが大好きな人なんて、日本中探してもあなたしかいないわ！」

「百円ショップを馬鹿にするなよ。最近は安いだけじゃなくって、けっこう物もいいんだから」

「そんな話をしてる場合じゃないでしょ！　たっくんが誘拐されてるのよ」

「そうだ、まず警察に連絡しよう。もうしたか？」

「してないわよ。だって、警察に連絡したらたっくんの命は保証しないって言うんだもん」

「そんなの脅しだ。相手の脅しに屈しちゃいけない」

「もう、こんなときだけ毅然《きぜん》としないでよ。ともかく、頭から相手の言うことを無視して逆らうのは得策じゃないわ。まずはちゃんと相手の要求を聞いて、その上でどう対処するか考えないと」

「考える余地なんかないだろう。三億なんて、払えるわけがない」

「それはそうだけど……、でも、警察に連絡したらたっくんを殺すって、そう言ったのよ――」

「大丈夫だ。落ち着け。ええと、そうだな、今日は仕事を切り上げてすぐに帰るから、それまで待ってろ。いいな。おれが帰る前にまた電話がかかってきても、取りあえず何も返事をするなよ。ただ相手の言うことを聞くだけにしておけ」

「うん、わかった」

「四十分で帰る」

そう言って、電話を切った。妻の手前、落ち着いている振りをしたものの、隆宏もかなり動転していた。まさか、巧が誘拐されるとは。誘拐事件なんて、年収が億単位の人の身に起こることだと思っていたのに。こんなにつましい生活を送っている人間から三億をむしり取ろうなんて、誘拐犯は鬼に違いない。

これはケチでも出し渋りでもなく、現金で三億は本当に揃えられなかった。なんとか掻き集めても、せいぜい二億といったところか。二億に負けてもらえないだろうかと一瞬考え、すぐにそれを否定する。冗談じゃない、二億だって払えるものか。

亜也子は止めるが、やはり警察に連絡するしかないだろう。こんな事態に素人考えで対処しても、ろくなことにはならない。だが帰宅してから一一〇番しようとしたら、きっと亜也子がぎゃーぎゃー喚《わめ》く。今のうちに通報してしまった方が、何かとスムーズに運ぶはずだった。

隆宏は気持ちを固め、もう一度携帯電話を開いた。1、1、0、とボタンを押す指は、小刻みに震えていた。

26

窓の外を通り過ぎていく人たちはみんな早足なのに、どうして余裕があるように見えるのだろう。三上菜摘子はぼんやりと視線を投げかけながら、ふとそんなことを思った。本当は余裕などないのかもしれない。一分一秒単位で仕事に追われ、あくせくしているだけかもしれない。それでも菜摘子には、このビルを出入りする人たちがどこか余裕を保っているように感じられてならなかった。それは高い生活水準が生み出す余裕か、仕事の充実感が持たせる自信か。どちらにしろ、自分とはもう縁がない世界だなぁと、菜摘子は寂しい気分を味わう。かつては自分も、あのように颯爽《さっそう》と歩いていたはずだ。それが今は、いかにも暇そうに喫茶店でコーヒーを啜《すす》っている。自分の選択に後悔はしないが、もう少しどうにかならなかったのかとこれまでの人生をつい思い返してしまうのは避けようがなかった。

何度か会ったことがある巧の父親を、菜摘子は思い浮かべた。騙《だま》してやろうとして接していたときは、あの吝嗇《りんしょく》ぶりに腹が立ったものだが、こうして彼が働くビルの出入りを見張っていると、やはり渋井隆宏もエリートのひとりなのだと実感されてくる。そうして認識を改めてみれば、それなりに整った容貌も相まって、なんだか渋井が眩《まぶ》しい存在に思えてきた。その分、少しくらいは金をむしり取ってもかまわないかと、少々利己的な気分にもなる。まあ、巧の言葉を信用するなら、渋井は家族のことに心を砕くようなよい父親ではないらしい。ならば、今こそ渋井は親らしいところを巧に見せてやるべきなのだ。息子のために渋井が大金を出したと知れば、巧もきっと嬉《うれ》しいだろう。

そろそろ渋井が現れてもいい頃だった。このインテリジェントビルの一階にはいくつかテナントが入っていて、菜摘子がいる喫茶店もそのひとつである。道路に面した側が全面ガラス張りで、その上正面エントランスと並んでいる。駅に向かうために正面エントランスを出ていく人を見張るには、格好の立地条件だった。菜摘子はここに、十分ほど前から坐っている。

もちろん、渋井がどう対応するかを確認するためだった。最初の脅迫電話は自宅にすることに決めたが、渋井が動き出さないことには計画は進展しない。たとえ渋井が女房の尻に敷かれていても、夫人の一存では何も決められないはずだからだ。渋井の動きを極力コントロールすること。それが、計画の成否を左右する重要な要因だった。

菜摘子は顔を憶えられないために、サングラスをかけている。目許を完全に隠す、濃い色のサングラスだ。それなのに先ほどから、ちらちらとこちらに視線を向ける男が何人かいた。皆、菜摘子がいい女だから目を向けるのだ。男からそんな視線を向けられるのは珍しいことではないし、それほど不愉快ではないが、今は少し煩《わずら》わしい。サングラスをかけていても男の目を引いてしまう自分は、やはり監視役には不向きだったと改めて思う。

しかし、これも仕方のないことだったのだ。高杉はある物を調達しなければならないし、園部ひとりに監視を任せるのは心許《こころもと》ない。結局消去法で、菜摘子が監視役を務めることになったのだった。

こんなことなら、サングラスではなくてマスクでもしてくればよかったと、少し苛立《いらだ》ち混じりに考えた。だが喫茶店に入ったのにコーヒーも飲まず、ずっとマスクをしているというのはいかにも不自然だ。いろいろ検討してみても、こういう形で監視をするしかなかった。美人に生まれついたあたしがいけないのねと、内心で嘆息する。

菜摘子はさりげなく首を巡らせて、店内を見渡した。視線を向けていた男たちは、慌てて違う方向へと目を逸《そ》らす。ふだんの菜摘子であればそんな反応を微笑《ほほえ》ましく思うところだが、今は笑ってなどいられなかった。渋井を監視する菜摘子自身が、誰かに監視されているかもしれないからだ。

そのことは、終始念頭から離れなかった。菜摘子たち三人の情報を、ほぼ正確に把握していた脅迫者。脅迫者は菜摘子たちの人となりや能力はもちろんのこと、巧との関係まで知っていたから、脅迫対象として渋井家ではなく菜摘子たちを選んだのだろう。結果的に、その判断は正しかったと言える。菜摘子も高杉も、巧を見捨てることなどできなかったからだ。その正確な理解が、菜摘子を不安にさせている。

脅迫者は、これまで数日に亘《わた》って菜摘子たちを監視していたに違いない。その上で、巧を誘拐して菜摘子たちを脅迫するなどという計画を立てたのだろう。見張られていたことに気づかなかったのは、迂闊《うかつ》だったと言うしかない。我ながら情けないと、菜摘子は忸怩《じくじ》たる思いを抱える。

謎の脅迫者は、今も菜摘子を見張っているかもしれないのだ。菜摘子たちが指示どおりに行動するかどうかを、脅迫者は知りたがっているに違いない。だとしたら、今この瞬間に菜摘子に視線を向ける男たちのうちのひとりが脅迫者ではないと、誰が言い切れるだろう。菜摘子が視線に苛立ちを覚えるのは、そのためだった。

幸い、意味の籠《こも》った視線は感じていない。菜摘子が見返しただけでそそくさと目を逸らすのは、いい女を眺めている以上の意味がないからだろう。こいつらはただのスケベ男だ。そう自分に言い聞かせて、菜摘子は気持ちを落ち着かせた。

もう一度、脅迫者から渋井へと意識を戻す。高杉が渋井家に脅迫電話を入れてから、そろそろ十五分が過ぎようとしていた。渋井夫人が会社に電話をし、渋井に事情を話す。それから仕事を途中で切り上げるために、どれくらいの時間がかかるか。十分か、十五分か。

果たして渋井は、この間に警察に通報するだろうか。高杉は型どおり、警察に報せたら子供の命は保証しないと通告したはずだ。それを馬鹿正直に信じ、自分たちだけで対処しようと考える可能性はある。もちろんそうなったなら、それは菜摘子たちにとって最も望ましい結果だった。渋井が払った金をさっさと脅迫者に渡し、巧を助け出すことができる。

しかし巧は、自分の親たちがそういう選択はしないと読んでいた。巧の読みどおりならば、渋井はすぐにも警察に通報するだろう。それは一概に、子供の命をないがしろにした行動とは言えない。身代金がせいぜい一千万円くらいなら自分たちだけで交渉することも考えるだろうが、こちらの要求金額は三億円である。いかに渋井が資産家とはいえ、手に負える金額ではないはずだ。となると、解決にはやはり警察を頼るしかない。そもそも、渋井がそう行動するように誘導するための要求金額なのである。この計画は最初から、渋井が警察に通報することを織り込んで立案されているのだった。

菜摘子はコーヒーカップを口許に運んだ。コーヒーは冷めかけ、幾分香りが損なわれている。しかし今の菜摘子には、そんなことを気にかけている余裕はなかった。早く出てこいと、何度も心の中で念じる。

そしてその願いが通じたのか、視界に見憶えのある姿が現れた。渋井はビルのエントランスを出てくると、振り向きもせずに足早に駅へと歩き出した。その歩く速さはすれ違う人たちと変わらないはずなのに、余裕はまったく感じられない。今の渋井はあたしと同類だわ。そんなふうに菜摘子は感じた。

渋井の背中が小さくなっていくのを見送ってから、菜摘子はおもむろに携帯電話を取り出した。そして、用意してあったメールを送信する。メールにはただひと言、「出発した」とだけ書いてあった。

27

レジを離れたとたんに、後ろを振り返りたくなった。だがそのせいで店員と目が合ったりしたら、かえって強い印象を残してしまう。高杉篤郎は振り返りたい衝動と闘いつつ、真っ直ぐに店の外を目指した。

道路に出てから、さりげなく後方に目をやった。すでに店員は、別の客と話をしている。その様子からすると、特に高杉は目立っていたわけではないようだ。今回の計画最大の難関を突破した気分で、高杉は密かに胸を撫《な》で下ろした。

そうとなれば長居は無用だった。高杉は心持ち足早に、家電量販店を離れた。だが、口許を覆っているマスクはまだ外す気になれない。いっそこのままマンションに帰るまでていようと思った。

高杉が家電量販店で買った物は、料金定額の買い切り制通信カードだった。通常の通信カードであれば、カードを買った上で別途プロバイダーに加入して、接続料を払わなければならない。だがこの買い切り制通信カードならば、最初から通信費が料金に含まれている。オンラインサインアップも必要なく、買っていきなりインターネットに繋《つな》ぐことができるのだ。つまりこちらの個人データをどこにも登録せずに、まったく匿名でネットに接続することが可能になる。今回の計画では欠かせない、必須のアイテムだった。

便利な物だが、そうした通信カードが発売されていること自体、あまり世間には知られていない。つまり一日にいくつも売れる商品ではないということだ。誘拐犯が買い切り制通信カードを使っていたことを、警察は確実に調べ出す。そして、それがどこで買われた物か、徹底的に調査するに違いない。今回の計画で高杉たちが人前に顔を曝《さら》すことはほとんどないが、唯一の危険がこの購入だった。高杉に応対した店員は、少なくとも客の背格好くらいは記憶しているだろう。運が悪ければ、顔や声も憶えられる可能性もある。それを懸念して高杉は、顔にマスクをし、言葉も必要最小限しか発しようとしなかった。後はただ、店員の記憶力が人並み外れて優れていることなどないよう、天に祈るだけだった。

電車を乗り継いで、マンションに帰った。いろいろな物を買うのに時間がかかったので、もう電話をしなければいけない時刻になっている。高杉はインスタントコーヒーを淹《い》れてからひと口呷《あお》り、一度深呼吸をした。そして、秋葉原の路上で買ってきた飛ばし携帯電話を使って、渋井家に連絡を入れる。携帯電話にはボイスチェンジャーをセットしてあった。これを通して喋《しゃべ》ることで、声がドナルドダックのようなキンキラしたものになる。

渋井夫人は最初、こちらの言うことを信じなかった。だが、信じる信じないはそちらの勝手だと突っぱねると、反応が変わった。単なるいたずらなどではないと、高杉の口調からわかったのだろう。ひとまず要求金額を口にして、第一回目の電話を切る。この電話とほぼ同時に、巧が映っているビデオテープを園部が郵便受けに入れる手はずになっていた。確認してみろと渋井夫人に言っておいたから、今頃は大パニックになっているかもしれない。気の毒だとは思ったが、これも巧を救うためだと自分を納得させた。巧の両親も、息子を救うためにはいっときの心労を甘受して欲しい。

電話を切った直後から、通信環境のセッティングを始めた。まず買ってきた通信カード添付のCD－ROMをノートパソコンに挿入し、ソフトをインストールした。そして通信カードを差し込んで、インターネットに接続してみる。ほとんど手間はかからず、一発で簡単に接続に成功した。電波の状態もいい。これならば、接続トラブルに困ることもないだろう。

接続を切らず、そのままフリーメールのアドレスを取得した。もちろん、登録したのはでたらめな住所氏名である。これでメールアドレスからはもちろんのこと、IPアドレスからも発信元を特定するのは不可能になった。高杉たちは安全な通信手段を確保したのだった。

念のために自分宛にメールを送ってみて、ちゃんと着信するかどうかを確認した。問題なくメールが届く。これでよしと頷《うなず》いたところに、今度は自分の携帯電話にメールが着信した。相手は菜摘子だ。開いてみると、打ち合わせどおり「出発した」とだけ書いてある。それを受けて、こちらも次の行動に移った。

パソコンに用意してあった文面を、取得したばかりのフリーメールで渋井の携帯電話に宛てて送った。このメールは、渋井が警察と実際に会う前に読んでもらう必要がある。準備の時間が極端に短い、ぎりぎりのスケジュールで行動していたが、なんとか予定どおりに第一段階を終えることができたようだ。高杉は大きく安堵の吐息をつき、ソファの背凭れに寄りかかった。

しばらくして、菜摘子が戻ってきた。菜摘子は高杉の顔を見るなり、「店員に顔を憶えられなかった？」と尋ねてくる。菜摘子はおそらく、高杉が自分から望んで最も危険な役を引き受けたことを承知しているのだ。だがいちいちそんなことを指摘しないだけの分別があることも、短い付き合いながらわかってきた。だから高杉は、多くの言葉を費やさずに答えた。

「ああ、たぶん大丈夫だと思うぜ。忙しそうにしてたから、オレのことなんかろくに憶えちゃいないだろう」

「それならいいけど。で、それなの？」

菜摘子は高杉の手許を見て、物珍しそうに言った。通信を終えたパソコンは、今はシャットダウンしてある。その側面に出っ張っている通信カードを、高杉はつついた。

「こんなちっぽけなカードが、巧の命を救う蜘蛛《くも》の糸ってわけだ。巧の奴、生意気言ってお釈迦《しゃか》様に糸を切られなきゃいいけどな」

「笑えない冗談言わないで」

菜摘子は軽く眉《まゆ》を寄せた。だが高杉としたら、冗談でも言わないことにはやってられなかった。くそ真面目《まじめ》な顔をしていれば巧が戻ってくるというなら、いくらでも真面目な顔をしよう。そうでないなら、どんな難局でも笑いながら乗りきってやるまでのことだ。

「で、メールももう送ったのね」

菜摘子は心配そうな表情を崩さなかった。送ったと答えても、その顔は晴れない。いまさら腰が引けるタマではないから、脅迫に着手したことで憂鬱《ゆううつ》になっているのではなく、巧の身が心配なのだろう。慰めの言葉をかけても無意味なので、高杉も黙っていた。

「あのさ、本当にこの計画、うまくいくかな」

果たして、菜摘子は沈黙に負けたように己の不安を吐露《とろ》した。高杉にできるのは、ただ自信たっぷりに頷いてやることだけだった。

「大丈夫だよ。これはオレが考えた計画じゃない。巧が考えたことなんだぜ。巧だったら、自分の親がどう行動するか予想できるだろう。読み違えなんて、万にひとつもないさ」

「うん、計画はうまくいくと思う。でも、あたしたちの判断は、本当にこれで正しかったのかな」

「どういう意味だよ」

菜摘子が何を言い出したのか、高杉にも朧《おぼろ》げに見当がついた。そんなことを言うのは菜摘子らしくないと思ったが、考えてみれば涼しい顔をしている方が非人間的だ。菜摘子とて、自分の中では結論を出しているのだろう。その上で、もう一度きちんと高杉と話し合いたいと望んでいるのだ。高杉はそう理解した。

「あたしたち、やっぱり全部渋井さんに打ち明けて、一緒に巧クンを取り返す努力をすべきだったんじゃないかな」

菜摘子は言いにくそうに、視線を手許に落とした。高杉はあえてからかう口調で答える。

「下駄《げた》を預けろってさんざん主張したのは、オレの方だぜ」

「もちろん憶えてる。でも下駄を預けるんじゃなくって、あたしたちはジョンには内緒で、渋井さんと協力態勢をとれたんじゃないかなってこと」

「それはオレも考えた。だが、結局無理なんだ」

「どうして？」

顔を上げて、菜摘子は小首を傾《かし》げる。高杉は身を乗り出して、「いいか」と言う。

「考えてもみろ。渋井家はオレたちの言うことなんか信用するわけないぜ。一面識もない、とても息子と接点などなさそうな奴らが、さらわれた息子さんを助けるために一緒にがんばりましょうなんて言い出しても、誰も本気にしないだろ。オレたちじゃない誰かが巧をさらったことは信じても、そのまま警察に通報するのが落ちだ。そうなったら、どうしてオレたちがしゃしゃり出てきたのか、警察にどうやって説明する？　犬の誘拐をしようとして巧と知り合ったと、正直に言えるか？」

「言えないわね」

菜摘子は苦笑した。高杉はさらに続ける。

「それだけじゃない。そんなことになれば、巧の身も危ないんだ。仮に身代金受け渡しをオレたちが引き受けたとしても、その現場には警察官がびっしり張り込むことになる。それをジョンが察知したら、取引はご破算だぜ。巧は冷たくなって帰ってくるかもしれない。だから巧を救い出したいなら、オレたちは警察の目を盗んで渋井家から金を受け取り、それをジョンに渡してやらなきゃならないんだ。渋井家を脅すのは、オレたちのためじゃない。巧のためだし、巧の両親のためなんだよ」

懇々《こんこん》と説き聞かせるように言うと、菜摘子は納得したらしく頷いた。その顔からは、もう迷いの色が払拭《ふっしょく》されていた。

「そうね。あなたの言うとおりだわ。あたしもこのやり方が巧クンにとってベストなんだと信じる。もう泣き言は言わないから許してね」

「別に泣き言だとは思っちゃいないさ。あんたが泣き言を言うほどかわいい女ならいいとは思うけどね」

高杉はにやりと笑い、憎まれ口で答えてやった。菜摘子は鼻の頭に皺《しわ》を寄せ、「どうせかわいくないですよ」と言った。

28

胸ポケットに入れている携帯電話が振動し、同時にメールの着信音が鳴った。電話番号はともかく、メールアドレスはごく親しい人にしか教えていない。だが音からすると、家族ではなさそうだ。いったい誰がメールを送ってきたのかと、渋井隆宏は訝《いぶか》しみながら携帯電話を取り出した。
メール一覧画面を呼び出して、隆宏は一瞬色を失った。分割されて届いたメールの差出人欄には、takutaku-takumiと書いてあったのだ。巧だと？　本当に巧なのか？　やはり巧が誘拐されたなどという話は間違いだったのかもしれない。そんな楽観に胸を躍らせながら、隆宏は文面を開いてみた。
《初めまして。takutaku-takumiこと、誘拐犯です。以後はこのハンドルでメールを送りますので、スパムだとは思わないでください》
誘拐犯。その文字を見て、隆宏は思わず立ち止まった。後ろから歩いてきた人がぶつかりそうになり、不愉快そうによけていく。だがそんなことに気を使っている余裕はなく、画面をスクロールさせて続きを読んだ。
《お宅の息子さんを預かったことは、奥さんから聞いているかと思います。クソ生意気なガキで、大変かわいいです》
間違いない。さらわれたのは巧だ。そのとき初めて、隆宏は確信した。
《ところで、奥さんには警察に連絡しないようお願いしたのですが、残念ながら守っていただけなかったようですね》

心臓が飛び跳ねた。なぜ誘拐犯はそのことを知っているのか。今も誰かに視線を向けられている気がして、慌てて左右を見回した。だが、路上に突っ立っている男を見つめる視線など、どこにもなかった。
《こちらの指示を守らなかったのだから怒ってもいいところですが、一度だけ許してあげます。その代わり、今後は指示に忠実に従ってください》
フレンドリーなのか、慇懃《いんぎん》無礼《ぶれい》なのか、高圧的なのか、まるでわからない文章だった。だが隆宏はその言葉の真意を深読みする気などまるで起こらず、ただ言われたとおりにしなければならないとだけ肝に銘じた。誘拐犯はいつどこで隆宏の行動を監視しているかわからない。もしかしたら、会社内の人間なのかもしれない。ともあれ、行動が筒抜けなのだとしたら、もう逆らうことなどできなかった。どんな命令にも従いますと、心の中で頭を下げる。ただし、三億なんて無茶な要求は勘弁してください。
《ではまず最初の要求です。この携帯電話にメールが着信したときは、音が鳴らないように設定しておいてください》
音が鳴らないようにしておけ？　瞬時その意味を考え、隆宏は誘拐犯の意図を察した。メールが着信したことを、周囲の人間には気づかれないようにしろという意味なのだろう。現に次には、このように書いてあった。
《そして、こまめにトイレに行くようにしてください。トイレの中で、誰にも気づかれないようにしてメールをチェックするのです。今後、本当の指示はすべてこの携帯電話宛にメールします。ご自宅に電話がかかっても、それはフェイクですのでそのように認識してください》

やはりそうだ。誘拐犯は警察が介入したことを察知し、それでも計画を遂行しようとしている。そのために、警察に気取られないように隆宏に指示を伝える手段を確保したのだ。相手は馬鹿ではない。それがわかって、隆宏は少し安心した。馬鹿でないなら、簡単に巧を殺したりはしないだろう。

《最後に。念のために書き添えますが、このメールを警察に見せたりしないでください。警察がこちらの動きを読んでいると判明した時点で、取引は終了します。では、お互い気持ちのいい取引とするために努力しましょう。よろしくお願いします》

もちろん、言われなくてもこのメールのことは警察に知らせるつもりなどなかった。いかに隠し通そうとしたところで、誘拐犯は警察の動きを察知するだろう。そのときは取引を終了すると、メールには書いてある。具体的な脅迫ではないが、取引終了が何を意味するか、わざわざ考えるまでもなかった。

携帯電話を閉じ、また駅へと急いだ。これからどんなことが起こるのか、何を要求されるのか、まるで見当がつかない。誘拐犯は本気で三億円も奪い取れると考えているのだろうか。だとしたら、テレビの見過ぎだ。現実には三億円も払えるわけがないし、だいたいそれほどの嵩《かさ》の紙幣を簡単に受け渡しできるわけもない。誘拐犯は馬鹿ではないようだが、夢を見ている。

電車に乗り、出入り口の横に立って、ぼんやりと窓の外に視線を向けた。そしてふと、今のこの状況はフィクションの中で見た誘拐事件とは少し違うことに気づいた。通常、犯人は文書か電話などで、一方的に要求を伝えてくる。それはあくまで一方通行の通信であり、被害者側から犯人に何かを伝える手段は与えられていない。だが隆宏は、誘拐犯のメールアドレスを知った。フリーメールだからここから相手に辿り着けるとは思えないが、少なくともこちらの意思を伝えることはできる。ただそれだけのことでも、これまで誘拐事件の被害者になった人たちより遥《はる》かに恵まれているのではないか。

値切ってみようか。そんな考えがちらりと頭をよぎった。三億などという要求金額は論外だが、例えば三百万円なら、清水の舞台から飛び降りるつもりで払うことはできる。その後しばらく昼食はコンビニ弁当にしなければならないだろうが、三百万円で巧が帰ってくるかと思えば安いものだ。ちょっと安すぎるかもしれないが。

三百万円で納得してくれるだろうか。真剣に検討してみたものの、やはりどうも無理そうだと結論せざるを得なかった。いくらなんでも三百万円では引き下がってくれないか。ではいくらまでなら値切れるだろう。こうした場合の相場がよくわからないので、見当がつけられなかった。五百万か、それとも一千万か。一千万だと少しきついよなぁと、隆宏は心の中で慨嘆《がいたん》する。でも、それくらいの出費は覚悟しておくべきなのだろう。これは誘拐事件なのだから。

そんなことをあれこれ考えながら、家に帰り着いた。門扉《もんぴ》のインターホンで帰宅を告げると、亜也子が電動の門を開けてくれる。中に入り、敷石伝いに玄関まで歩いて、自分で鍵を開けた。そしてすぐに、違和感を覚えた。

どこがどうというわけではない。三和土《たたき》に見慣れぬ靴があったのでもない。だがどこか、いつもと違う気配を隆宏は感じた。極端なことを言えば、住み慣れた我が家のはずなのに、他人の家に紛れ込んでしまったかのような感覚だった。

そしてその違和感の正体には、すぐに出迎えに現れた亜也子の顔を見て気づいた。亜也子は当然のことながらにこりともせず、かといって不安いっぱいの表情でもなかった。亜也子は目を吊り上げていたのだ。

「ただいま。犯人から連絡はあったか？」

上がり框《かまち》に立つ妻を見上げながら、そう話しかけた。亜也子は「ないわよ」と突っぱねるように答える。

「犯人からの連絡はないけど、お客さんがいっぱい来てるわ」

「もう警察は来てるのか」

なるほど、この気配は大人数が滞在している気配なのだ。しかもただの客ではない。

臨戦態勢にある警察官たちなのだ。雰囲気が硬くなるのは当然のことだった。

「来てるのか、じゃないわよ。どうして警察に連絡したのよ！　なんであたしに相談してくれなかったの？」

声を低めながらも、詰問調で亜也子は問う。隆宏は靴を脱いで、スリッパを履いた。

「相談する余地なんかないだろう。誘拐なんだぞ。わかってるのか」

「わかってるわよ！　わかってないのはあなたの方でしょ！　たっくんが誘拐されてるのよ」

「相手の要求金額は三億なんだぞ。そんな大金、払えるわけないだろうが。だったら、警察に助けを求める以外に道はないと思ったんだよ」

「警察を頼るのも仕方がないとは思うわよ。でも、どうしてあたしに相談してくれなかったのって言ってるのよ」

「相談したって、反対するだろ」

「だって、警察に通報したらたっくんの命は保証しないって言うのよ」

「そんなこと言ったって、三億も払えないものはどうしようもないじゃないか！」

いつの間にか互いに興奮して、唾《つば》を飛ばし合うようなやり取りになっていた。そんな大声の応酬を、「あのう」と気の弱そうな声が遮《さえぎ》った。隆宏と亜也子は、同時に声の方を振り向く。

「こんなお屋敷ですから外に声が聞こえる心配はないと思いますけど、もう少し声を絞ってもらった方がいいかと思うんですよね……」

リビングのドアを開けて、黒縁眼鏡をかけた貧相な容貌の男が顔を覗《のぞ》かせていた。今ここにいるのだから刑事だろうと思うのだが、隆宏が事前に抱いていたイメージとはあまりに隔たっていた。男は刑事というより、時代劇に出てくる食い詰め浪人のような貧乏臭い雰囲気をぷんぷんと発していた。

「ええと、あなたは？」

だから隆宏は、つい相手の素性を問い質《ただ》してしまった。男は申し訳なさそうに、自分の身分を名乗った。

「はあ。私は警視庁捜査一課特別班のカゲキと申します」

29

「カゲキ？」

夫が訊き返すのを、渋井亜也子は横で聞いていた。おそらく「過激」という字面を思い浮かべているのだろう。最初に名乗られたときは自分もそう思ったから、夫の内心は手に取るようにわかる。とはいえそんな人名があるわけはないので、ではどういう字を書くのかと考え、思考停止になっているのではないか。刑事もそうした反応に慣れているのか、すかさず名刺を差し出した。

「陰木《かげき》、さん？」

受け取った隆宏は、ぼんやりとした口調で名刺の名を読んだ。名刺と陰木の顔を交互に眺めている。陰木は「ええ」と応じて、亜也子に名乗ったときと同じ台詞《せりふ》を繰り返した。

「陰気《いんき》、ではないですからね」

一ヵ月くらいろくなものを食べてないような容貌で、声を低めてぼそぼそと言うのだから、それが一種の冗談だということは至極わかりにくい。二度聞いて、ようやくこれがギャグなのだと理解した。

「なるほど、ずいぶんぴったりな名前ですね」

隆宏は遠慮も何もない感想を口にする。亜也子も同じことを思ったのだが、さすがに面と向かって言ったりはしなかった。そもそも隆宏だって、「渋井」なんて笑っちゃうくらいぴったりの名前ではないか。人のことが言えるのか。

「いいえ、私はこう見えてもけっこうネアカなんですよ。カラオケボックスに行けばお二ャン子クラブの歌も歌いますし」

陰木は堂々と言い張るが、ネアカだのおニャン子クラブだのという時代錯誤の単語を連発するところが、かえって痛々しい。こういうタイプの人はどこにでもいるのだなぁと、亜也子は妙に感心する思いだった。

「おニャン子クラブですか。それはまた。ははは」

さすがに隆宏もコメントに困ったらしく、乾いた笑い声を立てる。場違いなやり取りに、亜也子は痺《しび》れを切らした。

「あのう、ちょっとよろしいでしょうかしら。まず主人とふたりだけで話をさせていただきたいのですけど」

「えっ、いきなりですか。一刻を争うことですから、まず我々がお話を伺わせていただかなければなりませんが」

陰木は反論するが、一刻を争うならおニャン子クラブがどうこうなどという話をしている場合ではなかっただろう。キッと睨《にら》みつけて、「少しですから」と声に凄《すご》みを込めると、陰木は気圧《けお》されたように「わかりました」と頷いた。

「少しにしてくださいね」

「ええ、それはもう」

今度はにっこりと笑って、隆宏の背中を押した。刑事たちが集結しているリビングとは離れた、二階の一室に隆宏を連れ込む。

「ちょっと、どういうことなのよ」

ドアを閉めると同時に、小声で夫を咎《とが》めた。隆宏は突っ立ったまま、困ったように上目遣いになる。

「どういうことって、説明したとおりだよ。おれたちが自力でなんとかできることじゃないだろ。下手なことをして、金だけ取られて巧が帰ってこないってことだってあり得るじゃないか」

「もちろん、それが最悪なことよ。あたしだって、警察に頼らなきゃならないとは思うわ。でもそのためには、ちゃんとあたしにも相談して欲しいのよ。あなたひとりの問題じゃないでしょうが」

「じゃあ、相談してたら警察に通報することには反対しなかったか？」

「したかもしれないし、しなかったかもしれないわ。そんなこと、今頃言われてもわからないわよ！」

我ながら支離滅裂な非難だとは思った。ともかく、隆宏がひとりで勝手に判断して行動したことが腹立たしくてならないのだ。ここできつく釘を刺しておかなければ、今後も同じことをされるかもしれない。隆宏は決断力はないくせに、妙に行動力だけはあるのだ。

「もうしょうがないじゃないか。今後気をつけるから、そんなにぎゃんぎゃん言わないでくれよ」

隆宏は情けなさそうに眉を寄せた。以後は勝手に判断しないと約束するなら、亜也子だって今は言い争っている場合じゃないことくらいわかる。そろそろ勘弁してやることにした。

「絶対よ。いいわね」

「約束するよ。ところでさっそくだけど、君にも相談したいことがあるんだ。実は誘拐犯からまた連絡があった」

隆宏はドアの外に聞こえないように、声を潜めた。亜也子は「えっ」と声を上げかけ、慌てて自分の口を塞《ふさ》いだ。

「連絡？　今度はあなた宛に？」

「ああ。おれの携帯にメールが入った」

「み、見せてよ」

声が上擦《うわず》った。次もまた電話がかかってくるものと思っていたので、覚悟ができていなかった。夫が胸ポケットから取り出した携帯電話を、ほとんど奪うように受け取る。

「あ、ちょっと、メールを勝手に読まないで欲しいんだけど……」

なにやら隆宏が弱気に抗議しているが、浮気しているかどうかをチェックしている場合ではなかった。メール一覧を呼び出し、最新のメールを開く。メールの最後の一行まで読んで、止めていた息を吐き出した。

「このことはまさか警察に言ってないでしょうね」

「言ってないよ。いくらおれでも、そんな勇気はない」

いかにもふだんは勇気がありそうなことを、隆宏は言う。だが亜也子には、いちいちそこに突っ込みを入れている余裕などなかった。

「どうする気よ」

「どうするもこうするも、今度こそ指示に従うしかないだろう。おれたちの行動は、相手にお見通しのようだからな」

「どうしてなの？　あなたが一一〇番通報したのを、誰かに見られたの？」

思わず窓の外を覗きたくなった。今も誰かが、望遠鏡を使ってこの家の中を監視しているのではないかというおぞましい想像をしてしまった。隆宏はこちらの気持ちを察したように、沈鬱《ちんうつ》な顔で首を振る。

「わからない。見られてないと思うけど、はっきりしたことは言えない。おれも動転してたからな。ただ、よくよく考えてみたら、これははったりなんじゃないかという気もする。こんな指示をしてくるからには、最初からおれたちが警察に通報することを見越してたんだよ、きっと」

「じゃあ、警察が関わってても身代金を奪い取れる自信があるのかしら。それ、すごい怖いじゃない」

「そうだ。だからやっぱり、今後は指示に従った方がいいと思う」

「そうね、その方がいいわね」

亜也子も同意した。隆宏はおっとりしているが、決して馬鹿ではない。その判断は信頼することができた。

「でも、三億は払えないな。あくまで三億を払えと要求されたら、どうしたらいいのか……」

隆宏は語尾を口の中に呑《の》み込んでから、腕組みをした。またケチ根性を発揮するつもりかと、亜也子は不安になる。

「なんとかならないの？　銀行に融資してもらうとか」

「いくらなんでも、三億は無理だ」

「なら、いくらなら用意できる？」

「うーん、二億、かな」

「二億でも充分大金じゃない。二億に負けてもらえないか、交渉できないかしら」

「うん、値切ることは考えてた。でもどうせ値切るなら、一千万くらいにならないかな」

「なるわけないでしょ！　たっくんはそんなに安くないわよ！」

やはりケチ臭いことを考えていた。我が夫ながら情けなくなる。

「二億くらいバーンと出しなさいよ。いざとなったら、この家を売ればいいでしょ」

「えっ、ここをか？　それは親父たちが怒るんじゃないかなぁ」

「お義父《とう》さんお義母《かあ》さんだって、たっくんのためだと思えば許してくれるわよ。それくらいの覚悟を固めなさい」

「覚悟ねぇ。覚悟の問題かなぁ」

なおも納得がいかないように、隆宏は首を捻《ひね》る。もうその点で言い争っても意味がないので、亜也子は話を戻した。

「で、どうよ。誘拐犯からの次のメールはまだ来てないの？」

先ほど返した携帯電話に向けて、顎《あご》をしゃくった。隆宏は慌てて端末を開いて、安心したように首を振る。

「来てないな」

「じゃあ、こうして。メールが来たら、そのままあたしの携帯にも転送してよ。あたしも着信音が鳴らないようにして、携帯を身につけておくから」

「ああ、わかった」

「指示が来たら、改めてどうするか相談しましょう」

「そうだな。警察の目を盗むのが大変そうだけど」

夫が心配するのを聞いて、亜也子もふと疑問に思った。そうだ、自分たち夫婦はもう、完全に警察の監視下に置かれたも同然なのだ。この家の中でこそ行動の自由はあるが、勝手に外に出ることはできない。それなのに、誘拐犯はどうやって警察の目を掠《かす》めて身代金を奪い取るつもりなのか。浅はかな考えで警察を舐《な》めているのならこちらにとってもありがたいが、どうもそんなことではないという気がする。何か奇想天外な手段を用意しているのではないかと思えてならず、亜也子は不安に胸を震わせた。

30

亜也子との話し合いを終えて、渋井隆宏は一階に下りた。階段の上がり口には、隆宏たちが出てくるのを待ちかまえていたように、陰木ともうひとりの刑事が立っている。隆宏は「お待たせしました」と詫《わ》びて、リビングに入るよう促した。亜也子はついてこず、キッチンに向かった。お茶でも用意するつもりなのだろう。

リビングには女性刑事がひとりと、電話に大袈裟《おおげさ》な器具を取りつけている男がひとりいるだけだった。隆宏を待っていたふたりと合わせて、都合四人しか来ていないということか。これでは少なすぎるのではないかと、とっさに思った。

「これで全員ですか？」

つい確認してしまった。陰木は「はい」と認めつつ、こちらの不安を見越したように説明した。

「犯人がどこでこの屋敷を見張っているかわかりませんからね。あまり大人数でお邪魔するわけにはいかなかったのです。ただ、外では警視庁の総力を挙げた万全の態勢を敷いていますので、どうぞご心配なく」

「はあ、そうですか」

万全の態勢とはいったいいかなるものか、隆宏はまた別の不安を覚えた。あまりに厳重すぎて、誘拐犯が身代金奪取を諦めてしまうようでは困るのだ。金を奪えないと悟ったとき、誘拐犯は巧を足手まといと感じるだろう。その結果どのようなことになるか、想像したくなかった。

ソファに坐るよう勧めて、ローテーブルを挟んで向かい合った。陰木の隣にいる刑事は、三十代半ばくらいの強面《こわもて》の男である。いかにも柔道の有段者といった逞《たくま》しい体格をしていて、寡黙《かもく》な態度も相まってなかなか頼もしげな雰囲気を醸《かも》し出している。隆宏としては、陰木ではなくこちらの刑事に信頼を寄せたい気分だったが、どうやら階級は陰木の方が上のようだった。警視庁の人事システムはよくわからない。

「で、ですね。さっそくですがいろいろお伺いしたいことがあるのですよ。質問に答えていただけますか」

陰木はあくまで低姿勢に、へこへこと頭を下げかねない口調でそう切り出した。そんなこと、こちらの許可を得るまでもないだろう。予想していた警察官像とのあまりの違いに、隆宏は大いに面食らった。

「もちろん、なんなりとどうぞ」

「はあ、ありがとうございます。ご家族のご協力あっての捜査ですからね。そう言っていただけると本当に助かります」

しみじみと陰木は言った。これまでいったいどんな苦労をしてきたのだろうと、つい隆宏は想像してしまう。

「まずお伺いしたいのは、犯人に心当たりがあるかという点です」陰木は言いにくそうに、眉根を寄せる。「営利誘拐の場合、単に金銭が目当てということが多いですが、怨《えん》恨《こん》の線も無視するわけにはいきません。誰か、こんなことをしそうなほど渋井さんを恨んでいる人はいないでしょうか」

怨恨か。そんなことは考えもしなかった。しばし己の周辺にいる人々の顔を思い浮かべ、隆宏は首を捻《ひね》る。大きい金を動かす仕事だから、どこかで思いがけず他人の恨みを買っていてもおかしくはない。だがそれを言い出したらきりがなく、心当たりはあると言えばある、ないと言えばないといった状況だった。

「難しい質問ですね。私自身は至って真面目な生活を送っているものですから直接的に恨みを買っているとは思えませんが、逆恨みならいくらでもできるでしょう。逆恨みだとしたら、私にも見当はつきません」

「まあ、それはそうでしょうね。おっしゃるとおりです」

刑事というよりも、悩み事相談のカウンセラーのように、陰木は共感を込めて頷いた。別に共感して欲しいわけではないんだがなぁと、隆宏はますます戸惑いを覚える。

そこに、亜也子が紅茶を運んできた。全員分を配って、隆宏の隣に腰かける。何度も恐縮です、などと陰木がぺこぺこ頭を下げるところからすると、これが少なくとも二杯目なのだろう。これから何杯お茶を振る舞わなければならないのかと、隆宏は憂鬱になった。

「でも可能であれば、逆恨みしそうな人をすべてリストアップしていただけると助かります。もう、どんな些細《ささい》な関係の相手でもかまいませんから」

陰木はそうつけ加えた。なるほど、警察としては「おっしゃるとおり」では済ませないだろう。初めて刑事らしい発言を聞かせてもらい、隆宏は密かに胸を撫で下ろした。

やってみます、と応じる。

「では次にですね」

陰木は話を先に進めようとしたが、動機についての質問よりさらに言いにくいのか、縋《すが》るような目で隣の刑事を見た。だが強面刑事はまるで銅像のように動かない。仕方ないといった様子で、陰木は目を伏せながら言った。

「あのぅ、これはちょっとお願いしにくいことなんですが、確認しなければならないことなのでご容赦ください。ええとですね、犯人の要求額なんですが、三億円ですよねぇ。これって、渋井さんにとっては準備可能な金額なんでしょうか」

「そんな、無理ですよ。私に用意できるのはせいぜい三百万円くらいです」

「嘘です。二億は準備できます」

すかさず亜也子が横から口を挟んだ。まったく、よけいなことを。隆宏は舌打ちしそうになるのをこらえた。

「すごいですねぇ。二億も準備できるんですか」

陰木は目を丸くした。一方、強面刑事はびくともしない。その無反応がやたらに威圧的で、隆宏は気圧《けお》された。どうして犯人でもないのに気圧されなければならないのか。頼もしく感じると同時に、理不尽な思いもした。

「二億なんて、本当は無理ですよ。ただこの家と土地を担保にすれば、こんなときですから銀行も配慮してくれるかなと甘い見通しを立てただけです。お願いしにくいなんておっしゃいましたが、まさか本当に現金を用意しなければならないんじゃないでしょうね」

亜也子の言葉を真に受けられては困ると、慌てて言い訳をした。二億も借りたら、利子だけでとんでもない金額になってしまう。なんとしてもそれは避けたかった。

「普通はですねぇ、やっぱり念のために要求額をご準備いただくんですよ。こちらも万全の態勢を敷いてますが、万が一ということもありますので、人質の安全のために……」

「でも、三億なんて無理ですって」陰木の言葉を遮って言った。「よくドラマなんかだと、新聞紙で贋物《にせもの》の紙幣を作って、一番上の一枚だけ本物を載せたりするじゃないですか。ああいうことはやってもらえないんですか」

「はあ、もちろんどうしても現金を用意できないということでしたら、そうして偽紙幣で対応するしかありませんが、できたら本物の方が――」

「できません」

きっぱりと言い切った。ケチ根性で言っているのではなく、無理なものは無理なのだ。その現実は警察にも認識してもらわなければならない。

「でも二億なら準備できるんですよ。取りあえずその手配はした方がいいんでしょうか」

亜也子が身を乗り出して、割って入った。その肘を押さえて、「君は黙ってろよ」と言ったが、邪険に振り払われる。陰木はそんな隆宏たちの攻防を興味深げに見てから、「できれば」と頷いた。

「本物の身代金は、あるに越したことはないですから」

「では、そうします。ねっ、あなた」

亜也子は強い口調で同意を求めた。勘弁してくれよ、と隆宏は内心で慨嘆したが、さすがに本心を口には出せなかった。取りあえず、現実的な返事をしておく。

「でも、もう今日は銀行が閉まってますから、明日以降の話になってしまいますね。たぶん誘拐犯も、今日中に準備できるとは思っていないのでしょうが」

「でしょうねぇ。しかし二億ですか。うーん」

陰木はいたく感銘を受けたように、腕を組んで唸《うな》った。それとは対照的に、やはり強面刑事は微動だにしない。泰然《たいぜん》としているといえば聞こえはいいが、もしかしてこちらの話を聞いていないんじゃなかろうか。だんだんそんな気がしてきた。

「ではまあ、その件は明日ということで。次は息子さんの今日一日の行動についてお聞かせいただきたいんですけど」

そうしたことに関しては女親の方が把握していると考えたのか、陰木は亜也子に向けて尋ねた。その判断は正しく、隆宏に訊かれてもまったく答えられない。今日はどんな習い事があったのかも知らなかった。

「たっくんは広尾《ひろお》の小学校に通ってます。電車通学です。今日は学校が終わったら、その足で広尾駅前の英会話教室に行く予定でした。ただ今日は、英会話には行かなかったようです」

亜也子は縋るように訴えた。さすがにこうした話は強面刑事がメモを取るのかと思いきや、やはり指一本動かそうとしない。陰木が「ふんふん」と頷きながら、大きいノートに書き取っている。隣の刑事はいったいなんのために坐っているのか。もしかして、陰木の押し出しが悪いからそれを補うためのお飾りか。

陰木は小学校と英会話教室の所在地、そして学校が終わる時刻と英会話が始まる時刻を確認した。亜也子は質問されることを予想していたらしく、何も見ずにすらすらと答える。陰木は「失礼」と断って席を立ち、部屋の隅で電話をした。今の話からすると、巧は小学校から英会話教室までのルートで誘拐された可能性が高いので、その周辺の捜査を指示しているのだろう。目撃者が見つかればいいのだが。

「ところで、下校時にはお迎えなど行かないのですか？　これだけの資産家の方なら、誘拐される危険性を少しは心配しなかったのでしょうか」

戻ってきた陰木は、今度は言いにくそうでもなくずけずけと訊いた。責めているつもりはないのだろうが、言われた側としてはそのように聞こえてしまう。隆宏は少し語気を強めて主張した。

「いや、刑事さんは誤解されているようですが、この家は親譲りでして、私自身はそんなに資産家というわけではないのですよ。私は仕事がありますし、家内は車の運転ができませんから送り迎えなんてとうてい不可能です。もちろん、そのための運転手なんて雇えるわけがありません。だいたい、クラスメートもみんなそんなもんですよ。巧はもう小学校五年生なんですから」

「はあ、そうなんですか。いや、こんなお屋敷に住んでいる人は、我々などとは別次元の生活を送っていると思ってたものですから。まあそういうことであればしょうがないんですかねぇ」

「しょうがないんです」

あまり納得しているようでない陰木に向かって、隆宏はきっぱりと言い切った。巧が誘拐されたことを「しょうがない」などとは言いたくなかったが、この返事は陰木に誘導されたようなものである。ふにゃふにゃとこんにゃくのように摑《つか》み所がないようでいて、やはりこの刑事、曲者《くせもの》かもしれないと初めて思った。

「すみません、ちょっとトイレに……」

誘拐犯からの連絡が入っていないかどうか、心配になってきた。そうでなくても、緊張のあまり本当に尿意を覚えている。陰木は愛想よく、「どうぞどうぞ」などと言って送り出してくれた。亜也子はそれとは対照的に、不安そうな目を向けている。亜也子と目を合わせると思いが言外に溢《あふ》れてしまいそうだったので、あえて妻の視線には気づかない振りをした。

一階のトイレに入って、鍵をかけた。まず本当に用を足してから、便座を倒して坐り、携帯電話を開く。そしてその瞬間、先ほどまでとは比較にならない緊張感に全身を縛りつけられた。

新たなメールが着信していたのだ。

31

差出人はtakutaku-takumiになっている。間違いない。巧をさらった誘拐犯だ。隆宏は気をしっかり持たなければと自分に言い聞かせたが、手が震えるのはどうしようもなかった。

《携帯電話宛にメールが届くことを、警察に悟られていないでしょうか。もし気づかれ

たら、その時点で取引は終了します。気をつけてくださいね》
メールはそんな書き出しだった。言われなくても気をつけているつもりだったが、改めて釘を刺されると緊張と恐怖を覚える。是が非でも、こうしてやり取りしていることを警察に見抜かれないようにしなければならない。
《さて、では本当の要求を書きます。身代金が三億円と聞いて、ビビりませんでしたか？　そんな金額、いくらなんでも無理ですよねぇ。なので、ディスカウントしてあげることにしました。素直に言われたとおりにしてくれるなら、六千万円に負けてあげましょう》
六千万円。その数字を読んで、人生最大の複雑な気分を隆宏は味わった。三億円に比べれば、遥かに安い。なんと言っても五分の一だ。ふだんの買い物でこんなに値引きしていたら、これはお買い得と飛びつくかもしれない。
だが五分の一とはいっても、元の要求額が高すぎるのだ。いくらディスカウントしたといっても、六千万円が高額であることに変わりはない。しかもその額は、いかにも微妙なところを突いていた。払って払えない金額ではないのだ。誘拐犯はこちらの内情をよく把握しているのか、それともたまたまなのか。隆宏には判断がつかなかった。
《六千万円なら、銀行の普通口座に現金でありますね。それを、巧君の口座に振り込んでください。家族口座扱いだから、一回の限度額は二千万円までのはずです。つまり、

あなたが持つ銀行口座のうち三つから、二千万円ずつをそれぞれの銀行の巧君の口座に振り込んでいただければいいのです》

巧の口座に？　つまり誘拐犯は、巧を脅して口座番号を聞き出したということか。なるほど身代金の授受に銀行振り込みを使うなら、実際に姿を現す必要はないので、危険が少ないようにも思える。だが隆宏はすぐに、その手段の穴に気づいた。

身代金の振り込み自体は、銀行間のオンライン処理だから誘拐犯にとって危険はない。だが振り込まれた金を現金化するためには、銀行に実際に下ろしに行かなければならないのだ。もちろん巧の口座から別の口座に移すことはできる。しかしそんなことをしたところで、銀行にはその記録が残る。警察ならばそれを追って網を張り、銀行にやってきた誘拐犯を捕まえることは可能なはずだった。

その点を誘拐犯はどう考えているのか。こちらがあくまで指示を守り、巧が解放されるまで警察には何も知らせないだろうと踏んでいるのだろうか。おそらくそうなのだろう。それ以外に、こんな指示をしてくる理由が思いつけなかった。

《振り込みは今日中に携帯電話でしてもらいます。振り込みには、銀行がオンライン決済用に発行した乱数表が必要ですよね。それを警察の目を盗んで持ち歩き、トイレの中で振り込み作業をしてください。明日中に六千万円が着金しない限り、取引は不成立と見做《みな》します。では、最後まで気持ちのいい取引を心がけましょう》

メールはそこで終わっていた。そうか、振り込み自体もパソコンではなく携帯電話でできるから、身代金授受は終始このトイレの中で行うというわけだ。隆宏は改めて認識する。なんとも緊張感を欠くが、警察の目を盗む唯一の方法であることも確かだ。少なくともこの点は、よく考えていると言わざるを得ない。

ともあれ、六千万円だ。隆宏はまだこの額で折り合う決心がつかずにいたが、自分の一存で決めないと亜也子に約束したばかりである。まずはこのメールを亜也子宛に転送し、読んでもらって判断を聞こう。亜也子の考えは聞かずともわかるような気がしたが。

手早く転送し、トイレを出た。多少長くなったが、緊張のあまりと言い訳すれば警察も疑わないだろう。これからもおそらく何度もトイレに行かなければならないから、すべて緊張のせいにするしかない。実際に緊張しているのだから、まったくの嘘というわけでもないのだ。

リビングに戻って、中座を陰木に詫びた。陰木は例によって物わかりのいい態度で、「いえいえ、お気持ちはよくわかりますよ」などと言った。やはり被害者家族がトイレに立つのは普通なのかもしれない。ならばと、亜也子に話しかけた。

「お前はトイレに行かなくてもいいのか？」

亜也子は決して鈍い女ではないので、すぐにこちらの言いたいことを察した。「では失礼して」と、入れ替わりにトイレに向かう。戻ってくるまでに五分ほどかかったから、誘拐犯からのメールを熟読していたのだろう。その表情は、先ほどまでよりわずかに明るくなっているようにも見えた。

すぐにも話し合いたかった。だがそれは陰木たちがいる限り無理だ。なんともどかしいことか。おそらく亜也子は自分の意見をメールに書いて隆宏に送っているのだろう。早くそれを読みたかったが、つい数分前にトイレに行ったばかりではまた席を立つわけにもいかない。いっそ下痢になったとでも言ってしまおうかと思った。

どのタイミングで腰を上げたらいいかとじりじりしているときだった。不意に据え置き電話が鳴り出し、その場にいる者たちの間に緊張が走った。電話にへばりついていた刑事がどこかに連絡を入れ、逆探知を依頼している。その刑事が頷くと、陰木がくそ真面目な顔で「電話に出てください」と言った。

隆宏は立ち上がり、電話に向かった。電話台から床に移されている電話機の前に跪《ひざまず》き、軽く息を吸い込む。受話器を取り上げ、「もしもし」と応じた。

「渋井さんのお宅ですね」

耳障《みみざわ》りな金属質の声が聞こえた。人工的に声質を変えた声。間違いない、誘拐犯だった。

「そうです。あなたはどなたですか？」

訊いても無駄と思いつつ、尋ねた。電話がかかってきたらなるべく引き延ばすように
と、陰木に指示されていたのだ。

「私は誘拐犯です」

相手はやけに素直に答えた。そう応じるならと、隆宏はあえて馬鹿な会話を仕掛ける。

「どこの誘拐犯ですか」

だがさすがにこの質問には返事がなかった。相手はこちらの言葉が聞こえなかったように、言いたいことを続けた。

「三億円は明日中に用意してください。受け取りは明日です。だから、巧君には一泊してもらうことになります。早く巧君と会いたければ、指示には従ってください」

これもやんわりとした脅迫だ。言外に、指示に逆らえば巧とは二度と会えなくなると言っているのだろう。これが本当の要求でないことを隆宏はわかっていたが、もしそうでなければどれだけの恐怖を味わっていたことか。裏取引を持ちかけてくれた誘拐犯に、感謝の気持ちすら湧いてきそうだった。

「さ、三億なんて無理ですよ。うちは大富豪なんかじゃないんです。ただのサラリーマン家庭に、三億なんか用意できるわけないじゃないですか」

取りあえず、そう言っておいた。だがこれも、言い返しても相手を怒らせないとわかっているからこそ言えることだ。案の定、相手は冷然と言葉を返す。

「では取引はここで終了しますか？　それはお互いにとって残念ではないでしょうか」

「待ってください。そんなことは言ってません。話を聞いてください」

「三億を明日中です。わかりましたね」

メールの文章よりも、遥かに冷ややかな口調だった。これは警察の耳を意識した結果なのか、それとも誘拐犯の本性なのか、どちらとも判断がつきかねた。食い下がるのもこの辺りが限界かと、隆宏は判断する。

「わかりました。明日中ですね。なんとかがんばってみます。でも、本当に巧は無事なのでしょうか。巧の声を聞かせてください」

この要求も、陰木の指示だった。言われてみれば、刑事ドラマなどでは定番の台詞だ。まさか自分が口にする日が来ようとは、夢にも思わなかった。

「巧君は今ここにいません。では明日」

「ちょっと待ってください！　もしもし！　もしもし！」

予想していたより遥かにあっさりと、相手は電話を切ってしまった。そんな応対に慌て、演技ではなく大声を出してしまった。だが聞こえてくるのは、通話が切れたことを示す断続音だけだった。隆宏は刑事たちに力なく首を振って、受話器を戻した。

逆探知係の刑事がまた無線でどこかと会話していたが、その表情は沈鬱なままだった。やり取りを終えると、「駄目でした」と陰木に報告する。

「相手は携帯電話で、池袋基地局内からかけていることはわかりました。ですが、それ以上は時間が短すぎて絞り込めませんでした」

「まあ、そうでしょうねぇ。最近の犯罪者たちも馬鹿じゃないですから」

最初から諦めていたかのようなことを、陰木は言う。だが素人の隆宏でさえ、今程度のやり取りでは逆探知できなかっただろうと予想したので、それは無理からぬことではあった。

「すみません、ちょっと失礼」

額に脂汗《あぶらあせ》が浮いていた。顔を洗いたい。口実ではなく、洗面所に行って顔を洗った。そしてついでに、トイレに籠る。

亜也子からのメールが着信していた。案の定、六千万円で手を打とうと書いてある。仕方ない。やはり払うしかないようだ。今のやり取りで覚えた恐怖に負け、隆宏も渋々受け入れた。六千万円という金額の途方もなさを思うと眩暈《めまい》がしそうだったので、払った結果銀行残高がいくらになるかという計算はあえてしないでおいた。

わかった、という内容の返信を、亜也子に送っておいた。隆宏はトイレを出て、そのまま二階に向かおうとする。するとそれを目敏《めざと》く見つけた女刑事が、「どちらへ行かれるんですか?」と訊いてきた。隆宏はもはや動揺する余裕もなく、力なく答えた。

「ちょっと、自分の部屋に。精神的に参ってしまったもので」

「そうですか。では申し訳ありませんが、同行させてください」

そう言われると思った。だが、声をかけてきたのが女刑事でよかった。隆宏はとっさにいい口実を思いついた。

「かまいませんが、ちょっと着替えたいのでドアの外で待っていていただけますか。二分ほどでいいです」

「承知しました」

女刑事は頷いて、隆宏の後についてきた。隆宏は階段を上がり、目礼をしてから自室のドアを閉める。そして真っ先に机の抽斗《ひきだし》を開け、各銀行発行の乱数表を取り出した。

32

携帯電話を閉じると、コールタールのように重苦しい雰囲気が部屋に満ちた。高杉篤郎はそれが自分以外のふたりのせいであるかのように、菜摘子と園部の顔を睨《にら》んだ。成城から戻ってきたばかりの園部は気弱げに目を伏せたが、菜摘子は逆に挑むように視線を跳ね返してくる。

「ご苦労様。お上手だったわ」

脅迫の電話など、うまいと誉《ほ》められてもまったく嬉しくない。何か言い返してやろうかと思ったが、皮肉で応じる気力もなかったので、ありのままの心境を口にした。

「いやなもんだな。子供を誘拐して、その親を脅迫するなんてのは」

だがこれは、もともと高杉たちがやろうとしていたことなのだ。こんなに後味が悪いとわかっていたら、いくら狂言でも誘拐など考えなかった。なんというひどいことを計画していたのかと、己の馬鹿さ加減がつくづくいやになる。今だって、巧を救うためだと思うから耐えられたのだ。単なる金儲けだったら、「すみませんでした」と謝ってすべてを放棄しているところだろう。

「親は心配してるんでしょうねぇ」

園部が言わなくてもいいことを、わざわざ言った。そんなこと、この場の全員がわかっていることだ。なぜあえて口にするかと、園部の頭を叩いてやりたくなった。

「愚かだったわね、あたしたち」

園部のよけいな発言を覆い隠すかのように、すかさず菜摘子が続けた。高杉は救われた気分で、「そうだな」と同意する。

「オレたちは揃いも揃って馬鹿ばっかりだ。巧も含めて、馬鹿ばっかりだ」

「そうッスか？　オレはそんなに頭悪くないッスよ」

場の空気が読めない園部が、納得いかないように口を尖らせる。高杉はさすがに苦笑して、「お前が一番馬鹿だ」と言っておいた。

「巧も今頃、自分の浅はかさを大いに反省しているだろう。オレたちもせいぜい、罪滅ぼしに専念しようじゃないか」

「罪滅ぼし、ね。まさにそんな気分かも」

菜摘子は疲れ果てたように言って、口許を引き締めた。高杉はこの重苦しい雰囲気を変えるべく、「コーヒーでも淹れろよ」と園部に命じた。園部は嬉しげにキッチンに飛んでいく。

今日できることは、すべて終わらせた。この先は、渋井家が身代金を振り込まないことには進められない。果たして渋井家が本当に身代金支払いに応じるか、そしてそのことを警察に秘密にしておくか、高杉たちに確証はなかった。ただ、計画どおりに進む可能性は高いと踏んでいる。なぜならこれは、渋井隆宏・亜也子夫妻の性格を計算に入れた、巧自身の立案だからだ。最初に三億と吹っかけておいて、その後でこっそり六千万にディスカウントすれば、夫妻はまず間違いなく応じるはずと巧は断言していた。だから今日は、もうこれ以上脅迫の電話もメールもしないつもりだった。

巧は今、どこでどうしているのか。考えないようにしているつもりでも、ふと気を抜くとついそんなことを心配している。どうしてあんなクソガキのことでこんなに心を煩《わずら》わされなければならないのかという思いは未だにあるが、一度開き直ってしまえばそれも些細なこととなった。もうオレは、巧を助けるために行動すると決めた。ならば、巧を助け出した後にたっぷり恩に着せてやるまでだ。今の唯一のモチベーションが、それだと言っても過言ではない。巧に礼を言わせることができるかと思うと、今から楽しみでならなかった。

しかしそれもこれも、巧が無事に帰ってくればこそだ。冷たくなって戻ってきても、恩に着せることができない。だから高杉は、巧が何事もなく帰ってきてくれることを切望していた。

ジョンからの連絡は、その後途絶えていた。高杉たちがすべてを滞りなく実行すると、最初から決めてかかっているのだろう。高杉は当初から、その決めつけが不思議でならなかった。ジョンはどうやって、高杉たちの計画を察知したのか。誘拐された巧が自分から計画のことを打ち明け、ジョンの側も親を脅迫するよりその計画に乗った方が確実だと判断したのだろうか。他に計画が漏れる可能性はないから、そう考えておくしかない。しかしそれでも、どこか釈然としない思いが残るのを高杉は自覚していた。

巧が監禁されているのは、どこかの廃倉庫だろうか。あるいは取り壊しが決まっている古いビルの一室？ 海沿いの寂れた小屋？ ステレオタイプの想像ばかりが頭に浮かぶ。おそらく巧は、ビデオを撮影されたときのように目隠しをされ、手錠で拘束されているのだろう。不自由だろうが、その方がいいと高杉は考える。まかり間違って誘拐犯の顔を見てしまったりしたら、その時点で巧の命はなくなるからだ。顔を知られた相手を、誘拐犯が素直に返してくれるとは思えない。だから巧は、自分の身の安全のためにも不自由な状態を我慢するべきなのだ。おそらく巧なら、それくらいの判断はできているだろう。

ちゃんと食事は摂《と》っているか、今晩は布団で寝かせてもらえるのだろうか。そんな心配が次々と湧いてきて、高杉は自分の心の動きを笑いたくなった。これではまるで、巧が自分の息子のようではないか。冗談じゃない。オレはまだ三十四歳だから父親の気分を味わうには早いし、そもそも息子を持つなら巧みたいなくそ生意気なガキは願い下げだ。ああもう苛々《いらいら》する。こんな気分は二度と味わいたくないから、何もかもさっさと終わらせてしまいたい。高杉は頭を掻《か》きむしりたくなる。

そこに、園部がコーヒーを運んできた。苛々しているときはカフェインが一番だ。ありがたく受け取って、ブラックのまま口に運ぶ。うん、園部はなんの取り柄もない馬鹿だが、コーヒーの淹れ方だけはうまい。その点だけは認めてやらなきゃならないなと、コーヒーを飲むたびに思う。

「何考えてるか、当ててあげようか」

同じくコーヒーを味わっている菜摘子が、少し上目遣いに言った。こっちだってあんたの考えていることくらいわかるよ、と思いつつ、「あン？」と答えておく。

「別に当ててもらわなくったっていいよ」

「まあ、そう言わないで。巧クンは今頃どんな扱いを受けてるかなって心配してるんでしょ。あたしも心配だもん。でも何もかもうまくいっても、巧クンが帰ってくるのは早くてあさってなんだよね」

そうなのだ。菜摘子の言うとおり、高杉たちが現金を手にできるのは最短でも二日後になってしまう。従って、ジョンとの交渉もそれ以降ということになる。もっと早く巧を解放してやりたいところだが、警察の介入を想定すると安全策を採るしかなかった。のこのこ銀行に現金を引き出しに行き、その場で逮捕されるわけにはいかないのだ。高杉たちが逮捕された時点で、巧の命は失われてしまうかもしれないのだから。

「巧のことだ。ジョンを口先でうまく丸め込んで、自力で帰ってくるかもしれないけどな」

そんな可能性がゼロであることを承知しつつ、高杉は言った。ジョンとは一度しか言葉を交わしていないが、そんな生やさしい人間でないことはわかる。高杉たちとは違い、ジョンは必要とあれば巧を殺すのに躊躇《ちゅうちょ》しないだろう。それがわかっているからこそ、高杉たちは言いなりになって行動しているのだ。ジョンを甘く見てはいけない。

「そうだったらいいんだけどね」

菜摘子は高杉の内心を見通しているかのように、あえて同調する。今から明日までは緊張した時間も小休止なのだから、少しくらいは現実逃避してもかまわないだろう。

「うん、決めた」

唐突に、菜摘子は声を大きくした。何事かと面食らう高杉に、菜摘子は堂々と宣言した。

「あたし、このまま自宅に帰っても不安なだけだから、今日はここに泊めてもらうことにする」

「いッ？」

あまりにも思いがけない台詞を聞かされ、高杉は硬直した。それとは対照的に、菜摘子は涼しげな顔で言い放つ。

「いいでしょ？　どうせ部屋は余ってるみたいだし。客用布団はないの？」

「い、いや、それくらいあるけど……」

「じゃあいいじゃない。もう今晩はジョンからの連絡もないだろうけど、だからってぐっすり寝られるわけでもないしね。どうせ寝られないなら、ここにいることにするわ」

まるで当然の権利を主張しているかのように、菜摘子は落ち着き払った態度だった。今晩のことなど考えてもいなかったので、高杉は不意を衝かれた心地で少し慌てる。

「ちょ、ちょっと待てよ。そっちは男の家に泊まるのなんてなんとも思ってないのかもしれないけど、オ、オレはあんまりそういうことに慣れてないんだ――」

「何、過剰に意識してんのよ。まさか変なこと考えてるんじゃないでしょうね。妙な真似したら、包丁で刺し殺すからね」

「誰が変なことなんかするか！　頼まれたってしねえよ」

「あ、よくも言ったわね。あたしの魅力がわからないなんて、もしかしてあんたホモ？そういえばふたりの仲は怪しいと思ってたのよね」

「ふたりって園部のことか？　仮にオレがホモだったとしても、死んでも園部は選ばないぞ」

「アニキ、そりゃないッスよ。オレのことが嫌いなんですか？」

「わっ、聞いちゃいけないことを聞いた気分。まるで痴話喧嘩《げんか》ね」

「冗談きついよ。鳥肌立っちゃったじゃねえか」

どうしてこんな能天気なやり取りをしているのかと、高杉は頭を抱えたくなった。波紋を生み出した張本人である菜摘子は、「いったん帰って荷物を取ってくる」と言い残し、さっさと部屋を出ていってしまう。ふたりきりになると、園部はなにやら気まずそうに切り出した。

「あのう、じゃあオレはそろそろ帰るッス」

「何言ってんだ。お前も泊まってけ。オレとあの女をふたりきりにするつもりかよ」

「だって、オレが残ったら邪魔じゃないッスか。オレ、こう見えても気が利《き》くんですよ」

「阿呆！　どこが気が利いてるんだ。気が利くんなら残れ。頼むから帰らないでくれ」

「アニキって素直じゃないんですよねー。無理しなくていいのに」

「無理じゃないよ。本当に心底頼むよ」

なんとか宥《なだ》め賺《すか》して、今晩は園部にも泊まってもらうことにした。園部はなおも納得がいかないようにぶつぶつと呟《つぶや》いていたが、無視しておく。菜摘子の外見がいくら高杉好みだといっても、中身があれではとてもじゃないが親密になどなれるわけがない。あんな女とふたりきりでひと晩過ごさなければならないなんて、息苦しくてきっと窒息死するだろう。

菜摘子が戻ってくるまでには時間がかかるだろうから、園部とふたりで夕食を摂りに出かけた。駅前の定食屋でさっさと済ませ、マンションに戻る。それから一時間後に、菜摘子は大きな鞄を抱えてやってきた。いったい何が詰まっているのかと首を傾げたが、「女はいろいろ必要な物が多いのよ」と菜摘子は偉そうに言うだけだった。

「あー、汗かいちゃったわ。ねえ、お風呂にお湯張ってある？」

「なんだと？　風呂に入るつもりか？」

目を剝《む》いて高杉は訊き返した。図々しいにもほどがある。だが菜摘子は逆に、世にも奇妙なことを聞いたとばかりに驚きの声を上げた。

「お風呂入らないの？　不潔。だから彼女ができないのね」

「女なんて二十人くらいいるよ。風呂に入りたきゃ、銭湯に行け」

高杉は玄関の方へと顎をしゃくったが、菜摘子はかまわず脱衣所へと向かった。

「立派なお風呂があるみたいじゃない。でも、ちゃんと風呂桶《ふろおけ》を洗ってくれないと入る気になれないわね。園部クン、洗ってくれる？」

「へえ」

まるで丁稚《でっち》のような返事をして、園部は言われたとおり風呂場に向かう。高杉は頭痛を覚え、もはや何も言う気になれなかった。

その後も、「脱衣所を覗いたら殺すからね」だの、「あたしが寝る部屋には掃除機かけて」だの、「シーツはちゃんと洗ってあるんでしょうね」だのと、菜摘子は大騒ぎを繰り返した。「じゃあお休み」と部屋に籠ってくれたときには、心の底から安堵《あんど》のため息が漏れた。

「アニキ、オレやっぱりあのときに帰ればよかったッス」

呆然と園部は呟く。同じく高杉も、負荷がかかりすぎて何も考えられなくなった頭で答えた。

「一生恩に着るよ」

33

「あのー、お腹空《す》いたんですけど」

部屋の隅でなにやらぼそぼそと話し合っているふたりの中年男女に向かって、渋井巧はそう言ってみた。巧から声をかけてくるとは思いもしなかったらしく、男女は揃《そろ》ってびくりと肩を竦《すく》ませ、顔を向けた。ふたりとも、合成樹脂のマスクを頭から被《かぶ》っている。男はゴリラ、女は昆虫タイプのエイリアンのマスクだ。見た目はかなり異様だが、その下に続く体が典型的な中年太りの様相を呈《てい》していては、いささか滑稽な印象は免れない。怖いと感じるより、何度見ても笑いたくなるのを巧は我慢しなければならなかった。

「お、お腹？　お腹空いたのね？　ど、どうしよう」

返事をしたのは女だった。女の言葉の後半は、ゴリラの男に向けて発されたものだ。

ゴリラ男は仕方がないとばかりに顎をしゃくる。

「お菓子でもやっとけば」

「お菓子でいいですよ」

巧は同意してやった。小腹《こばら》が空いているだけなので、お菓子くらいでちょうどいい。この部屋に時計はないが、おそらく今は四時頃なのだろう。

「はいはい、ちょっと待ってね」

エイリアンの女は、まるで近所の気のいいおばちゃんのような口調でそう言った。とても誘拐犯とは思えない。ふたりのやり取りはいつも小声なのではっきりと聞こえるわけではないが、雰囲気からなんとなく夫婦なのだろうと巧は察している。おそらく主犯は夫であり、妻は手助けしているだけなのだ。誘拐犯側につけ込む隙があるとすればこの女だと、巧はすでに留意している。

エイリアン女は座卓の上に置いてあったビニール袋からいくつか菓子を取り出し、皿に盛りつけて持ってきた。ビスケットとポテトチップス、それとひとロチョコレートだった。まあ、こんなものかな。巧は一瞥《いちべつ》して納得する。誘拐されている立場で贅沢《ぜいたく》は言えなかった。

「飲み物も欲しいんですけど」

それでも、最低限の要求だけはした。自分が衰弱してしまえば、この誘拐犯たちが困ってしまうのだ。水分補給まで遠慮するわけにはいかない。

「ああ、飲み物ね。はいはい」

エイリアン女はキッチンに向かうと、冷蔵庫を開けてペットボトルのオレンジジュースを取り出した。それをプラスティック製のコップに注ぎ、運んでくる。畳に直接坐っている巧は、ついでとばかりに最後の要求をしてみた。

「手錠してると食べにくいんですよね。外してくれません？」

「そりゃ駄目だ」

エイリアン女よりも先に、ゴリラ男が答えた。たぶん認めてもらえないだろうと思っていたので、特に落胆もない。エイリアン女は男に背を向けた状態で、こっそり顔の前で掌《てのひら》を立て、「ごめんね」と呟いた。巧も「いいんですよ」と応じておく。

畳に直接置かれた皿に手を伸ばし、ビスケットを口に運んだ。両手は金属の手錠で繋がれているので、右手だけを動かすというわけにはいかない。まずビスケットを食べ、その後でコップを口に運ぶしかなかった。不自由極まりないが、居住性ゼロの場所に押し込まれる可能性だってあったのだ。曲がりなりにもここは住むための部屋なのだから、手錠で繋がれるくらいの不便は甘受しなければならないだろう。

巧が監禁されているのは1Kのアパートのようだった。六畳の畳の部屋に、キッチンがついている。家具は座卓ひとつしかなく、壁にも何も貼っていなかった。見渡す限り、記憶に残しておくべき物などいっさいない部屋である。自分たちの身許特定に繋がるような物をすべて排除した結果だろうが、この部屋の殺風景さは巧にとっても安心できる要素だった。身許の特定を恐れて何も置いていないということは、つまりいずれは巧を解放しようという気持ちがあるからだ。ふたりが顔を隠しているのも、同じ意味を持つ。

巧が彼らに捕まったのは、高杉のマンションに行く途中のことだった。いつから尾《つ》けられていたのかはわからない。これが自宅そばならば注意をするところだが、高杉のマンションの近くだったことで巧も油断をしてしまった。高杉と巧の関係を知る者など、菜摘子と園部の他にいるとは思わなかったからだ。

もちろん、小学校からずっと後を尾けてチャンスを窺っていたとも考えられるが、今はその可能性を巧自身が否定していた。ゴリラ男は、高杉の名前を知っていたからだ。やはり最初から、高杉との関係を承知していて巧を狙ったとしか思えない。迂闊《うかつ》だったと、巧は強く後悔している。

要町の駅から高杉のマンションに向かう道は、日中でもあまり人通りがなかった。住宅街ということもあって巧は背後を警戒しなかったのだが、不意に後ろから手が回ってきて巧の鼻を塞いだ。一瞬、薬品の匂いを嗅いだことを憶えている。だが次の瞬間には、もう意識がブラックアウトしていた。

覚醒《かくせい》したときには、この部屋にいた。畳に寝かされ、両手には手錠、目にはアイマスクをされていた。目を開けても何も見えないのには驚いたが、さほど時間をかけずに自分の置かれた状況を理解した。

高杉たちの仕業《しわざ》とは思わなかった。信頼、とは少し違う。もし高杉たちが自分を出し抜いて誘拐を決行したのだとしたら、あまりに間抜けすぎるからだ。何しろ巧は、高杉たちの素性も住所も何もかも知っているのだ。そんな相手を、しかも当人の考えた計画で誘拐するなど馬鹿げている。いくら高杉たちの要領が悪くても、そこまで抜けてはいないはずだった。

巧の考えを裏づけるように、聞いたことのない男の声が頭上で響いた。男はわざと押し殺したような不自然な声で、まず警告を発した。

『目が覚めたか。いいか、大声を出すなよ。出したって無駄だけどな』

何も見えない状況下では、巧も身の危険を冒《おか》す気はない。無言のまま、こくりと頷いた。

『素直でいいぞ。どうやら自分の身に何が起きたのか、わかってるようじゃないか。そうだ、君は誘拐されたんだよ。おとなしくしててくれよ』

巧は耳をそばだてて、できる限り相手の声からデータを収集しようとした。男は声を作っているが、それでもなんとなく年齢の見当はつく。若い人間ではなさそうだ。三十代後半以上だろう。訛《なまり》はない。たったこれだけの言葉では、わかるのはこの程度だった。

『よけいなことをしなければ、いずれ家に帰してやるからな。わかったら、頷け』

この時点ではまだ、相手の言葉を鵜呑《うの》みにする気にはなれなかった。だが逆らったところで意味はない。巧は素直に頷いておいた。

『よし』

男は満足そうな声を出すと、離れていった。直後に、ぼそぼそと言葉を交わす声が聞こえてきた。そのときになってようやく、部屋の中にはもうひとりいるのだとわかった。全部で何人いるのかと巧は気配を窺《うかが》ったが、音から察するに誘拐犯グループはふたりしかいないようだ。だが、ふたり以外に仲間がいないという確証もない。安易に結論に飛びつかないよう、巧は自分を戒《いまし》めた。

意識が戻ってまず最初にさせられたのは、親に向けてのメッセージを口にすることだった。上半身を起こされ、壁に背中を凭《もた》せかけるよう指示される。そして、相手の言うままに台詞を口にした。巧の坐る位置を指定したところからして、ビデオを撮っているのだなと推測した。

その次には、高杉への言葉を何か言えと命令された。これにはかなり驚かされた。相手が高杉の名を知っているとは思わなかったからだ。だがその驚きも、すぐにひとつの推測へと繋がった。なるほど、そういうことか。どうやら高杉は、すでにヘマをやらかしているらしい。なんとも頼りになるパートナーだと、巧は肩を竦めたくなる。もっとも、そんな相手をパートナーに選んだ自分にも大きな落ち度があることは認めざるを得なかったが。

高杉宛のメッセージは、特に指定されなかった。これはひとつのチャンスだと、巧はとっさに頭を巡らせた。そして、推測に基づいた警告を高杉に与えた。うまく口にすることができたので、誘拐犯もそれが警告だとは気づかなかったようだ。問題は、あまりにさりげなさ過ぎて高杉も気づいてくれないかもしれないという点だった。高杉の間抜け具合からして、気づかない可能性の方が高いような気もする。何か思いがけない幸運を期待するしかなかった。

それが終わると、アイマスクを外された。目を開けてまず真っ先に飛び込んできたのが、ゴリラとエイリアンの顔だ。いささか驚いたものの、誘拐犯の素顔を見なくて済んだことに胸を撫で下ろした。犯人たちの素顔など見せられたら、その時点で自分の命運は尽きたも同然だとわかっていたからだ。

巧はさりげなく、部屋の中を見回した。だがここがどこなのか特定する材料は何も存在しなかった。家具がないだけでなく、窓にはカーテンがかかり、外の景色を見ることもできなかったからだ。耳をそばだてても、隣室や外の音は聞こえてこない。少なくとも、閑静な場所に建っているアパートだということはそれでわかった。

ゴリラ男は一度、荷物を持って出ていった。おそらく、収録したばかりの映像や音声を使うために出ていったのだろう。巧の体感では、ゴリラ男は三十分ほどで戻ってきた。音声はともかく、ビデオテープは郵送したのだろうか。それとも直接運んだのか。郵送ならば差し出し場所が特定できてしまうので、おそらく直接届けたのだろう。だとしたら、ここは成城から三十分ほどの距離の場所なのか。あるいは外にもうひとり共犯者がいるのか。ふたつの可能性を、巧は想定しておく。

ゴリラ男がいない隙に、トイレに行きたいと訴えた。巧が話しかけるとエイリアン女はびくりと肩を竦ませたが、『ああ、はいはい、おしっこね』と忙《せわ》しなく首を縦に振った。巧は立ち上がり、エイリアン女が示したドアの中に入る。閉じ籠れるかと思ったものの、さすがにそこまで甘くなかった。エイリアン女はドアを閉めさせず、巧が用を足すのをじっと見守っていたからだ。仕方なく、恥を忍んで女の目の前で用を足した。一応背中を向けてしたので、見られたくない部分は隠せたはずだった。

ゴリラ男が帰ってきたときは、キッチンと六畳間の間のドアを閉められた。そのため、残念ながら外の景色を見ることはできなかった。ずいぶん慎重だが、それだけ相手も巧を殺す気がないということだ。相手の慎重さはこの際ありがたいと思わなければならなかった。

男が帰ってきた際に外気を感じたのか、巧はしばらくくしゃみをした。女にティッシュをもらって、鼻をかむ。それを最後に、しばらく停滞した時間が続いた。あまり身の危険を感じないせいか、巧は退屈を覚える余裕さえあった。

そして、空腹を訴えたのだった。こんなに素直に応じてくれるなら、もっと早く要求すればよかったと食べながら思う。どうやら巧は、相手にとって大切な人質というポジションにいるようだ。ならば、これからも要求はある程度呑んでもらえるかもしれない。何を求めようかと、男女の姿をさりげなく見つつ考えた。

「ご飯も――」

ふたたび声を上げると、またしてもびくりと肩を震わせてエイリアン女が顔を向けた。少なくともこの女は、あまり度胸があるようではない。男がいない隙にあれこれ話しかけてみるべきだったと、いまさらながら思った。だがチャンスは二度とないわけではないだろう。次の機会を待とうと密かに考える。

「食べさせてもらえるんですよね」

「も、もちろんよ。でもコンビニ弁当だからね。ふだんはおいしいもの食べてるんだろうけど、今日は我慢するのよ」

エイリアン女は宥《なだ》め賺《すか》すように言った。先ほどの態度といいこの口調といい、巧に引け目を感じているらしい。きっと本来は、それほど悪人ではないのだろう。夫に引きずられているということか。愚かな夫を持ったのが身の不運だったようだ。

「別にコンビニ弁当でいいですよ」

いつも食べてるから、とは言わなかった。巧の母親は、金だけを置いて外に遊びに行ってしまうことも多い。そんなとき、巧はひとりでコンビニ弁当を買ってきて夕食にすることがある。おそらく誘拐犯たちは成城の豪邸を知っているから巧の生活水準を高く見積もっているのだろうが、実際はそんなものだった。

ともあれ、食事と寝る場所を保証してくれるなら、現状はさほど不快というわけでもなかった。巧の推測が当たっているとするなら、解放されるのは明日以降となるだろう。ならば、今日は神経を尖らせていても仕方なかった。学校が臨時休校になったくらいのつもりで、大きく構えていよう。そんなふうに、巧は結論する。

対照的にゴリラ男とエイリアン女は、また部屋の隅で顔を突き合わせ、ぼそぼそと会話していた。たまにこちらにちらりと目を向け、巧と視線が合うと慌てて逸らしたりする。そんな様子からすると、ゴリラ男も気が弱いのではないかと勘ぐりたくなった。

しかしその場合、ゴリラ男が主犯という推測が怪しくなってくる。やはりもうひとり、陰の主犯がいるのだろうか。先走り気味と自覚しつつも、巧はそんな可能性も視野に入れてふたりの様子を見守った。

巧があまりに落ち着き払っていることが、ふたりにとっては不気味に感じられるようだった。ずっと背中を向けて言葉を交わし合っているくせに、耐えきれなくなったのか肩越しに視線を向けてくる。そんな相手に巧がにっこり微笑みかけると、磁力で弾き飛ばされたようにふたりは顔を元に戻した。やっぱり気が弱そうだ。巧は苦笑を禁じ得なかった。

34

カーテンの隙間から、白々と朝日が差し込んできた。夜が明けたようだ。陰木はうんざりした思いで、朝の光を眺める。

今日もまた徹夜をしてしまった。誘拐事件が発生したのだから徹夜は当然のことと覚悟してはいても、やはり実際にひと晩を寝ずに過ごすと体に応える。もう昔のように無理が利かなくなっていることを、否応なく実感させられた。おれも四十三だしなぁ。陰木は慨嘆した。四十の大台に乗ったショックをついこの前感じたように思うのだが、早くもそれももう三年も前のことになってしまった。こんなふうにあっという間に月日が過ぎ去り、気づいたら五十になり、そして定年を迎えるのだろうか。時の流れとは恐ろしい。時間を止めることができないなら、せめてこうして徹夜をしなくて済むポジションに早く就きたいものだ。いったい何歳まで、こんなしんどい仕事をしなければならないのだろう。

顔を掌《てのひら》で擦ると、脂《あぶら》がべっとりと付いた。そのことにまたうんざりし、ハンカチで掌を拭《ぬぐ》う。後でトイレに行くついでに、顔を洗ってこよう。徹夜明けの脂ぎった顔が、陰木は何よりも嫌いだった。

横に坐っている部下の天王寺《てんのうじ》は、しばらく前から微動だにせず前方を見つめている。そのどっしりとした様子は大物然としているが、実は目を開けたまま寝ているんじゃないかと陰木は疑っていた。大男総身《そうみ》に知恵が回りかねとは昔の人もよく言ったもので、天王寺にはまさにそんな言葉がよく似合った。陰木が知る限り、天王寺ほど頭を使わずに生きている人間は他にいない。単に思考能力に難があるというだけではなく、喜怒哀楽を感じる脳細胞すら不足気味なのではないかと思うほどだった。

しかし、言葉を発さず表情を変えず、ただ泰然と坐っているその姿は、なまじ体が大きいだけに威圧感があった。天王寺が何も言わずに坐っているだけで、恐れをなして自白し始める容疑者もいるのだ。それまで陰木がどんなに宥《なだ》め賺《すか》してもロを割らなかった容疑者が、ただ天王寺が取調室に入ってきただけで自白してしまうのだから、上司としては立場がない。刑事に必要なのは頭脳ではなく見かけの威圧感なのかよと、陰木は臍《へそ》を曲げたくなる。

天王寺の立派とも言える体格に比べ、自分の体が見るからに貧相であることを陰木は自覚していた。胃下垂のせいか何を食べても体重が増えず、むしろ年を取るごとに減っていくくらいだった。身長百六十四センチにして体重は四十五キロなのだから、ほとんど骨と皮だけのような体である。頬は痩《こ》け、肋《あばら》は浮き、手首は今にも折れそうに細い。ついでに顔色までどうしたことかいつも冴えないので、小さい頃から付けられる渾名《あだな》は「死神」だの「ミイラ」だの、あまり嬉しくないものばかりだった。学生時代には憧れの女の子からも「ミイラ君」などと呼ばれ、ひどく落ち込んだものである。

だいたい天王寺は、名前からして偉そうで気に食わなかった。何が「天王寺」だ。「猪野瀬《いのせ》」とか「鬼島《きじま》」とか「金剛《こんごう》」とか、もっとごつい名前の方が似合っているのに。ふたりで一緒に聞き込みに回り、名刺を差し出すと、憶えてもらえるのはたいてい天王寺の名前である。どう見ても陰木の方が年長なのに、陰木を無視して天王寺にばかり話をする人もいるのだ。それもこれも、体格と名前のせいだと陰木は考えている。もっとも最近は、「陰気じゃないですからね」という冗談を言い添えることで強い印象を他人に残せるようになった。やはり他人とコミュニケーションをとる上で、ユーモアセンスは欠かせない。外見は貧相でも、明るい性格に生まれついてよかったと陰木は思っていた。

「天王寺」

あまりに微動だにしないので、つい声をかけてみた。いくらここに渋井夫妻がいないとはいえ、被害者宅で眠りこけてしまうのは怠慢《たいまん》だろう。上司としては、見過ごしにはできなかった。

「天王寺」

二度呼びかけても、天王寺は反応しなかった。やっぱりこいつ、寝てるな。陰木は声を大きくした。

「天王寺!」

するとようやく、天王寺は悠然《ゆうぜん》と首を動かした。岩に刻みを入れたような細い目の間から、表情のない眸《ひとみ》が陰木を見据える。思わず陰木は気圧され、声が上擦った。

「お、起きてたか? まさか寝てたんじゃないだろうな」

問うと、天王寺は無言のままゆっくりと頷いた。そしてまた、顔を前方へと戻す。陰木は詰めていた息を、密かに吐いた。

なんなんだ、この偉そうな態度は。陰木は内心でむかっ腹を立てた。しかも、おれを威圧してどうする。威圧するのは容疑者だけにしてくれよ。お前はそのための置物みたいなものなんだから。

内心でだけ、陰木は文句を並べた。口に出さないのは物事を穏便に進めたいからであって、決して小心だからではない。まして、天王寺の迫力に萎縮《いしゅく》しているなどということは断じてなかった。本当だからな、と心の中で強調する。

まあいい。やはりトイレに行こう。そして顔を洗って気持ちを引き締めることだ。陰木はソファから立ち上がり、他の部下にも断ってからリビングを出た。時刻は朝の五時を回っている。仮眠を取っている渋井夫婦を起こすのは、もう少ししてからになるだろう。それにしても、赤の他人である陰木が徹夜をして、誘拐された子供の親が寝ているというのはいかにも理不尽なシチュエーションだ。本当に息子のことが心配なら、一緒に徹夜に付き合えってなもんだ。陰木は例によって、口には出さずに文句を言う。

　顔を洗うと、幾分気持ちもすっきりした。同僚の中には陰木のことを愚痴っぽいと言う者もいるが、他人を理解しないにもほどがある。自分ほどさっぱりした人間はいないと、陰木は考えていた。顔を洗っただけで気分転換できるのだから、愚痴っぽいなどという評価はまったくの的外れだ。いったい誰が言い出したのか、そいつを特定してたっぷり一時間ほど文句を言ってやりたいものだと常々思っている。

　リビングに戻り、軽く朝食を済ませた。被害者家族に負担を与えないために、朝食はここを訪れる前にコンビニで買い込んである。だがそれもこの朝食分だけなので、長期戦になった場合、食事は渋井家の配慮に期待するしかなかった。あの奥さん、ちゃんとおれたちの腹具合まで気を回してくれるかな。陰木はおにぎりを頬張りながら、なかなか起きてこない夫婦にふと不安を覚えた。

　渋井夫妻がリビングに現れたのは、もうすぐ七時になろうという頃だった。寝室に向かったのが三時過ぎだからあまり長く寝ていたわけではないものの、一睡もしていない陰木にしてみれば恨めしい。よく眠れましたか、と嫌みのひとつも言いたかったが、人格者を自任している身としてはむろんぐっとこらえた。あくまで低姿勢に、声をかける。

「おはようございます。きっとご心配で眠れなかったでしょうが、犯人との交渉は体力勝負です。気持ちが挫《くじ》けないよう、今日もがんばってください」

「はい、ありがとうございます」

腫れぼったい目をした渋井が、神妙に頭を下げた。渋井夫人もすっかり窶《やつ》れた様子で、目の下に隈を作っている。やはり嫌みなんて言わなくてよかったと、陰木は心の中で自分の判断を誉めた。警察は市民に愛される存在でなければならない。

「我々はお先に食事をさせていただきましたから、渋井さんたちもかまわず何かを口にしてください。何も食べないでは、参ってしまいますからね」

「はあ。でもちょっとまだ食事をする気分になれないですね。皆さんの分も、コーヒーでも淹れましょう」

渋井がそう言ってくれる。「どうぞおかまいなく」とは応じたものの、朝のコーヒーはありがたかった。

互いにコーヒーカップを前にして、リビングの応接セットで向き合った。天王寺は相変わらず、隣で機械的にコーヒーを口に運んでいる。何も言おうとしない部下に代わって、陰木が今後のことを夫婦に説明した。

「今日はまず、身代金の準備をしていただかなければなりません。銀行に電話しただけでは、とても二億円なんて作れませんよね」

実際に足を運び、支店長クラスの人と相談しなければ無理なはずだった。それを承知の上でそう切り出すと、夫妻は顔を見合わせて少し困惑の気配を滲《にじ》ませた。

「どうかなさいましたか？」

「いや、あのう、ひと晩考えたんですが、やっぱり二億なんて現金はちょっと無理なんじゃないかと……」

「えっ、昨日は準備できるとおっしゃったじゃないですか」

少し接していてわかったのだが、この渋井はどうやらかなりの吝嗇家《りんしょくか》のようだった。息子を大事に思っている気持ちに嘘はなさそうだが、それと金銭の問題は別らしい。みすみす現金を奪われるようなヘマはしないと保証しても、まだ不安が拭い去れないということか。

「そうなんですけど、ちょっと甘かったかな、と……」

渋井は困ったように語尾を濁らせた。陰木は夫人に目を移す。夫人はその点、息子のためなら金など惜しむ気はなさそうだった。

「なんとかなりませんかね。おそらく犯人は、身代金と息子さんを同時に交換などしないと思うのです。まず一度は身代金を持ち去り、その上で息子さんを解放しようと考えているはずです。となると、身代金は一度犯人側の手に渡るのですよ。もちろん、我々は息子さんも身代金も両方とも無事に戻ってくるよう、最大限の努力をします。しかし犯人が、要求より身代金が少なかったと知ったとき、どんな態度に出てくるか予想はできません。ですから、できるだけ要求額に近い金額を準備しておくに越したことはないんですけどねぇ」

懇々《こんこん》と道理を説くように言い聞かせたつもりだった。こうまで言えば、渋井はともかく夫人は納得するだろうと予想をしていた。だが意外にも、夫人までもが渋井に同調した。

「はい、おっしゃることはよくわかるんですけど、主人もお金が惜しくて言ってるわけじゃないんです。本当に、二億は難しそうなんですよ」

どうしたことだ。陰木は首を傾げたくなった。どうやらふたりは、寝室で改めて相談をしたらしい。渋井は一見、妻の尻に敷かれているようだが、こう見えてなかなか粘り腰である。夫人が押し切られてしまったということか。

いや、こんなときに夫婦間で綱引きなどしないだろう。本当にすべての資産を計算し直し、出した結論ということか。ならばやむを得ない。けちけちするな、とは陰木の立場では言えなかった。

「そうですか。では仕方がないですね。いずれにしましても、渋井さんにはいつも使っている銀行まで足を運んでいただきます。その上で、できるだけの現金を準備してくだ

ることはよくわからない。
「はあ、わかりました」
覇気《はき》のない返事を、渋井はする。渋井はともかく、夫人までもが昨日ほど血相を変えていないのが不思議だった。少し寝たことで気持ちが落ち着いたのだろうか。女の考えることはよくわからない。

九時少し前に、渋井は天王寺を伴って出発した。誘拐事件が発生したことは、銀行内でも秘密にしておいてもらわなければならない。そのためには、天王寺の威圧感が役に立つはずだった。渋井の傍らにただ天王寺が黙って坐っているだけで、銀行の担当者も他言する気はなくなるだろう。

そして十一時過ぎに、渋井は現金一億円を携《たずさ》えて戻ってきた。一億かよ。陰木は呆《あき》れかけたが、この豪邸も親から受け継いだものだというし、内情はそれほど裕福ではないのかもしれない。渋井は現金が入ったジュラルミンケースを、絶対に手放すものかとばかりに抱き締めていた。

犯人から確認の電話が入るものと予想していたが、案に相違して未だに沈黙を守っていた。向こうも、身代金準備には時間がかかるとわかっているのか。だとしたら、次の連絡は午後には入るだろう。身代金ができたからには、人質の負担を軽減するためにも早く動き出して欲しいところだった。

だが、そのままじっと待ち続けても電話は鳴らなかった。十二時、一時と時計の針が回っていく。その間渋井夫婦は、代わる代わるトイレに立つばかりで食事の心配などしてくれなかった。腹が鳴らなきゃいいけど。空腹を抱えて、陰木は密かに案じた。

35

他人の子供を案じて眠れぬ夜を過ごしても仕方がない。そう考えて高杉篤郎はベッドに入ったのだが、実際にはとろとろとまどろむだけで熟睡にはほど遠かった。やがて無情にも夜が明けてきたので、諦めてベッドから這《は》い出た。

キッチンでコーヒーを淹れようとしていたところに、菜摘子が姿を見せた。すでに一《いち》分《ぶ》の隙もないほど、身支度を万全に調えている。自分のすっぴんの顔など、死んでも高杉に見せる気はないのだろう。お疲れ様と、乱れた髪を掻きながら高杉は思った。

「おはようさん。寝られたかい」

声をかけると、菜摘子は小さく肩を竦めた。

「ぜんぜん。我ながらだらしないわね」

「その割にはずいぶんしゃんとしてるように見えるじゃないか。厚化粧のお蔭か」

「厚化粧で悪かったわね」

菜摘子は憮然として答えてから、あたしの分も淹れてよと言い残し、リビングに向かった。言われるまでもなく高杉はふたり分のコーヒーを準備しているところだったので、フィルターを広げてコーヒーメーカーにセットし、スイッチを押す。そして、菜摘子に続いてリビングに移動した。

「園部クンはまだなの？」

窓の外に向かってたばこの煙を吐いていた菜摘子が、振り向きもせずに尋ねる。高杉はいつもの定位置に坐り、「ああ」と応じた。

「まだいびきかいて寝てるよ」

「あら、そう。神経の太い人が羨《うらや》ましいわ」

園部は神経が太いのではなく、神経がないんじゃないかと高杉は思うが、どうでもいいことなのでいちいち反論はしなかった。高杉も、園部が羨ましいという気持ちはあった。

「巧クン、ちゃんと寝られたかしらね」

今度の菜摘子の問いには、高杉も答えようがなかった。おそらく菜摘子も、返事を期待しているわけではないだろう。高杉は少し考えてから、わざと鼻を鳴らした。

「あいつはひ弱そうだからな。枕が変わると寝られないタイプだろうぜ」

「そうね」菜摘子はたばこを携帯用灰皿に入れると、苦笑して高杉の斜め前に坐った。

「大事に扱われてるといいけど」

「そりゃあ、金の卵を産む鶏なんだ。下にも置かない扱いを受けてることだろうよ」

「そうだといいけど」

高杉が自分の言葉を信じていないことを、菜摘子も察しているようだった。憂《うれ》わしげに言い、黙り込む。高杉は沈黙を嫌い、キッチンに立った。ちょうどコーヒーができあがっていた。

「巧のことは心配してもしょうがない。オレたちは、自分のできることをちゃんとやるだけだ。そうだろ」

マグカップを両手に持って、高杉は立ったまま言った。菜摘子は高杉を見上げて、

「そうね」と無理に微笑んだ。それからしばらく、ふたりとも黙々とコーヒーを喉に流し込んだ。時刻は七時半を過ぎたところだった。

九時になって銀行が開くまで、何もすることがない。高杉はコーヒーを飲み終えてから着替え、歯を磨いた。そして近くのコンビニに行き、三人分の朝食を買ってくる。戻ってもまだ園部は寝ていたので、菜摘子とふたりでサンドウィッチを食べた。その後は、寝室に籠って音楽を聴いて過ごした。リビングに残った菜摘子が何をしているのか、高

杉にはわからなかった。

そして、九時十五分前にリビングに戻り、準備を始めた。本来なら園部も含めて三人で作業をしたいところだが、パソコンが二台しかない上に、園部はパソコンの使い方がわからない。こちらとしては一分一秒を惜しみたいところでも、実際には園部ひとり増えたところで大差がないので、これで充分だと判断していた。

ノートパソコンにLANケーブルを繋ぎ、インターネットにアクセスした。菜摘子は昨日のうちに高杉の設定したパソコンをいじっていたので、使い勝手に困る気配もない。マウスをいじっている様子を横目に見て、高杉は自分の時計を睨んだ。秒針が進むのをじりじりと待つ。

長針が12の文字を指した瞬間に、銀行のインターネット口座にログインした。IDとパスワードは、あらかじめ巧から聞いている。わずかなタイムラグの後、残高が表示された。二と、それに続く七つのゼロ。取りあえずひとつ目の口座には、きっちり二千万円が振り込まれていた。

「来てるぞ」

思わず声が弾んだ。これがすぐさま他人の懐《ふところ》に移動していくとわかっていても、合計六千万円という大金は魅力的だ。少なくともこの一瞬は、高杉の自由になる口座に六千万円が存在するのである。その束の間の裕福感を、高杉は大いに満喫した。

「こっちも着金してるわ。じゃあ、始めるわね」

菜摘子は言って、キーボードに指を走らせた。高杉もログアウトしてから、ブックマークしてあるページに飛ぶ。目をつけていた商品が売れていないかと案じたが、心配するまでもなくきちんと売りに出ていた。そうそう簡単に売れる価格の商品ではなかった。

巧の立てた計画はこうだった。まずは渋井夫婦に三億円という非現実的な身代金を要求しておく。渋井夫婦は三億円など払うことはできないから、やむを得ず警察に通報するだろう。その状態で、渋井個人の携帯電話宛にメールを送り、六千万円という本当の要求額を伝える。三億円から六千万円にディスカウントすれば、いかにケチな渋井でも応じるはずだ。現にこうして振り込まれているのだから、巧は正確に父親の心理を読んでいたということだ。

まず最初に三億円を要求するのは、本当の要求額である六千万円を安く感じさせるためだが、他にも意味はある。三億円という金額は、渋井夫婦を本気にさせる額だからだ。万が一にも、これが狂言誘拐であることを悟られてはならないというのが、巧の考えだった。現実にはとうてい払えない要求額ならば、渋井夫婦は必ず警察を呼ぶ。そうなってこそ、渋井夫婦も六千万円という身代金を払う踏ん切りがつこうというものだった。少しでも狂言誘拐の可能性を疑われたら、夫婦は身代金の出し惜しみをするだろう。それを避けるための要求額であった。

また、今となってはもうひとつの意味も発生してくる。警察の目が渋井邸にだけ引きつけられていれば、高杉たちと真の誘拐犯の間での取引がスムーズに済む。高杉たちにとってこの六千万円という大金は、しょせん他人の懐から出た金だ。巧と引き替えに渡してしまってもなんら惜しくない。いや、正確には惜しい気持ちがたっぷりあるのだが、そこを惜しんで警察に捕まったり、巧を救い出すことができなかったりしたらその方が困る。警察力の及ばないところで、無事に取引を終えたいというのが高杉たちの望みだった。

渋井夫婦が素直に六千万円を払ったからには、おそらく警察には内緒にしているだろうと思われる。だが万が一、やり取りのすべてを警察に打ち明けていたとしたら、銀行の窓口に現金を引き出しに行った時点で高杉たちは逮捕されるだろう。その危険を免れるために、巧はなんとも人を食ったことを考え出した。

六千万円を元手に、ネット上の高額商品を買い漁《あさ》るのだ。インターネットで商品を買う際の代金支払い方法は様々あるが、代引き以外の手段であれば誰とも顔を合わせずに済む。銀行口座への振り込みでもかまわないし、クレジットカード払いでもいい。姿を人目に曝《さら》すことなく商品を買うことができるネット販売は、高杉たちにとって好都合の手段であった。

銀行口座への振り込みなら、着金が確認され次第、売買は成立する。きちんとした店であれば、商品を即日発送してくれるだろう。在庫ありと表示されている商品は、明日には届く。高杉たちは身代金を、物品という形で受け取ることができるのだ。

ここから先は、巧ひとりではどうにもならない部分だった。物品をふたたび現金化しなければならないからだ。質屋に入れれば足がつく。インターネットオークションでも、いずれは警察に目をつけられる危険性があった。だが幸いにも、高杉たちの本業は詐欺師だ。表に出ない闇ルートで物品を売り捌《さば》くことなど、ほとんど朝飯前に等しい簡単な作業である。

現金化を急げば、買い叩かれる。おそらく六千万円分の商品は、三分の二の四千万円程度に換算されるだろう。それでもまだ、大金には違いない。警察に捕まる危険性なしに手に入れられる額としては、まずまずというところだった。

高杉はまず、ネット最大手の仮想ショッピングモールにアクセスした。ここには貴金属やブランド製品を安く売っている店が集まっている。狙い目は、ブランドものだ。バッグや財布、時計といった商品は闇ルートでも現金化しやすい。高杉はまず、ルイ・ヴィトンのモノグラムブレスレットを購入した。価格は三百五十万円。たかがブレスレットにそんな大金を出す人の気が知れないが、こうして実際に購入ボタンを押してみると、投資目的で買っている人が大半なのではないかという気がしてくる。ともあれ、まずは第一歩だ。

次に、エルメスのバーキンを買った。三百三十万円。たかがバッグに……、とまったく同じ感想を持ったが、手を止めている場合ではなかった。

カルティエのダイヤモンドリング、二百二十万円。ブルガリのアンティークコインネックレス、百七十五万円。ヴィトンの限定モデル腕時計、二百五十八万円。だんだん頭が麻痺してきて、ブランドものを買う楽しみがわかってきた気がする。顔を上げて菜摘子の様子を見ると、同じく目を血走らせて画面を睨《にら》んでいた。すっかり買い物に夢中になっているようだった。

バーキンはやはり山のように売りに出ている。三百二十万円、三百十万円、二百九十八万円。六千万円という元手が、見る見るうちに減っていく。高杉は脳内でドーパミンが大量に分泌されているのを感じつつ、せっせと購入ボタンを押し続けた。

36

犯人からの連絡は、三時過ぎになってあった。陰木は空腹のあまり胃に痛みさえ覚えていたので、電話が鳴ったときには思わず安堵のため息を漏らしそうになった。これで事件に動きが出れば、軽食くらいにはありつけるかもしれない。頼むから何か要求してくれよと、祈る思いで渋井が受話器を取るのを見守った。

「お待たせしました。要求です」

耳に当てているイヤホンから、金属質な犯人の声が聞こえてくる。陰木を始め捜査陣は緊張に息を潜めていたが、なぜか渋井は弛緩《しかん》しているかのようにも見えた。あまりに長い間張り詰めていて、かえって心の糸が切れてしまったのかもしれない。「はあ」という間の抜けた返事は、息子を誘拐された父親が発するものではなかった。

「なんでしょうか」

「お金は準備できましたか」

「はい、できました」

新聞紙で作った偽紙幣も、ジュラルミンのケースに整然と収められている。そちらに向ける渋井の視線が、どこか未練ありげに見えるのは気のせいだろうか。

「ではそれを、自分の車に運び込んでください。今すぐに出発し、用賀《ようが》から東名高速に乗るのです」

「東名、ですか」

渋井は少し戸惑い気味の声を出した。それは陰木も同じ思いだった。警視庁の管轄から外に出られると面倒だ。神奈川県警、静岡県警の協力要請もしなければならない。すぐに連動態勢を作り上げることができるかどうか、かなり心許なかった。

「携帯電話を持っていってください。次の連絡は携帯にします。番号を教えてくださ
い」

渋井が電話番号を告げると、通話はそこで切れた。東名に乗れ、という指示以外はほぼ予想どおりだ。だから車には位置を特定するための電波発信機が取りつけてあるし、後部座席にすでに刑事がひとり潜んでいる。また、携帯電話でのやり取りはすべて傍受できるよう、特殊な機器を取りつけてあった。渋井には、警察と直接通信をするための無線機も持たせる。

「では渋井さん、出発していただけますか」

陰木が腰を浮かせて頼むと、渋井はまたも「はあ」と覇気のない返事をした。夫人に目を転じても、そんな夫を激励《げきれい》する気もないらしく、なんとなく心ここにあらずといった様子にも見える。どうもこの夫婦は、ひと晩経って態度が変わってしまった。それを陰木は訝《いぶか》しく感じたが、突き詰めて考えている暇はなかった。すぐにも渋井を送り出さなければならない。

「渋井さん、念のためにもう一度申し上げますが、警察の車が追尾しているかどうかをいちいち確認する必要はありませんからね。警察がマークしていることを犯人に気取られないためにも、どの車に我々が乗っているかを渋井さんにはお教えしません。我々を

信頼して、運転にだけ専念してください」

「わかりました」

「不測の事態があったら、必ず無線で我々に知らせてください。ご自分の判断で行動することだけは、決してなさらないでくださいよ」

「はい、そうします」

じゃあ行ってくるよ、と夫人に声をかけてから、渋井はジュラルミンのケースを両手に持って部屋を出ていった。車に運び込むのを手伝ってやりたいところだが、どこで犯人が目を光らせているかわからない。作業はすべて、渋井ひとりで行《おこな》ってもらわなければならなかった。

ドアの向こうに渋井が消えたのを見送り、警察無線で捜査本部に連絡をした。それに応じて、準備していた車部隊がいっせいに動き出す。同じ車がずっと追尾していたら犯人に気取られるので、数台が交代で渋井の後を追うことになっていた。だが東名高速に乗ることになり、そのプランも若干の変更を余儀なくされた。高速道路を走っている間は同じ方向を目指すことになるので、頻繁に入れ替わることはできず、またその必要もないからだ。新たな対応策は、捜査本部で練っていることだろう。

陰木も後を追いたいところだが、渋井に続いてこの屋敷を出るわけにはいかない。追尾は別の者たちの担当であり、陰木は屋敷内で事態の進展を待たなければならないからだ。犯人が新たな要求をしてくるかもしれないし、屋敷から撤収して夫人をひとりきりにするのも危険である。陰木はあくまで、ここに留まって状況を見守るのが役割だった。

　警察無線で、身代金運搬状況は逐一報告される。渋井は混雑を避けるためか、なかなか環状八号線には出ようとせず、裏道を使って南下しているとのことだった。親の気持ちになれば一秒でも早く身代金を届けたいというのはわかるが、あまり裏道ばかりでは警察車が後を追うのも難しい。結局捜査本部から指示して、渋井には環状八号線に出てもらうことになった。

「あっ」

　突然、渋井夫人が大声を上げた。何事かと思い目を上げると、夫人は口許に手を当てて立ち尽くしている。陰木は不安を煽《あお》られ、問い質した。

「どうしましたか」

「レックスちゃんのご飯を忘れてたわ」

　レックスちゃん？　まさかおれのことじゃないだろうな。陰木は妙に思いながらもそんな期待をしたが、すぐに夫人の言葉の意味を理解した。庭に続く窓を開けて、「レックスちゃん、レックスちゃん」と呼ばわったからである。

　なんだ、犬かよ。陰木は心底がっかりした。犬の食事には気が回っても、刑事たちの腹具合などどうでもいいのだろう。眺めていると、夫人は缶詰のドッグフードを開けて、駆け寄ってきた犬に与えている。そのドッグフードがいかにも旨そうに見えてしまい、陰木は生唾《なまつば》を呑み込むのを精一杯こらえなければならなかった。

あのう、我々も腹が減ってるんですけど。そんな言葉が喉元まで込み上げたときだった。ぐーっ、という派手な音がリビングに鳴り響き、その場の一同が動きを止めた。明らかに腹が鳴った音である。誰の腹が鳴ったのかなど、見回すまでもなく陰木にはわかった。こんな大きな音を鳴らせる腹の持ち主は、天王寺以外にいない。だが当の天王寺は、相も変わらず重厚な無表情を保っている。腹減ったって言えよ、と陰木は内心で罵《ののし》った。

「あらあら、そういえば皆さんのお食事も忘れてましたわね。ええと、どうしましょう。サンドウィッチくらいだったら作れますけど、召し上がります？」

飛び上がりたいほどに嬉しかったが、反射的に「どうぞおかまいなく」と口にしてしまう自分の良識が恨めしかった。夫人はそれを真《ま》に受けて、「いらないんですか？」などと訊き返す。陰木は慌てて前言を撤回した。

「いえ、やっぱりいただきます」

「そうですよねぇ。気づいてみたら、私もちょっとお腹が空いてますわ。ほほほ」

そんなことを言って、夫人はキッチンへと向かった。目の前の難問がひとつ片づいた心地で、陰木は胸を撫で下ろす。これで犯人逮捕に向けて全精力を傾けることができるというものだった。

　そうこうするうちに、渋井の車が用賀インターを通過したという報告が入った。犯人からの次の指示はまだない。都合四台の警察車はインターの入り口を利用して散開し、渋井の車を挟むような形で高速に乗ったとのことだった。

　その報告にわずかに遅れて、神奈川県警との協力態勢を敷いたという連絡も入った。東名川崎《かわさき》、横浜町田《まちだ》、厚木《あつぎ》、秦野中井《はたのなかい》までの各インターに覆面パトカーが配備されたらしい。それ以西も今後の展開次第で配備できる準備は整っていると、報告者は語った。

　犯人はどのようにして身代金を受け取るつもりなのか。遠方まで運ばせれば警察の包囲網も薄くなるという計算としか思えないが、警察には犯人を圧する機動力がある。現にこうして先回りをして追尾態勢を整えているのだから、遠方に舞台を移せばなんとかなると犯人が考えたのなら大きな計算違いだ。これは犯人逮捕も近いかもしれないと、陰木は楽観する。

　やがて、渋井夫人が山ほどサンドウィッチが載った皿を運んできた。陰木たち刑事は体をくの字に折って礼を言った。いつもは岩のように動かない天王寺まで、深々と頭を下げている。腹が減れば、人並みの動きをすることもあるようだ。

　ひと口頬張ると、涙が出るほどおいしかった。陰木がふだん食べている、一斤《きん》九十五円のパンとは大違いだ。おそらく金持ち御用達《ごようたし》のパン屋で買ってきたものなのだろう。

こんな高級食材を食べるチャンスを逃してなるものかと、全員で群がってサンドウィッチを貪《むさぼ》り食った。

その間も無線報告は次々に入った。車は東名川崎を過ぎ、横浜町田に近づいているという。まだ犯人の指示はなかった。

「いったい、どこまで行くんでしょう」

まるで他人事のように、夫人は首を傾げた。それは陰木も知りたいところだったが、今はただ報告を待つしかない。そもそも、口いっぱいにパンが入っていて返事などできる状態ではなかった。

車はさらに走り続け、厚木をも通り過ぎた。神奈川県警は御殿場《ごてんば》にも覆面パトカーを配備し、さらに静岡県警にも協力を仰いだという。裾野《すその》、沼津《ぬまづ》、富士《ふじ》、清水《しみず》に、静岡県警の車が急行しているはずだった。

《犯人からの連絡が入りました》

ついに、動きがあった。陰木たちは指を舐めながら身を乗り出す。サンドウィッチの皿は空《から》になっていた。

《一度沼津インターで下りてから給油し、裾野インターから上り線に入れとのことです》

「一度ガソリンを入れてから、また戻ってこいってことか」

犯人の意図はよくわからなかった。上り線に入れ、ということは、遠方で身代金受け渡しをするつもりではないのか。ならばなぜ、わざわざ沼津まで車を走らせたのか、理解に苦しむ。簡単に済みそうだと考えたのは、どうやら甘かったらしい。

ほどなく渋井の車は、裾野インターからふたたび東名に乗った。御殿場、大井松田《おおいまつだ》と、東京に近づいてくる。そしてまた、犯人からの指示が入った。

《海老名《えびな》のサービスエリアに入って、次の指示を待てとのことです》

「海老名か」

海老名サービスエリアは大きく、人の出入りも多い。その雑踏に紛れて、身代金を持ち去ろうという腹づもりか。だとしたところで、追尾している警察車を振り切ることなど不可能だった。やはりまだ犯人の意図は摑めない。

四十分ほどで海老名に到着し、渋井が車を停めたとの報告が入った。時刻は五時になろうとしている。果たして今日中に人質は帰ってくるだろうかと、陰木は一抹《いちまつ》の不安を覚えた。

それからは時間が経つのが遅く感じられた。一時間は倍にも三倍にも感じられ、腕時計に目を落とす回数が増えてくる。危機意識が薄れていたのではないかと疑われた夫人も、さすがに不安がぶり返したのかそわそわし始めた。それでも動きはなく、五時、六時と、空しく時間だけが経過していった。

まさか、犯人は警察の包囲網に気づいたのか。なんの連絡も入らないまま日が暮れると、その可能性を考慮しないわけにはいかなくなった。警察の介入を悟られたせいで取引が中止になったなら、それは警視庁の大失態である。課長の怒鳴り散らす姿をまざまざと想像し、陰木は冷や汗をかいた。

そして六時半に、聞きたくない報告が入った。

《今日の取引は中止するとの連絡がありました》

「それはどうしてだ。我々の動きを知られたのか」

陰木は無線に向かって問い返したが、詳細はわからないとのことだった。渋井は身代金を持ち帰ってくるという。

どうしたらいいんだ。陰木は顔が青ざめるのを自覚した。子供が死体となって発見される様子すら、頭に思い描いてしまう。どうすればそんな最悪の事態を避けられる？ 陰木は必死に頭を働かせようとしたが、犯人からの次の要求を待つこと以外に何もできないことはわかりきっていた。

こんな状況だというのに、天王寺は相も変わらず泰然自若《じじやく》としていた。何も考えていないとわかっている陰木の目にすら、頼もしげに映る。脳味噌の足りない奴が羨ましいよ。陰木は終わってしまったことひとつひとつを思い返し、心の中で延々と繰り言《くごと》を並べ立てた。

37

恐れていたよりも、一夜は遥かに快適だった。ほとんど自宅での目覚めと変わらぬ爽《そう》快《かい》さで、渋井巧は朝を迎えた。思いがけずふかふかの布団で寝られ、しかも学校に行く日よりも寝坊をすることができた。手錠を外してもらえたのも、爽《さわ》やかな目覚めの一因だった。

対照的に、エイリアン女はげっそりしているようだった。もちろん、マスクを被っているので顔つきはわからない。だが、体全体から発するけだるさが疲労の度合いを物語っていた。ゴリラ男と交代はしたようだが、それでもほとんど寝ずの番になったのだろう。ご苦労様、と巧は内心で苦笑した。

「おはようございます」

声をかけると、エイリアン女も軽い調子で「おはよう」と応じる。もう、巧に話しかけられるのにも慣れたようだ。どっこいしょと言いながら座卓に手を突いて立ち上がり、巧が寝ていた布団のそばまでやってくる。

「よく寝てたわねー。あんた、ずいぶん神経が太いのね。怖くないの？」

呆れ半分、羨ましさ半分のような口振りで、エイリアン女は尋ねてくる。巧は瞬時に頭を働かせながら、かわいらしく答えた。

「怖いですけど、でもおばさんだけなら怖くないです。おばさんは優しそうだから」

「あら、そう？　でもそんなふうにおだてたって駄目よ」

エイリアン女はそう言いながらも、まんざらでもなさそうだった。巧はここぞとばかりに言葉を重ねる。

「おだててるわけじゃないですよ。ゴリラのマスクを被ってる人は怖いけど、おばさんは優しいです。いろいろボクの面倒を見てくれるし」

「あの人も本当は気のいい人なのよ。ただささ、誘拐犯があんまりにこにこしてるわけにもいかないじゃない。けっこう無理してるのよね」

「そんな無理、しなくたっていいのに。なんのために無理なんかするんですか」

「そりゃああんた、舐められないために決まってるでしょ。うまくお金を取れなかったら、あんたを殺さなきゃいけないのよ、あたしたち」

内容の割には悠長《ゆうちょう》な口調である。そのような事態を、少なくともこの女は本気で考えてはいないのだと巧は察した。

「おばさんはそんなことしないですよね。ボク、信じてます」

プレッシャーをかけるつもりで言った。するとその効果は、巧が期待したより遥かに大きかった。エイリアン女は見るからにうろたえ、おろおろと視線をさまよわせる。

「そりゃ、あたしだってそんなことしたくないわよ。ただの脅しのつもりだけどね。でも、お金取れなかったらしょうがないじゃない。なんのために誘拐したと思ってるのよ。信じられたって困るわ」

「そんなにお金に困ってるんですか」

「別に困っちゃいないけど……、あっ！　駄目。あんまり喋ると怒られちゃう」

エイリアン女は思い出したように話を打ち切り、洗面所の方に顎をしゃくると「顔を洗ってらっしゃい」と言った。巧は内心で舌打ちしつつ、その言葉に従う。もう少し情報を引き出したかったが、焦りは禁物だ。籠絡《ろうらく》には時間をかけなければならない。

洗面所に行くついでに、玄関ドアを見た。なんと、内側から針金でノブとドア框《がまち》を固定している。これでは隙を衝《つ》いて逃げ出すことも不可能だ。エイリアン女は気がいいだけであまり悪知恵が働くタイプには思えないから、誰か他の者の発案だろう。ゴリラ男だろうか。

冷水で顔を洗いながら、先ほどの会話を反芻《はんすう》した。エイリアン女は「金に困っているわけではない」と言った。ならば目的は何か。渋井家への怨恨だろうか。巧も父の仕事内容を完全に把握しているわけではないが、男が社会に出ていれば大小の摩擦は避けられないことくらいは想像がつく。どこかで思いがけない恨みを買っていてもおかしくはなかった。

金が目的でないのは、巧にとって有利なのだろうか。そう考えても間違いではない気がする。誘拐犯たちは、身代金奪取に失敗してもかまわないという気持ちでいるかもしれないからだ。数日間、巧の両親を困らせれば溜飲《りゅういん》が下がり、それで満足してくれる可能性がある。もちろんその場合、巧は解放されるだろう。

だが楽観は禁物だ。巧は安易な方向に傾きかける自分の推測に釘を刺す。金が目当てでないとはいえ、数千万円の現金は魅力的なはずだ。その奪取に失敗すれば、腹立ち紛れに巧を殺してしまうかもしれない。何しろ彼らは、すべての罪を高杉たちに押しつけて安全圏にいることができるのだ。普通の誘拐犯より、自制の限界が低いところにあってもおかしくはなかった。

顔を洗って畳の部屋に戻ると、エイリアン女が座卓の上に食べ物を広げていた。コンビニで買ってきたサンドウィッチだ。ちゃんと食事にありつけるのだから、誘拐された子供としては好待遇だろう。おいしそうですね、と愛想のひとつも言ってやると、自分が作ったわけでもないのにエイリアン女は嬉しそうだった。

先ほど喋りすぎたという反省があるのか、話しかけてもエイリアン女の口は重かった。「うん」とか「まあ」といった曖昧《あいまい》な返事しか寄越さない。終いには座卓から離れ、部屋の隅に行ってしまった。

喋りすぎると怒られる、とエイリアン女は言っていた。怒られるとは、あのゴリラ男に怒られるという意味か。今のところ、ふたりの力関係はわからない。エイリアン女は完全にゴリラ男に牛耳《ぎゅうじ》られているのかもしれないし、この誘拐に関してだけ主導権を握られているとも考えられる。後者であるなら、いざというときにエイリアン女は役に立ってくれるかもしれなかった。もっともっと、エイリアン女との心情的接触を増やす必要があるだろう。

そうこうするうちに、ドアベルが鳴った。エイリアン女は飛び上がるように立ち上がり、キッチンとの間のドアを閉めて玄関に向かう。針金をほどく必要があるので、ドアを開けるにはずいぶん手間がかかったようだ。三分ほどして、ようやくゴリラ男が中に入ってくる。

「よく眠れたか」

ゴリラ男は巧を見て、そんなふうに話しかけてきた。ひと晩経って、男も巧に対して気を許す部分が出てきたのかもしれない。「はい」と返事をすると同時に、くしゃんくしゃんとくしゃみがふたつ出た。ティッシュください、とエイリアン女に頼む。

「風邪ひいたんじゃないだろうな」

心配そうにゴリラ男が尋ねた。大事な人質、というよりも、単に子供の健康を気にしているような口振りだ。この人もけっこういい人なのかも。巧はそんなふうに感じる。

「いえ、風邪じゃないと思いますよ。ただちょっと、空気が入れ替わったんでくしゃみが出たみたいです」

そう答えて、巧は胸を衝かれたような感覚を味わった。驚きが顔に出ないよう、精一杯表面を取り繕《つくろ》う。幸い、ゴリラ男もエイリアン女も何も気づいていないようだった。

巧はなおもくしゃみをしつつ、自分の考えに没入する。

思い出してみれば、昨日も同じようなことがあった。やはり男が外から帰ってきた直後、くしゃみが出たのだ。これは偶然だろうか。

偶然などではない。巧は確信する。これはアレルギー反応だ。

巧がここまで過敏に反応するのはただひとつ、馬糞だけだ。糞の匂いがするわけではないが、くしゃみが出るということは近くに馬がいるのだろう。自分の体のことは自分がよくわかる。ドアの開閉とともに、嗅覚では感じ取れないほどの馬糞の塵《ちり》が部屋に入ってきたに違いない。

これは大きな手がかりだ。近くに馬がいる場所となれば、かなり限定される。周囲の静けさからして、競馬場などのそばではないだろう。となると、乗馬用か食用か、ともかく馬を飼っている施設があるのだ。それだけで、都心部ではなくどこか地方の一角が想像される。

だが残念ながら、類推できるのはここまでだ。馬が近くにいる、というだけではあまりに材料が少ない。推理だけで場所を特定するのは不可能だった。

しかし、諦めるのはまだ早い。材料としてはもうひとつ、誘拐犯たちが高杉のことを知っていたという事実があるからだ。ゴリラ男が高杉個人を知っているなら、高杉の知人のひとりである可能性が高い。ならば、馬が近くにいる場所というデータを与えれば、高杉はゴリラ男の正体に気づくかもしれなかった。

「あのう、ちょっと考えたんですけど」巧はさっそく、腹案を実行に移した。「どうやって身代金を受け取るのかわかりませんが、高杉さんたちをこき使うつもりなんですよね」

「そ、そうだよ。それがどうかしたか」

巧が誘拐の具体的な方法について触れたことで臆《おく》したのか、ゴリラ男は幾分上擦った声で応じた。巧は心配を抱えているように見える顔を作る。

「おじさんたち、高杉さんの性格をよく知ってます？」

「性格？　いや、そんなもん知らないよ」

「ああ、やっぱり。そうじゃないかと思ったんだ」

今度は呆れた口調で言った。ゴリラ男は戸惑ったような仕種《しぐさ》で、エイリアン女と顔を見合わせる。巧は畳みかけた。

「ボクはよく知ってるけど、あの人たちはホントに怠《なま》け者ですよ。あの人たちがふだん、どんなことをしてお金儲けしてるか知ってますか?」

「詐欺師だろ。それがどうした」

「そうそう、詐欺師。だいたい詐欺師なんてのは、真面目な人が就《つ》く職業ではありません。不真面目だから詐欺師になるんです」

「まあ、普通そうだろうなぁ」

「ですから、ボクを人質に取ってあの人たちを脅しても、ちゃんと働いてくれるとは思えないんですけど」

「あんたを見捨てるってのか?」

ゴリラ男の声に不安げな響きが混じった。ここで高杉たちが巧を見捨てたら、ゴリラ男たちも困るのだ。つまり、やはりゴリラ男も巧を殺したくはないのだろう。これはひとつ、安心材料だった。

「いえ、見捨てはしないはずですけどね。何しろ高杉さんたち、けっこういい人ですから。でもやっぱり、お尻を叩かないと何もしないと思うんですよ。それが怠け者というもんでしょ」

「そうかもしれないけどよ。お尻を叩くって、いったいどうやって?」

まるで教えを乞うように、ゴリラ男は身を乗り出した。よし、こっちのペースに引き込んだぞ。巧は内心でガッツポーズをとる。

「あの人たち、トリ頭というかなんというか、喉元過ぎれば熱さを忘れるたちなんですよね。たぶん、昨日はなんとかしてボクを助けなきゃと考えていたはずです。でもひと晩経ったら、そんな決意も鈍ってるかもしれません。だからもう一度、ボクの声を聞かせた方がいいと思うんですけど」

「あんたの声を？」

「そうそう。せいぜい憐《あわ》れな声を出して『助けて』って訴えますから。そうすれば、また高杉さんたちもやる気を出してくれますよ」

「おい、どうする？」

ゴリラ男は傍らのエイリアン女にそう言って、なにやらぼそぼそと相談を始めた。小声なので聞き取りにくいが、女が「怒られるわよ」と言っているのは確かに聞こえた。

巧は何も聞いていない振りをしたが、思わず目を見開きそうになった。やはり、誘拐犯はこのふたりだけではなく、少なくとももうひとりいるのだ。しかも、その人物は彼らを叱れる立場にいるらしい。一番の敵はその人物だと、巧は直感した。

「いいか」

話がまとまったのか、ゴリラ男は携帯電話を持って近づいてきた。そしてそれを突き出し、少し厳しい口調で言う。

「絶対によけいなことは言うなよ。妙なこと言ったら、あんたの綺麗な顔が歪《ゆが》むくらい殴るからな。これは脅しじゃないぞ。大人を舐めない方がいいからな」

「はい、わかりました」

ここは従順に頷いておいた。ゴリラ男が宣言どおりのことをできるとも思えなかったが、身をもって確かめる気にはなれなかった。

携帯電話を受け取り、観察した。どうやらこれはプリペイド式の携帯電話らしい。巧の携帯電話を取り上げたから、てっきり高杉への連絡はそれを使っているものと思っていた。ここにないということは、おそらくもうひとりの共犯者が持っているのだろう。つまり、高杉との交渉はその人物が行《おこな》っているのだ。

暗記している高杉の番号にかけた。待ちかまえていたのか、すぐに応答の声がする。巧はゴリラ男を見ながら、声を発した。

「ボクです。巧」

「巧か？」

高杉も驚いているようだった。まさか巧本人から電話があるとは思ってなかったのだろう。巧は急いで先を続けた。

「別に解放されたわけじゃないよ。まだ捕まってるんだ。ただ、無事を知らせようと思って電話してるの」

「お前をさらった奴は、そこにいるのか」

「うん、いる」

巧は認めた。ゴリラ男はおそらく、マスクの下で眉を顰《ひそ》めていることだろう。

「そこはどこだ」

高杉は当然の質問をしてきた。しかし巧も、答えたくても答えられない。

「わからないよ。それに、よけいなことを言うなって言われてるから」

「そ、そうか。じゃあ、そうだな、元気か？」

よし。よくぞ訊いてくれた。何かを察したわけではないだろうが、それでも高杉の反応を誉めてやりたくなる。

「くしゃみがたくさん出るけど、でも大丈夫だよ。風邪じゃないから。ちゃんとご飯も食べさせてもらってるし、夜も布団で寝た」

ゴリラ男が左の掌《てのひら》を右の人差し指で何度も押す仕種をした。そろそろ電話を切れと言っているのだろう。巧も伝えたいことは伝えたので、要求に逆らうつもりはなかった。

「そういうわけ。そろそろ切るね。がんばって、ボクを助け出してよ」

「どうしてオレがそんなことしなきゃならねえんだと、未だに思ってるけどな」

「頼りにしてるから」

最後の言葉は、皮肉ではなく本音だった。今は高杉を頼るしかないし、頼っても大丈夫だと信じている。前回の謎かけと合わせ、なんとか気づいてくれと祈る思いだった。

電話を切って、ゴリラ男に返した。ゴリラ男は受け取りながら、まじまじと巧を見つめる。

「あんた、ずいぶんあの男に懐《なつ》いてるみたいだな。どうしてあんたみたいな金持ちのぼんぼんが、詐欺師なんかと付き合ってるんだよ」

心底不思議に思っているような口振りだった。巧は微笑み、軽く肩を竦めた。

「あれであの人、けっこういいところがあるんですよ」

38

もしもし、もしもし、と携帯電話に向かって怒鳴る高杉を、三上菜摘子は息を止めて見守っていた。呼びかけてももう反応はないらしく、高杉は苦々しげに舌打ちをして携帯電話を閉じる。菜摘子はすかさず問いかけた。

「巧クン、なんて言ってた？　今度は録音じゃないんでしょうね」

「ああ、録音じゃなかった。本人に間違いなかったよ」

「よかった。じゃあ、まだ無事ってことね」

菜摘子は思わず吐息を漏らす。すぐに殺されたりはしないだろうと踏んでいたが、それでもなんの保証もないのだ。生きている巧本人から電話があったのは、何よりの朗報だ。

「落ち着いたもんだったよ。本当に誘拐されてるのか、疑いたくなったくらいだぜ」

「巧クンらしいわね。で、元気そうだった？」

「風邪をひきかけてるのかもしれないな。くしゃみが出るって言ってた」

「そう。熱でも出たらかわいそうね。早く助け出してあげられたらいいけど」

「あいつのこった。今頃は自分をさらった奴をだまくらかして、身代金を山分けしようなんて言ってるかもしれないぜ」

「そうだったらいいんだけどね……」

高杉が本気でそんなことを考えているわけではないとわかっていても、菜摘子も軽口で応じる気にはなれなかった。高杉の言うとおりだったらどんなにましかと思う。その場合は、こんなややこしい事態からはさっさと手を引き、また以前の生活に戻れる。だがそんな考えがただの現実逃避であることを、菜摘子自身が一番よくわかっていた。

「まあ、あいつが何事もなく生きてるってわかったのはよかったぜ。死んだ人間のために走り回るのは馬鹿馬鹿しいからな」

高杉だって胸を撫で下ろしたのだろうに、そんな憎まれ口を叩く。菜摘子も高杉の性格はかなり把握してきたので、「そうね」とだけ短く応じておいた。

「それにしても、巧も頭がいいのが自慢なら、少しは自分のいる場所の手がかりでも匂わせてみろよな。まったく、いざとなったらガキなんて情けないもんだぜ」

高杉はぶつぶつと愚痴めいたことを呟いている。それを聞いて菜摘子は、確かにそうだよなと頷きたくなった。巧なら、それくらいのことをしてもよさそうなものだが……。

「見張られてて、言いたいことも言えずにいるんでしょ。仕方ないわよ」

「まあなぁ。ま、こっちはせいぜい金を掻き集めてみせるから、正義の味方が駆けつけるのをじっと待ってろってとこだな」

「正義の味方、ね。世間に認めてもらえないのが残念だわ」

「まったくだ。じゃあ、そろそろ移動するか」

突然巧から電話があったことで受けた衝撃は、軽口を叩いているうちに和らいだようだ。高杉は自分の両膝をぽんと叩いて、立ち上がる。菜摘子もバッグを手にして後に続いた。

高杉と連れ立って、マンションを出た。目指す場所は近くにあるという。そこには先に、園部が行って待機をしている。駐車場はないから、歩いていくしかなかった。

「部屋をふたつも借りてるなんて、ずいぶんお金持ちじゃない」

横を歩く高杉に、そう話しかけた。菜摘子は高杉よりも稼いでいるはずだが、それでも自分の住む部屋を借りるだけで精一杯だ。非常時用の部屋を用意してあったとは、高杉も三流詐欺師のくせになかなか用意周到だと認めてやらざるを得ない。

「月一万円だからな。物置だと思えば、大した負担じゃないよ」

高杉は軽く答える。菜摘子は眉を吊り上げて、驚きの声を上げた。

「月一万円？　そんなアパート、今どきあるの？」

「あるんだよ、これが。まあ、行ってみれば納得すると思うけどな」

高杉は歩みを止めずに、そう言った。その言葉から、菜摘子はかなり古ぼけたアパートを想像した。

「あれだ、あれ」

十分ほど歩いた頃、高杉は前方を指差した。その方角に目をやり、菜摘子は深く納得した。なるほど、あれが今どき一万円で部屋を貸すアパートか。少なくとも外観は、菜摘子の予想を大きく裏切ってはいなかった。

それは古式ゆかしい木造建築、などと言えば聞こえはいいが、単に木切れを寄せ集めて造った小屋のようにしか見えなかった。二階建てだから「小屋」と表現するのは不適当のようだが、それでもやはり掘っ立て小屋と言いたくなる風情がある。壁面の色は長年の風雪に耐え、黒ずんだような茶色。窓枠はいかにも安そうなアルミで、しかもところどころ窓ガラスが割れている。ドアのベニヤ板は下の方から剝《は》がれ、骨組みの木が剝《む》き出しになっていた。壁板が歪んで隙間ができているから、冬はさぞかし寒いだろう。

「聞きしに勝る、って感じね」

「見た目だけで判断するのはまだ早いぜ。中に入ろう」

菜摘子が率直な感想を口にすると、高杉は楽しげに応じた。そして、ベニヤの剝がれたドアを開ける。そこが全体の玄関らしいが、三和土《たたき》の広さはせいぜいワンルームマンション並みだ。脱いだ靴はいったいどこに置けばいいのか。

そう不思議に思っていたら、高杉は自分の靴を手にして階段を上がろうとしている。なるほど、各自が部屋に持ち込まなければならないようだ。昔のアパートはどこでもこんなシステムだったのかもしれないが、菜摘子にしてみればちょっとしたカルチャーギャップだった。

階段がこれまた、今にも板が抜けそうな年季ものだった。先を行く高杉を下から見ていると、一歩足を載せるごとにぎしぎし言いながら板が撓《たわ》むのがわかる。崩壊は時間の問題なんじゃないかと菜摘子は危ぶんだ。

高杉が完全に上り切ってから、菜摘子も続いた。こわごわ足を運んだが、幸いなことに崩落の瞬間はまだ先だったようだ。辿《たど》り着いたところは廊下で、左手に炊事場、右手にこれまた安っぽいベニヤのドアが四つ並んでいる。高杉は一番奥のドアをノックした。

内側からドアが細めに開き、園部の顔が覗いた。「あ、いらっしゃいッス」などととぼけたことを言いながら、園部は高杉を迎え入れる。菜摘子も後に続いた。

部屋に入ってみて、まず圧迫感に驚いた。左右の壁がずいぶん近い。見たところ、部屋の広さは三畳ほどのようだ。入ってすぐが畳なので、靴を置く場所として新聞紙が広げてある。高杉が靴を置いた横に、菜摘子も並べておいた。

「まあ、くつろいでくれよ。オレのセカンドハウスだ」

そんなことを言って、高杉は手を広げようとした。だが本当に手を広げたら壁にぶつかるので、小さく振るだけだ。園部は一番奥の窓際に行き、ちんまりと胡座《あぐら》をかく。奥には段ボール箱が何箱か積み上げられているので、もともと狭い部屋がさらに狭苦しくなっていた。

「本当に物置ね。ここ、住んでる人いるの？」

思わず尋ねてしまった。すると高杉は、口に人差し指を当てて諫《いさ》める。

「失礼なことを大声で言うなよ。全部の部屋は埋まってるんだぜ」

「ふうん。まあ、今どき東京のど真ん中で一万円の部屋があったら、埋まるか」

畳はなんとなく薄汚れて黒かったので、腰を下ろしたくはなかったけれど、ずっと立っているわけにもいかない。菜摘子は渋々、畳に坐った。座布団を求めたかったが、そんなしゃれた物など置いてないことは訊くまでもなくわかった。

「というわけで、ここの壁は紙並みに薄いから、喋ることには気をつけろよ」

高杉は声を潜めて注意する。菜摘子は頷いて、それきり口を噤《つぐ》んだ。

高杉の説明によると、ここはいざというときのために偽名で借りているのだそうだ。どんな場合を想定して用意していたのか知らないが、少なくとも今は役に立っている。ネットで買った商品の送り先に、高杉のマンションを指定するわけにはいかなかったからだ。そんなことをすれば、万が一この身代金受け取りのトリックに警察が気づいた場合、直ちに手が後ろに回ることになる。身許《みもと》を手繰《たぐ》られる心配のない受け取り場所は、今回の計画において必須だった。

すでに昨日の午後の段階で、商品発送の通知は続々と届いていた。発送元の大半は東京なので、今日には届くはずである。そのためにこうして、この狭苦しいアパートに来て待機をしているのだった。

三人で無言のまま坐っていても、すぐに退屈する。高杉は持ってきたノートパソコンを開くと、ウェブに接続して何かを調べていた。どうやら商品の運送状況を確認しているらしい。他にすることがないので、菜摘子も横から画面を覗き込んだ。園部はひとり、暇そうに窓の外を眺めながら鼻をほじっている。

「来たッスよ」

園部が最初にそう告げたのは、そろそろ十一時になろうという頃だった。確かに大きめの車が停まる音がした。宅配業者のトラックなのだろう。三人で窓辺に集まり、レースのカーテンの隙間から見下ろすと、段ボール箱を抱えた業者がアパートに入ってこようとしていた。

「取ってくるッス」

園部は言って、シャチハタを持って部屋を出ていった。印鑑はちゃんとここの偽名の物だそうだ。もっとも、「山本」なのでどこにでも売っている既製品らしいが。ばたばたと飛び出した園部は、またばたばたと足音を立てて戻ってくる。

「これッス、これ」

園部は嬉しげに段ボールを差し出した。高杉が奪い取るように受け取り、さっそく開ける。中からはバーキンが現れた。

「これ、あたし欲しかったのよねぇ」

思わず菜摘子は呟いた。高杉はそんな菜摘子を冷ややかな目で見ながら、釘を刺す。

「あんたのための物じゃないからな」

「わかってるわよ。言ってみただけ。でも、ちょっとした目の保養ができそうね、これから」

その時点では菜摘子もそう思ったのだが、やがてそんな悠長なことを言っている場合ではなくなってきた。最初のひと箱を皮切りに、次から次へと荷物が届いたからだ。

箱を開けるたびにバーキンが出てくる。バーキン、バーキン、バーキン。いったいいくつバーキンを買ったのか、菜摘子自身も把握できなくなる。最初は涎《よだれ》を垂らす思いで眺めたバッグだが、やがて食傷してきた。これだけ数があれば、ありがたみも何もあったもんじゃない。

バーキンばかりが七個積み上がった時点で、取りあえずこれらを換金することにした。高杉が一度マンションに戻り、車を取ってくる。そこに園部とふたりでバッグを積み込んで、菜摘子は助手席に収まった。これからもまだ荷物は届くので、園部はこのまま留守番だ。

「よし、じゃあ商売といきますか」

高杉は陽気に言って、車を発進させた。これからこの山のようなバーキンを、できるだけ高値で売り捌《さば》かなければならない。安物を高く売りつけたことは何度もあるが、もともと高い物を高く買い取らせるのは初めての経験だ。なんとなくリッチな気分になり、菜摘子も気持ちが浮き立つのを感じた。

39

高杉篤郎は環状七号線を南下し、東中野《ひがしなかの》に向かった。東中野には古い馴染《なじ》みの故買屋《こばいや》がいる。まとめてブランド物を持っていくから買い取ってくれという依頼は、すでに昨日のうちにしていた。現金いっぱい用意して待ってるよ、と相手は愛想よく言った。

ＪＲ東中野駅のそばで左に折れ、一段低くなっている地域に分け入っていく。この辺りは民家と雑居ビルが混在していて、道も細い。本当なら車をコインパーキングに停めて歩きたいところだったが、荷物がある今は仕方がなかった。何度か対向車とのすれ違いを経て、目指すビルに着いた。

「荷物を車の中に置きっぱなしにするわけにはいかないから、まず運び込んじまおう」

先に車を降りた菜摘子に、窓を開けてそう言った。菜摘子は薄汚いビルを見上げて、不満そうに言う。

「いきなり全部運んだら、足許《あしもと》見られない？　今は一円でも高く買い取ってもらわないといけないのよ」

「わかってるよ。でも、しょうがないだろ。話し合ってる間に車上荒らしに持ってかれたらどうするんだよ」

「……まあ、仕方ないわね。でも、話がまとまらないなら全部持って帰るくらいの意気込みを見せないと駄目よ」

「わかってるって。任せろよ」

いちいち古女房みたいにうるさい奴だな。高杉は内心で思ったが、口に出したら何倍もの反論が返ってくるのはわかりきっていたので、鷹揚《おうよう》に請《う》け合うだけに留めた。だいたいこの女は、オレを評価しないにもほどがある。オレがどれだけあちこちに顔が利くか、しっかり見せつけてやらなきゃいけないな。

そんなことを考えながら、菜摘子と手分けして段ボール箱を持ち、雑居ビルの階段を上った。ビルは終戦直後から存在しているかのような、骨董品《こっとうひん》的佇《たたず》まいである。当然エレベーターなんて文明の利器はなく、段差が不揃いのいびつな階段を上るしかなかった。

三階のスティールドアの前でひと息つき、ノックした。「はぁい」と妙なイントネーションの返事が聞こえ、ドアが開く。顔を出した男は「いらっしゃい、高杉ちゃん」と馴れ馴れしく言った。

「待ってたよ。久しぶりね」

男はインチキ中国人のような喋り方をしたが、生粋《きっすい》の日本人であることを高杉は知っている。だいたい、黒縁眼鏡に出っ歯、チビと条件が揃っているのだから、これで首からカメラでもぶら下げたら、世界中のどの国に行ってもジャパニーズとわかってもらえるだろう。知り合ってかれこれ四年になるが、貧相な外観は改善される気配もなかった。

「雨本《あまもと》だ」

顎をしゃくって、菜摘子に短く紹介した。菜摘子は「三村《みむら》です」といきなり偽名を名乗る。なかなか大したタマだ。

「あらー、高杉ちゃん、いい女連れてるねぇ。それにしても昔から女の好みは変わらないね、アンタ。この手の女はアンタに合わないって、何度も言ってるのに」

「別に付き合ってるわけでも、ただのお友達でもありませんからね。行きがかり上一緒に行動しているだけで、愛情も友情も信頼関係もいっさいあたしたちの間にはありませんから」

すかさず菜摘子が口を挟む。何もそこまで言わなくったっていいじゃないかと、高杉はちょっと悲しくなった。

「荷物くらい置かせてくれよ。それと、お茶でも出せや」

勝手に中に入り、段ボール箱を下ろした。部屋はふた間続きで、玄関側の部屋にはキッチンがついている。奥の部屋にも手前にも、何が入っているのかわからない箱が山積みになっていた。そんな箱の山の中に、今にもスプリングが飛び出してきそうな安っぽいソファがある。高杉はそこに腰を下ろした。

続いて菜摘子も隣に坐ったが、微妙に距離が離れているような気がした。雨本の奴、よけいなことを言うから変に意識されてるじゃないか。高杉は雨本の貧相な顔を睨みつけたが、そんな視線に気づいているのかいないのか、相手はにやにやしながら菜摘子を見ているだけだった。

「三村さん、アンタ仕事何してるの？　えっ、絵画の売買？　さすがいい趣味してるねえ。美人にぴったりの仕事ね。でも、もっといい仕事世話してあげられるよ。どう？　興味ある？」

雨本は菜摘子の傍らに膝《ひざ》をつき、あれこれと話しかけた。今にも手を握りそうな勢いである。菜摘子は愛想笑いを浮かべつつも、困惑の視線を高杉に向けた。だが高杉は、さっきの言われように傷ついていたので放っておいた。

「あのう、雨本さん。私の仕事を心配していただけるのは本当に嬉しいんですけど、今は少し急いでいるんです。持ってきた商品を見ていただけないでしょうか」

菜摘子はじりじりと近づく雨本をさりげなく避けながら、本題を切り出した。そうだ、こんなところで油を売っている暇はない。さっさと商談を成立させて、アパートに戻らなければならないのだ。故買屋巡りは一度では済まないのだから。

「商品ね。アンタ、しっかりしてるねえ。やっぱり高杉ちゃんにはもったいないよ。うちで働かない？」

「ありがとうございます。でも念のために申し上げますけど、私、高杉さんとはなんの関係もありませんから」

「ああ、そうね、はいはい。アンタたち、ぜんぜん似合ってないもんね」

　好き勝手なことを言って、雨本はキッチンに立った。お茶を淹れてくれるつもりらしい。高杉はため息をつきたい思いをこらえつつ、段ボール箱の中からバーキンをひとつ取り出してテーブルの上に載せた。

「取りあえず、見てくれ」

　番茶を運んできた雨本に、顎をしゃくった。雨本はバーキンから離れたところに湯飲み茶碗を並べてから、白い手袋をしてバッグを手に取る。

「ふうん、偽物じゃなさそうね」

　眼鏡を光らせながら、そんなことを言う。高杉は苦笑を浮かべながら応じた。

「当たり前だよ。オレが今まで、そんなこす辛《から》い商売をしたことあるか？」

「まあ、アンタは度胸がないもんね。ふん、どうやら新品みたいじゃない。あら、ちゃんと保証書までついてるの？　何これ、どっから盗《と》ってきたのよ。高杉ちゃん、商売替えしたの？」

「盗んだんじゃねえよ。買ったんだ」

「本当？　ヤバい物じゃなきゃ、あたしんとこに持ち込んでこないでしょ」

「四の五の言わずに、ちゃんと査定しろよ。ブツの出所をあれこれ詮索しないのは礼儀じゃねえのか」

「そうだけど、高杉ちゃんがこんな物持ってくるのは珍しいからさ。ま、百五十万ってところかな」

あっさり言って、雨本はバーキンをテーブルに戻した。高杉は思わず身を乗り出す。

「おいおい、半値以下かよ。セコハンだって、もうちょっといい値で売れるぜ。色つけろよ」

「相場よ、相場。いやなら他《ほか》持ってってくれてもいいよ。もっと安く買い叩かれるだけだから」

「なあ、冷たいこと言うなよ。オレとお前の仲じゃないか」

「あたしは高杉ちゃんと付き合ってるわけでも、ただの友達ってわけでもないんですけど」

雨本は菜摘子の言い種を丸ごと真似して言う。高杉は腹立ちのあまり、横に坐る菜摘子を睨みつけた。菜摘子は涼しい顔をしてお茶を啜っている。

「頼むよ、ホントにヤバいんだって。自分のための金儲けじゃないんだから。助けると手を合わせて拝み込んだ。雨本は手袋をした手を、ひらひらと振る。

「駄目駄目。高杉ちゃん、相変わらず商売下手ね。アンタ、この世界向いてないよ」

「ちょっとよろしいかしら」

言い返す言葉が喉元まで出かかっていたときに、菜摘子が言葉を挟んだ。高杉は口を開いたまま、動きを止める。

「雨本さんのおっしゃることはもっともで、故買屋さんとしては半値で引き取るのはずいぶん大盤振る舞いなんでしょうね。でも、これひとついくらで売る気かしら。バーキンなら中古でも二百三十万は固いんじゃない？　となると、八十万の儲け。全部で七つあるから、多少のでこぼこはあるとしても、五百五、六十万にはなるじゃないですか。私たちもずいぶんおいしい思いをさせてあげると思いません？」

「表に出せない物を売るんだから、あたしの商売にはリスクが伴うのよ。それくらいは当然でしょ」

多少怯《ひる》んだ様子を見せながら、雨本は菜摘子に顔を向ける。それに対して菜摘子は、優雅な笑みで応えた。

「それが、今回に限ってはリスクがないんですよ。何しろ、私たちだってごく普通に買った物ですから」

のよ」

「だったら、質屋にでも持っていけばいいじゃない。なんであたしのところに持ち込む

「急いで現金が必要なんです。ねぇ、お願い」

菜摘子はいきなり口調を変えた。雨本はもちろんのこと、横で聞いていた高杉も大いに面食らう。菜摘子がこんな色っぽい声を出すところなど、初めて見たからだ。

「私、これをきっかけに雨本さんともお付き合いができたらいいなって思ってるんですよ。私も仕事柄、こちらで引き取っていただけたら嬉しい絵を抱えることもありますし。ですから、お近づきの印と思って気持ち分だけでも上乗せしていただけません？」

「はー、ははは、いや、そうですか。はあ、まあねえ、あたしもあなたのような美人とお付き合いができたら嬉しいしね。ちゃんとした保証書つきってのはポイント高いし。ま、初回サービスってことで少しがんばりましょうか」

雨本は喋っているうちに目尻を下げ始めた。なんともわかりやすい奴である。世の中なんて結局こんなもんかよと、高杉は天を仰ぎたくなった。

雨本は高杉たちが持ってきたバーキンすべてをチェックし、結局総額で一千二百万円の値をつけた。まあ、悪くはない。高杉もその価格で手を打ち、現金を受け取って雨本の事務所を後にした。

「あんたがああいう色仕掛けをするとは思わなかったよ」

帰りの車の中で、若干のからかいを込めてそう言った。助手席の菜摘子は、鼻の頭に皺を寄せる。

「あたしだってやりたくなかったわよ。あなたが不甲斐《ふがい》ないから、仕方なく交渉を代わったんでしょ」

「ああ、ありがとうございます。愛情も友情も信頼も抱いてないわたくしめのために、大変恐縮でございます」

「別にあなたのためじゃないわよ。巧クンのためでしょ。それに、なに、その口調？何かの嫌みのつもり？」

「まさにそのとおりなんですけどね。効き目がないなら、こういうときに使う諺《ことわざ》は『蛙《かえる》の面《つら》にしょんべん』か？」

「下品なこと言わないでよ。あれでショックを受けてるんなら、あたしに友情か信頼でも感じてるわけ？　まさか愛情じゃないわよね」

「誰がだ。お前みたいな女を信頼したらヤバいってことくらい、経験豊富なオレ様はよくわかってるさ」

「お前って呼ばないでって言ってるでしょ」

バッグに詰まった現金を抱えている菜摘子は、つんと顔を逸らせて窓の外を見た。高杉はしばらく黙ってから、また話題を蒸し返す。

「いつもあんなふうに色仕掛けで男を騙してるのか?」

菜摘子はゆっくり顔を戻すと、渋々といった調子で口を開いた。

「いつもってわけじゃないわよ。脂ぎったオヤジが相手のときだけ」

「そりゃ、手っ取り早くていいもんな。だから金本のところにいたのか」

高杉は菜摘子との最初の出会いを思い出す。あの金本も、まさに脂ぎったオヤジの典型だった。菜摘子はいやそうに顔を顰《しか》める。

「必要ないときはビジネスライクよ。それでも滲み出る色香に、相手が迷うだけ」

「よく言うよ。でも、巧の父親は別に脂ぎったオヤジってわけじゃないんじゃないか。最近は手当たり次第になったのか」

「あれは知り合いの紹介。真面目な仕事として紹介されたんだから、しょうがないでしょ」

「真面目な仕事ね。あんたの正体を知らずに紹介するような間抜けが、世の中にはいるってことか」

「あなたと違ってあたしは真っ当な世界で生きてるんです」

何をいまさら、と反論しかけたときだった。胸ポケットに入れていた携帯電話が鳴り出した。着信メロディを聞いて、高杉の全身に緊張が走る。このメロディは、巧の携帯電話からかかってきたときに鳴る音だったからだ。

40

「ねえ、ジョンじゃないの？」

三上菜摘子は着信メロディを聴いて、反射的に身が強張《こわば》るような心地がした。あんなふざけた奴からの連絡でいちいち緊張したくないとは思うが、体が勝手に反応してしまう。いつもはおちゃらけている高杉も、今は真剣な表情を浮かべていた。

「どうもそのようだな。出てくれ」

高杉は言って、携帯電話を菜摘子に渡した。軽いはずの携帯電話をずっしり重く感じながら、菜摘子は耳に当てた。

「もしもし」

「菜摘子さんかい。ジョンだ」

相変わらず、冗談のような金属質の声だった。だがいくら声が子供のいたずら同然でも、口調には絶対的優越感に酔う冷笑が滲んでいる。声質に騙されてはいけなかった。

「今、どこなんだ？」

ジョンはそう尋ねてきた。それを聞いて菜摘子はわずかな違和感を覚えたが、その正体を突き詰めて考えている時間はなかった。素直に答える。

「車で移動中よ。高杉さんが運転してるんで、あたしが電話に出たの」

「金を作ってる最中なのか。いい子だ。で、今の時点で現金はいくらできた？」

問われて、正確に答えることに躊躇した。一瞬考えてから、「一千万くらいよ」とだけ言っておく。馬鹿正直にこちらの手札をすべて見せる必要はない。二百万くらいは誤差のうちだった。

「ふん、滑り出しとしては悪くないのか？　まあ、その調子で今日中に現金を用意してくれよ。なるべくたくさん稼ぐんだ」

「せいぜいがんばるわ」

菜摘子は投げやりに言った。考えてみれば、ジョンは具体的な要求金額を口にしてはいない。高額商品を売り捌いた結果、いくらくらいに達するか見当がつかないからだろう。向こうとしては多ければ多いほどいいのだろうが、こちらにしてみれば空しい努力とも言えた。いや、やはり一円でも多く稼いだ方が、巧のためなのだろうか。菜摘子は迷う。

「ちょっと訊くが、あんたらは買った商品をどこで受け取ってるんだ？」

ジョンはそんなことを確認する。またしても菜摘子は軽く引っかかるものを感じたが、長く沈黙しているわけにはいかなかった。

「高杉さんが、偽名で借りているアパートがあるのよ。そこで受け取ってるの」

「なるほど。自分たちの足がつかないよう、工夫はしてるんだな。だが、現金ができたら全員マンションに戻っておけよ。次の指示をするからな」

「そうそう。お金を作ってもそっちにどうやって渡せばいいのか、聞いてないわよね。どうすればいいの？」

「六時になったらまた電話をする。それまでに現金を作っておくんだ。いいな」

「六時ね。承知したわ」

菜摘子が答えると、ジョンは一方的に電話を切った。菜摘子は携帯電話を閉じ、そのままの姿勢で考え込む。するとそんな様子を訝《いぶか》ったのか、横から高杉が話しかけてきた。

「なんだって？　六時ってのはなんのことだ」

「ああ。六時に現金受け渡しの指示をするって」

「六時か。それまでにまとまった金を作らなきゃいけないってことだな」

「うん。そういうことなんだけど……」

菜摘子は答えつつも、語尾を口の中に呑み込んだ。高杉はそんな態度も追及してくる。

「どうしたんだよ。他に何か言われたのか？」

「あのさ。そもそもジョンはどうして、あたしたちの計画を知ってるのかな」

自分の考えを整理するつもりで、疑問を口にしてみた。高杉はすぐに答える。

「そりゃ、巧に聞いたからじゃないのか」

「あたしも最初はそう思ってた。ジョンはまず、巧クンの親を脅迫するつもりで誘拐したんだけど、巧クンがあたしたちの誘拐計画を話した。で、それをそのまま利用した方が自分の身は安全だと、ジョンは判断した。そういうことかと考えるわよね」

「そうだろ。それ以外に考えようがないじゃないか」

「でも、あたしたちの計画を知った上で巧クンを誘拐したとしたら？」

「そんなことあり得ないだろうが。オレたちの誰かが計画を漏らしたとでも言いたいのか」

高杉は不本意そうに眉根を寄せた。菜摘子は自分の考えに没頭していたので、高杉の気持ちを斟酌《しんしやく》している余裕がなかった。

「それも可能性としては考えてるけど、でもそうじゃないとしたら……」

「そうじゃないとしたら？」

「うん。あたし、ジョンに言われたことでちょっと引っかかったのよね。まずジョンは、どこにいるのかって訊いてきたのよ」

「そりゃ、携帯にかければ普通訊くだろ」

「でも、これまではそんなこと一度も訊かなかったわ。どうして今回に限って訊いたの？」

「オレたちが金を作りに出かけてる頃だと見当がついたからじゃないか」

「そうかな。そうじゃなくって、あなたのマンションが見張られてるのかも」

「見張られてる？」

高杉は愕然《がくぜん》とした顔で、菜摘子を見た。菜摘子は前を指差し、「よそ見しないでよ」と注意した。高杉は慌てて顔を戻す。

「見張られてるって、どこからだ？　正面のマンションか」

高杉の部屋の正面には、より高いマンションが建っている。確かにそこからなら高杉の部屋を見下ろすことができるだろうが、しかし窓にはレースのカーテンがかかっているのだ。望遠鏡を使ったところで、中の様子が見えるだろうか。

「違うか。でもジョンは、現金ができたらマンションに戻れって言ったのよ。携帯電話にかけるんだから、あたしたちがどこにいようと関係ないじゃない。現にこうやって繋がってるんだし……」

「まさか――」

ほぼ同時に、高杉も同じ結論に達したようだった。菜摘子と高杉は声を揃えて、ひとつの単語を口にした。

「盗聴！」

しばらく、車内に沈黙が落ちた。おそらく高杉も、その推測の妥当性を検討しているのだろう。自分のマンションなのだから、本当に盗聴されているなら思い当たる点もあるはずだ。果たして、高杉は唸りながら認めた。

「……そうかもしれないな。チクショウ、やられたぜ。どうりで連絡してくるタイミングが絶妙なわけだよ。野郎、こっちのやり取りを全部聞いてやがったんだ」

「ってことは、ジョンの狙いは巧クンじゃなく、高杉さんだったってことになるじゃない。どういうことよ」

思わず声が詰問調になってしまった。それでも高杉は自分の裡《うち》の怒りに意識を引っ張られているらしく、突っかかっては来なかった。

「どうもこうもわかんねえよ。何がなんだかさっぱりだ」

「さっぱりじゃ済まないでしょ。いつ盗聴器を仕掛けられたのか、心当たりはないの？」

「いつだったか、電気系統の点検が来てたことがあるだろ。あいつがジョンだったんだな」

「――ああ」

言われて菜摘子も思い出した。菜摘子がマンションを訪ねた際に、点検員が来ているからと中に入れないことがあった。あれがジョンだったのか。そんなことなら、出てくるところを見ておけばよかった。あのときはむしろ、顔を見られることを恐れてエントランスから離れていた。まさかそれが後で尾を引くとは。

「顔、憶えてる？」

確かめると、高杉は「いや」と短く吐き捨てた。

「憶えちゃいねえ。ただ、妙にガタイのでかい奴だってことは確かだ。たとえ顔を憶えてたって似顔絵なんか描けねえけど、もう一度会ったら絶対に忘れねえぜ」

「つまり、相手は知らない人だったってことよね。それなのにどうして、高杉さんに狙いを定めたのかしら。向こうはあなたのことを知ってるのに、高杉さんは知らないわけでしょ。なんで？」

「わからねえよ。でもひとつだけ、はっきり言えることがあるぜ。なんだかわかるか、菜摘子？」

「な、何よ。馴れ馴れしく呼び捨てになんてしないでよ」

取りあえず反論したが、いきなりのことでどきりとして、言葉に勢いがなかった。高杉はいつになく低い声で、淡々と続ける。

「オレは人に自慢できるような人生を歩んでるわけじゃないが、それでも他人から馬鹿にされるのは大嫌いなんだ。これでもちっぽけながらプライドってもんがあるんでね」

「そ、そりゃそうでしょうね。あたしだってそうよ」

高杉の口調に妙に気圧《けお》されるものを感じながら、菜摘子は相槌《あいづち》を打つ。この人、怒るとけっこう怖いタイプだったのね。

「オレを馬鹿にしたことを、絶対に後悔させてやるぜ。なっ、菜摘子さんよ。あんたも悔しいだろ」

「悔しいわよ。悔しいけど、どうやって後悔させるの？」

「オレに考えがある。奴が盗聴なんてしゃれた真似をしてるんなら、それを逆手《さかて》に取ってやるまでさ」

高杉は前方を見据えたまま、暗い目をして言った。なるほど、盗聴を逆手にね。いざとなったら頼もしいことを言うじゃない。菜摘子はちょっと見直してやりたい気分で、高杉の横顔をしばらく見つめた。

41

「ねえ、大丈夫なの？」

部屋に入るなり、菜摘子が眉を顰めて言った。さすがに隠しカメラまでは仕掛けていないだろうから表情を作る必要はないのだが、声だけで演技するわけにもいかないようだ。高杉篤郎もまた、腹を抱えて苦しそうな声を出した。

「いや……、あまり大丈夫じゃない、かも」

「アニキ、トイレ行った方がいいッスよ。トイレ」

横から園部も口を挟んだ。そんな台詞は事前に相談していなかったのに、園部にしては珍しく機転が利いている。もっとも、トイレに行けとはいかにも園部らしい美しくないアドリブだが。

「そ、そうだな。うーん」

ひとつ唸ってから、本当にトイレに向かう。いくらなんでもトイレの音まで拾っているはずはないが、せっかくだからと用を足しておいた。

「何か変なものでも食べたっけ？　あたしと同じものしか食べてないわよね。どうして高杉さんだけお腹壊すのよ」

リビングに戻ると、ソファに坐っている菜摘子が呆れた口調で言った。菜摘子にこんなふうに言われると、本気で呆れられているように聞こえるから腹が立つ。「知らねえよ」と答えておいて、高杉は音が立つほどの勢いでソファに坐り込んだ。

「いてててて、どうしたんだろうな、ホントに」

大袈裟に声を上げる。苦しんでいる声を出していると、気のせいか本当にしくしくと胃の辺りが痛むようだった。仮病も楽じゃない。

「緊張に耐えかねて、胃が痛み出したとか？　まさかね」

これは菜摘子のアドリブだ。高杉の演技を面白がっているのか、目が笑っている。高杉もにやりと笑いつつ、応じた。

「どうして『まさか』なんだよ」

「だって、あなたがそんな繊細な神経の持ち主とは思えないもの」

仮病だと思って、好き勝手なことを言ってくれる。高杉は演技を放棄して言い返してやりたかったが、やはりそういうわけにもいかない。

「アニキ、コーヒー淹れましたけど」

キッチンにいた園部が、三人分のコーヒーカップを運んできた。高杉は唸りながら、罵倒《ばとう》した。

「何考えてんだよ、お前。腹が痛いって言ってるのに、コーヒーはないだろ」

「でも、腹が冷えたのかもしれないし。コーヒー飲んで温めれば治るかもしれないッスよ」

「お前じゃないんだから、治らないよ」

と答えつつも、高杉はコーヒーカップに手を伸ばした。音を立てないように、ゆっくりと啜る。相変わらず園部の淹れるコーヒーはうまい。親指を立ててやると、園部は嬉しそうに笑った。

「ねえ、ところでいいの？　三千万にしかならなかったじゃない」

おもむろに、菜摘子が次の台詞を口にした。さすが詐欺師だけあって、なかなか達者な演技だ。まさかこれが、第三者に聞かせるための言葉とはジョンも疑いもしまい。

「いいも悪いも、それしか作れなかったんだからしょうがないだろ。ジョンだって特に要求額を言っちゃいないんだから、いいんじゃないか。いてて」

高杉も負けじと、ちゃんと痛がる演技を織り交ぜた。菜摘子は小首を傾げる。

「そう？　だといいけど、向こうの期待額はもっと上だったかもよ。オレに任せとけとか調子いいこと言っちゃって、いざ交渉となるとからきし駄目なんだから情けないわよね」

なんだかこれはジョンの耳を意識した台詞ではなく、本音のようにも聞こえる。結局高杉は、その後も故買屋との交渉には菜摘子の手助けを借りる羽目になったのだ。情けないという思いは自分でもあったが、菜摘子に言われると面白くない。

「何を言いやがる。オレの顔がこれだけ広いから、短い時間で現金が作れたんじゃないか。半日で三千万も作れる男なんて、世の中広しといえどもオレしかいないぜ。いてて」

「そっちこそ何言ってるのよ。あたしが紹介した故買屋だっているじゃない。自分ひとりの手柄みたいに言わないでよ」

「あんたが紹介した故買屋なんて、ろくに買い取ってくれなかったじゃないか。偉そうなこと言うなら、七掛けくらいで買い取ってくれる故買屋を連れてこいってんだ。いてて」

「七掛けで買い取ってくれる故買屋なんているわけないでしょ。七掛けだったら、ディスカウントショップで買えちゃうじゃないのよ」

応酬しているうちに、これがなんのためのやり取りなのか忘れかけていた。「まあまあ」と園部が割って入って、高杉も菜摘子もようやく我に返った始末だった。それでもまだ肚《はら》の虫が治まらず、菜摘子を睨みつける。菜摘子はそんな視線を無視して、顎をつんと反らせた。

「喧嘩してる場合じゃないじゃないッスか。喧嘩するほど仲がいいとは言いますけどね、いちゃつくんならオレがいないときにしてくださいよ」

園部がとても演技とは思えない口調で、偉そうなことを言う。「誰がいちゃついてる！」と怒鳴ったら、同じ言葉を口にした菜摘子と声が揃ってしまい、かえって気まずい思いをした。「うー」と唸ったのは、もう演技ではなかった。

「喧嘩でもしてなきゃ、やってられないぜ。いてて」

これもまた用意した台詞ではなく、現実を思い出したが故にふと漏れた本音だった。ジョンが指定した六時までには、あと三十分ばかりある。盗聴されていることを前提に話すのがいかに居心地悪いか、高杉は身をもって知った。だからこそなおさら、これまで無警戒に喋っていた内容を盗み聞きされたことが腹立たしい。絶対に許すものかと、改めて怒りが沸々《ふつふつ》と込み上げてきた。

「ねえ、そんな調子でお金を運べるの？　駄目なんじゃない？」

気を取り直したのか、菜摘子が改めてそう言った。これは打ち合わせ済みの台詞である。高杉は本当に胃の辺りをさすりながら、「うーん」と首を傾げた。

「あんまり自信ない。とても車なんか運転できそうにないよ。こうやって坐ってるだけでもヤバい感じだからな」

「ヤバい感じって、じゃあ薬でも服《の》めば？」

「そんなしゃれたものは置いてないよ」

「じゃあ、医者行きなさい、医者」

「だって、ジョンからもうすぐ電話がかかってくるんだぜ。医者の待合室で、身代金をどうしたらいいかなんて話はできないだろ」

「でも、お腹が痛くて動けないんでしょ。電話もらっても、指示に従えないじゃない」

「だから、あんたと園部で金を運んでくれよ。悪いけど」

「悪いけど、じゃないわよ。ホントに悪いわ」

菜摘子は突き放すように言ったが、これは相談どおりのやり取りだ。こちらが盗聴に気づいたと知らないジョンは、まさかこれが嘘だとは思うまい。高杉が身代金を運ばなくとも、仕方ないと考えてくれるはずだった。

取りあえず、ジョンに聞かせておくべき台詞はすべて口にした。そうなると、今度は逆に何も言えなくなる。仕方ないので、「いてて」とか「うー」などといった唸りを間歇的《かんけつ》に吐き出して間《ま》を繋いだ。菜摘子も高杉の意図をわかって、「大丈夫なの？」と合いの手を入れるが、言葉とは裏腹に態度はいかにもおざなりだった。これが仮病じゃなくても、コイツはこの程度しか心配してくれないに違いないと、高杉はその態度を見て思う。

何度かトイレに立った以外は、ただテーブルの上に積み上げた現金の束を眺めて過ごすうちに、高杉の携帯電話が鳴った。着信メロディは、相手がジョンであることを示している。だがとっさに時計に目をやると、まだ時刻は五時五十五分だった。六時に電話すると言っていたのに、ジョンはずいぶんせっかちのようだ。

「金は作れたか」

開口一番、ジョンはそう尋ねてきた。わかっているくせにとぼけやがってと、高杉は腹の中で怒りを煮えたぎらせたが、口調にはいっさいの感情を交えなかった。

「作れた。三千万だ」

「三千万？　子供の親からもらった金は六千万だろう。それをそんなに減らしちまったのか」

ジョンは不愉快そうな声こそ出したものの、そんなに驚いてはいなかった。盗聴ですでに知っていたのだから、当然のことだ。高杉たちが一千万円を浮かせたとは、疑ってもいない。

「商品を売り急げば、故買屋は足許を見る。半分残っただけでも儲けものだと思ってもらわなきゃな」

言葉つきがつっけんどんになったが、それは必ずしも意図したものではなかった。ジョンに対する怒りが、高杉に強気の交渉をさせている。電話してくる前から金額をわかっていたはずのジョンは、それほど強くこだわりはしなかった。

「仕方ないな。あんたらみたいな間抜けを使って稼げる金額はその程度ってことか。まあ、こっちも大して期待をかけてなかったけどな」

むしろジョンの口振りの方が悔しげに聞こえる。それはそうだろう。予想より一千万円も少なければ、落胆するのが人情だ。高杉は腹の中で、いい気味だと笑ってやった。

「で、この金をどうすればいいんだ。どこに持っていけば、巧を返してくれるんだよ」

高杉は声を絞り出すようにして問いかけた。苦しげな様子を直接聞かせておかないと、この後の要望が嘘臭くなる。

「金は何に入れている？」

ジョンは確認をした。高杉はちらりとテーブルの上に目をやってから、応じた。

「紙袋だ」

「そんなのじゃ駄目だ。もっと丈夫なものに入れろ。ジュラルミンのケース、と言いたいところだが、そんなしゃれたものは持ってないだろう。何か持ちやすいバッグに入れておけ」

「わかった。それから？」

「今すぐに車でそこを出発して、山手《やまて》通りを北上して中山道《なかせんどう》に入れ。中山道が環七にぶつかったら右折。で、すぐに見えてくる《すかいらーく》の駐車場に、六時半までに入れ。間に合わなければ、取引は中止だ」

「六時半？」

道さえ混んでいなければ、三十分もあれば辿り着ける距離だが、確実とは言えない。微妙にぎりぎりのタイムリミットを設定しているように思えた。

「ちょ、ちょっと待ってくれ。オ、オレは今、体調を崩してて、とても車の運転ができそうにないんだ。すぐにトイレに行きたくなるんだよ」

「なんだと。下痢か。汚い奴だな」

「なんとでも言ってくれ。オレの繊細な神経は、こんなプレッシャーには耐えられなかったんだ。神経が象の足みたいに太い園部に金を持たせるんで、それでいいか？」

「まったく、好き勝手なことばかり言うな。子供を助けたくないのか」

呆れた口振りで、ジョンは言う。だがその言葉も、これまでのように高圧的でないことを高杉は聞き取っていた。

「大人用紙おむつをしていくわけにもいかないだろう。勘弁してくれよ」

「まあ、いい。誰が運んでこようと、こちらは金さえ受け取れれば文句はない。お前はトイレに籠ってろ」

「ありがたい。じゃあ、そういうことでいいな。あ、もうひとつ。六時半じゃあまり余裕がないから、六時四十分まで待ってくれよ」

「甘えるな」

さすがに最後の要求は、にべもないひと言で却下された。それきりジョンは、一方的に通話を切る。高杉は携帯電話を閉じながら込み上げる笑みを口許に刻み、菜摘子と園部に告げた。

「山手通りから中山道に入って、環七を右、すぐに見える《すかいらーく》の駐車場に六時半までに来い、だと。遅れたら取引は中止だそうだ」

「六時半じゃ、あんまり時間はないッスね」

園部が真剣に憂《うれ》えた顔で言った。ジョンに一矢報《いっしむく》いたとはいえ、高杉たちや巧にとって事態が好転したわけではない。直ちに飛び出し、ジョンの指示に従わなければならない状況に変わりはないのだった。園部の心配は、高杉や菜摘子が抱える焦燥《しょうそう》と等質だった。

「そうだ。今すぐ向かってくれ。オレはすまないけどここでリタイアだ。医者に行って、薬をもらってくるよ」

「そうしなさい。じゃあ、行きましょう」

菜摘子は園部を促し、立ち上がった。それを押しとどめ、押入から引っ張り出したボストンバッグに金を詰め替えてから、ふたりを送り出す。玄関ドアが閉まってふたりの姿が視界から消えると、高杉の胸には祈りにも似た思いが残った。「うまくやってくれよ」と、声には出さずに念じる。

だが、人任せにしてはいられない。高杉も行動を開始しなければならなかった。うーうー唸りながら靴を履き、部屋を後にする。廊下に出て施錠をすると、自然に表情が厳しくなるのを自覚した。

42

近くのコインパーキングまで走り、手早く精算を済ませてから車に飛び乗った。自分の車には園部たちが乗る。このカローラはマンションに戻る前に借りたレンタカーだった。軍資金が一千万円もあると、こうした際に金を惜しまなくて済むから助かる。

マンションを出る前に持ち出したバッグを開けて、サングラスと野球帽を取り出した。それらを身に着け、車を発進させる。目的地はもちろん、指定された《すかいらーく》近辺だった。園部たちに遅れるわけにはいかない。

自由を確保して園部たちと別行動をとったのは、ふたつの理由からだった。ひとつは不測の事態に備えるため。金を渡したところで、ジョンが素直に巧を返すという保証はどこにもないのだ。巧を奪い返すためには、相手の言いなりになっているだけでは心許ないというのが高杉と菜摘子の判断だった。

そしてもうひとつ。高杉はさらにその先を考えていた。可能であれば、巧を奪還した上で、金も取り返す。舐められたまま終われないという意地と、みすみす三千万円が他人の手に渡るのを見逃すわけにはいかないという詐欺師の習性からの発想だった。取り返した金を巧の親に返してやるかどうかは、まだ考えていない。ともかく、ジョンにひと泡吹かせなければ気が済まなかった。

高杉は身代金と巧の交換が終わった後も、ジョンの後を尾けるつもりだった。そうしてジョンの根拠地を特定し、隙を見て金を奪う。そのために確保した自由であり、用意したこのレンタカーだった。カローラという平凡な車種を借りることができたのは、尾行を気取られないためにも幸いだったと言える。

車を走らせながら、携帯電話を耳に当てた。今は微罪で捕まるわけにはいかないから、電話での会話は大通りに出る前に済ませなければならない。コール音二度で繋がり、菜摘子が応じた。

「はい」

「今どこだ」

前置きもなく、尋ねる。菜摘子もよけいなことは言わなかった。

「そろそろ山手通り。もう見えてるけど、そんなに交通量はないみたい」

「そうか。そりゃよかった」

ダッシュボードのデジタル時計に目をやると、時刻は六時十分だった。ジョンが早めに電話をしてくれたお蔭で、少し余裕がある。高杉は念のためにつけ加えた。

「焦《あせ》らなくても大丈夫だから、安全運転を心がけろと園部に伝えてくれ」

「あなたもね」

そのやり取りで、通話を終えた。用件があっての電話ではなく、単なる状況確認である。高杉は携帯電話をバッグに投げ込み、野球帽を目深《まぶか》に被り直してアクセルを踏んだ。

43

「焦らなくていいから安全運転しろ、だって」

携帯電話を閉じて、三上菜摘子はハンドルを握る園部に言った。緊張で顔が強張っている園部は、「わかったッス」と硬い声で答える。高杉の注意を言わずもがなのことと受け取っていた菜摘子だが、そんな園部の様子を見てやはり相棒の性格はよくわかっているものだと思った。声をかけてやらなければ、アクセルとブレーキを踏み間違えてトラックの尻に突っ込みかねないほど、思い詰めた様子である。焦らなくていいのひと言で、園部は胸に溜めていた息を大きく吐いた。

「アニキはさすが大物ッスね。オレなんかとはぜんぜん心の余裕が違うッス」

園部は感心したように言う。その人物評にはまったく同意できないが、高杉もいい弟分と巡り合ったものだと祝福してやりたい気持ちだけはあった。高杉を大物だと心底思える人など、この園部以外には世の中のどこにも存在しないだろう。面倒なので、「そうね」とだけ答えておいた。

山手通りは渋滞もなく、順調に流れていた。赤信号には摑まるものの、苛々するほど走行を阻害されることもない。十分もかからずに中山道と合流し、やがて環七との立体交差点に差しかかった。

多少右折に時間がかかったが、環七の流れに乗ったときには六時二十三分だった。もうすでに前方には《すかいらーく》の看板が見えているので、指定された六時半までには間に合いそうだ。菜摘子は園部に気づかれない程度に、そっと安堵の息を漏らす。菜摘子も不安に思っていると園部に知れれば、どんなパニックを引き起こされるかわからないと考えたからだった。当の園部は高杉のひと言がよほど効いたらしく、「もうすぐッスね」と声を発する余裕があった。

ウィンカーを出し、《すかいらーく》の駐車場に突っ込んだ。店に入れという指示はなかったので、そのまま車内に留まる。向こうが巧を連れているなら、店内で待つわけにもいかないだろう。ならば、駐車している車の中にいるのか。そう考えて視線を巡らせたが、人が乗っていそうな車はなかった。

「どっから来るんですかね」

園部も同じ疑問を抱いたらしく、きょろきょろと左右を見渡した。環七沿いだけあって、この地域は人気《ひとけ》が少ないとはとても言えない。こうして実際に来てみるまではわからなかったが、今ここで身代金授受をするはずがないという思いが、菜摘子の胸に徐々に込み上げてきた。

それを見透かしたかのように、菜摘子の携帯電話が鳴った。着信メロディが、相手はジョンであることを示している。瞬時に硬直した園部を横目に、菜摘子は携帯電話を耳に当てた。

「遅いじゃないか」

ジョンの第一声はこうだった。とっさに時計に目をやったが、六時半までにはまだ二分ある。遅いと言われる時刻ではないはずだった。

「間に合ってるじゃないの。なんで文句を言われなきゃならないのよ」

「そういう口の利き方を許してやるほど、こっちは優しくないんだ。以後は気をつけて欲しいな」

道化じみたキンキラ声ながら、恫喝《どうかつ》の意図ははっきりと伝わってきた。人質を取られている立場の菜摘子としては、悔しくても黙り込むしかなかった。

「次の目的地を指定する」

ジョンは淡々と続けた。やはりここで姿を現すつもりはなかったのだと、菜摘子はわずかにがっかりする。神経を磨り減らす時間はもう少し続くようだ。

「そのまま環七を直進して、荒川に向かえ。鹿浜橋《しかはまばし》を渡ったところで路上駐車して待つんだ。今度は六時四十五分がタイムリミットだからな。遅刻するなよ」

そう言い残して、ジョンは電話を切った。「遅い」と言うからにはこの辺りにジョン本人か仲間が潜んでいるのだろうが、確認するすべはない。そもそも、巧を連れてきているはずはないから、探しても意味はなかった。今は素直に指示に従っておくことにする。

「車を出して。環七をこのまま直進して、六時四十五分までに鹿浜橋を渡ったところで待て、だって」

「わかったッス」

園部はよけいなことを言わず、すぐにハンドブレーキを下ろして車を出した。菜摘子は電話で今の指示を高杉に伝える。高杉もまた、「わかった」としか言わなかった。

店を出て左折し、環七を東に向かった。隅田川《すみだがわ》を越えると、荒涼とした眺めの河川敷が見えてくる。荒川だ。河川敷は野球場やゴルフ場になっているようだが、日が沈もうとしている今は人の姿もない。ただ、点在する瘦《や》せた木々が寂しさを助長しているだけだった。

荒川を横切るための鹿浜橋は、河川敷のかなり手前から始まっていた。交通の流れを阻害する橋はどんなところでも混んでいるもので、この鹿浜橋も例外ではない。渋滞とまではいかないが、車の動きは遅くなった。

「間に合うッスかね」

園部が心配そうな声を発した。今度は指定時刻に余裕があるので、まず間に合うと思う。だがそれでも、楽観してどっしりと構えていることはさすがの菜摘子もできなかった。少しずつしか進まない車の列を、ただ恨めしげに眺める。

長かった橋もやがて終点が見え、園部が車を路肩に寄せようとウィンカーを出したときだった。携帯電話が鳴り、「今どこだ」と問うジョンの声が聞こえた。こちらの位置を把握していないということは、今は監視の目が離れているのだ。そう推測しつつ、菜摘子は応じる。

「そろそろ橋を渡りきるところ。さて、次はどこに行けばいいのかしら」

「まだ渡ってないのか。遅いじゃないか」

言われて、再度ダッシュボードの時計に目をやる。だが時刻はまだ六時四十分で、むしろ早いくらいだ。ジョンはただのせっかちなのか。それともこちらを急《せ》かせるのには何か意味があるのか。菜摘子は気にかかったが、じっくり考察している暇はなかった。

「次はどこ？　まさか、路上で取引するわけじゃないわよね」

道の左右はそれなりに賑やかで、加えて前方には交番まで見える。ここからさらにどこかに誘導されるのは間違いなかった。

「よけいな無駄口は叩くなよ。いいか、指示は一度しか言わない。忘れたら、そこで取引は終わりだ。子供は戻らない」

「わかったわ」

淡々としたジョンの物言いに、菜摘子は冷酷さを感じた。「子供は戻らない」という言葉はこけおどしではないだろう。携帯電話を握り直し、次の指示を待った。

「最初に見える信号で左折、そのまま少し進んで、左手に郵便局が見える交差点で左折、突き当たったらさらに左折。右手に都市農業公園が見えるから、車を降りて川沿いの遊歩道を芝川《しばかわ》水門橋に向けて歩くんだ。公園に入るまでのタイムリミットは、六時五十五分。いいな」

ジョンは一方的に電話を切った。菜摘子も今度はくどくどしく園部に道を説明している時間がない。「すぐに出して」とだけ言って、信号で左折を命じた。

ジョンは早め早めの時刻指定をしてくる。五十五分が指定された時刻であっても、それより五分は早く到着していなければならないだろう。となると、与えられた時間は十分弱。おそらく間に合うものと思うが、この辺りには土地勘がなく、指定の公園がどれくらい離れているのか見当がつかない。もう菜摘子は、内心の焦りを隠している余裕もなかった。

ジョンが見ていないことに賭け、高杉に電話をした。繋がったものの、「はい」と応じる声は遠い。おそらく電話しながらの運転を見咎《みとが》められないよう、携帯電話を膝の上にでも置いているのだろう。菜摘子はなるべく大きな声で、ジョンの指示をそのまま伝えた。高杉の復唱が聞こえたので、ひとまず安心して通話を終える。

四つ目の信号が見えてきた頃に、郵便局が見つかった。「そこで左」と告げると、園部は「あい」と応じてハンドルを切る。菜摘子の焦りが伝わったらしく、園部の目は据わっていた。きっと自分も同じような目つきをしているのだろうと、菜摘子は思う。

突き当たりを左に曲がると、すぐ右手に公園が見えた。時刻は六時四十九分。今度は向こうの要求する時間内に辿り着けたようだ。だがホッとしている暇はなく、園部が車を路肩に停めると同時に外に飛び出した。園部もまた、後部座席から金の入ったバッグを取り出して車を降りる。

「大丈夫ッスよね、ここに停めといて」

駐車禁止違反を咎められないかと園部は心配しているのだが、その道路は道幅がある割には交通量が少なく、ミニパトが巡回しているようには見えなかった。加えてすでに巷《ちまた》は薄暗く、人通りもほとんどない。短い時間ならば停めておいても大丈夫だろう。菜摘子は頷いて、園部に応えた。

後方に目をやったが、高杉が乗っているような車は見つからなかった。高杉のレンタカーにはカーナビゲーションがついている。菜摘子たちよりもむしろ、この地域の地理はわかっているのだろう。どこか細い路地にでも入り込んで、こちらの状況を見守っているに違いない。そう信じて、「行きましょう」と園部を促した。

車道を横切って、公園へのスロープを上がった。すると一気に視界が開け、暗い川が現れる。先ほど見えた荒川に比べて川幅が狭いから、おそらくこれは支流なのだろう。この支流と荒川とが交わる角に作られた公園がここなのだと、自分の現在位置を把握する。

菜摘子たちが立つ遊歩道から、川縁《かわべり》の土手が急角度で落ち込んでいた。対岸の工場が放つ光を受けて、土手に何か金属が散らばっているのがわかる。目を凝《こ》らすと、それらは空き缶だった。あまり綺麗な川縁ではない。

川には釣り船らしき船が何艘《そう》か浮かんでいるが、今でも使われているのかどうかは怪しかった。夜目にも船は煤《すす》けて見え、みすぼらしい。対岸は工場という殺風景な眺めといい、清掃の手が行き届いていない川縁といい、ここが都内かと疑いたくなるほど寂しげな場所だった。当然のことながら、公園内には菜摘子たち以外誰も歩いていない。

「ひとりで来たい場所じゃないわね」

思わず、そう感想を漏らした。園部はすっかりこの雰囲気に怯《おび》えたのか、「まったくッス」と答える声が震えている。こんなことじゃボディガードの役にも立ちそうにないわねと、菜摘子は内心で呆れた。

川の下流に、なにやら大きな衝立《ついたて》のような人工物が見える。おそらくあれが、芝川水門橋なのだろう。菜摘子と園部はそちらに向かって、ゆっくりと歩き出した。

すぐにもジョンが接触してくるものと思ったが、案に相違して公園内は深閑《しんかん》としていた。遊歩道の前にも後ろにも、人影が現れる様子はない。ジョンは水門橋でこちらを待っているのかと、少し歩く足を速めた。

右手が川縁の土手、そして左手には、なぜかもう一本の遊歩道があった。二本の遊歩道の間には園部の身長よりも高い柵があり、柵の上には忍び返しがついている。柵の内側に植え込みがあるところを見ると、公園としての本体は内側であり、菜摘子たちが歩く遊歩道は一般道のようなものなのかもしれなかった。内側には何かの施設らしき建物があるが、その窓にはすでに明かりが灯っていない。ジョンは施設が閉鎖する時刻を承知の上で、この公園を指定したのだろう。

そんなことを考えながら歩いていると、どこかで何かが動く音がした。それを聞いたとたんに足が止まり、園部と顔を見合わせる。どこでその音がしたのか、四方が開けているこの場所では判然としなかった。

「ジョンかしらね」

園部だけに聞こえるよう、低い声で呟いた。高杉がヘマをして音を立てたのではないと信じての言葉である。だがあの高杉のことだから、その可能性も充分にあると自分が疑っていることは、口に出してみて菜摘子もわかってしまった。頼むからジョンに見つかるような真似だけはしないでくれと、祈る思いになる。

「今度は時間どおり到着したようじゃないか」

不意に、野太い男の声が薄暗がりの中に響いた。思わず飛び上がりそうになる体をかろうじて押しとどめ、菜摘子は声のした方角に顔を向ける。声は柵の向こうから聞こえたような気がした。

「そのバッグの中に金が入っているのか」

声はそう確認してきた。言われた園部は、慌ててバッグを抱き締める。菜摘子は声の主を懸命に探そうとしたが、物陰に隠れているのか姿は見つからなかった。

だが、声の主がジョンであることは間違いなかった。もうボイスチェンジャーで声を変えてはいない。この低い、ドスの利いた声がジョンの本当の声だったのだ。滑稽なキンキラ声で脅されるのも倒錯した恐怖があったが、実際にこうして地声を耳にすると、相手の威圧感をまざまざと肌で感じることができた。

「そうよ。この中にお金が入ってるわ」

交渉は自分がやらなければならないと覚悟していた。あくまで園部は、向こうが暴力的手段に出てきた場合のボディガードだ。それ以上のことは期待していない。

「こちら側に投げ込め。植え込みの中に落とすなよ」

ジョンはそう指示した。なるほど、そういうことか。彼我《ひが》の間には忍び返しまでついた柵がある。ジョンの後を追いかけようにも、そう簡単にはいかない。こちらが柵をよじ登る間に、金を持って逃走しようという肚らしかった。

「ど、どうします?」

すっかり判断を委《ゆだ》ねた口調で、園部が訊いてきた。菜摘子はそれに答えず、暗闇に向かって問い質した。

「巧クンは？　巧クンと交換じゃなきゃ、お金は渡せないわ」

「まず金が先だ。金を確認したら、ガキを返してやる」

そんな返事は予想していたが、それでも落胆を禁じ得なかった。果たしてジョンを信用していいのか。菜摘子は迷った。

「巧クン。そこにいるの？　いるなら何か音を立てて。呻《うめ》き声でもなんでもいいから」

「よけいなことを言うな」

返ってきたのは、咎めるジョンの声だけだった。その他には何も聞こえない。あの巧ならば、どんな状況であろうとなんらかの工夫をして自分の存在をこちらに知らせるはずだ。何も物音がしないということは、ジョンは巧を連れてきていないのだろう。どうすればいいのかと、菜摘子は歯噛みする。

「巧クンはそこにいないのね。じゃあ、どうやって帰すつもりよ」

「金を受け取ったら、適当な場所で解放する。携帯電話を持たせてやるから、すぐに自分の家に連絡するだろうよ」

「本当にそうしてくれる保証はどこにもないじゃない。金を取られて、その上巧クンが冷たくなって帰ってきたんじゃ、あたしたちだって馬鹿馬鹿しいわ」

言い返したが、ジョンが聞き入れてくれる公算はゼロに近かった。案の定、せせら笑うような声が返ってくる。

「おれを信用してもらうしかないな。今のところ、お前らの信用を裏切るような真似はしていないつもりだが」

毒々しい諧謔《かいぎゃく》に満ちた言葉だった。こちらが言いなりになるしかないことを充分に承知した上で、ジョンは戯《ざ》れ言《ごと》を口にしている。菜摘子は自分が無力であることを痛感した。

高杉に期待するしかない。やむなく、そう結論を下した。高杉は今もどこかで、このやり取りを聞いているに違いない。物陰に隠れたジョンの姿を、視野に収めてすらいるかもしれない。ならば、菜摘子たちがジョンを追えなくても、高杉が後を引き継いでくれるだろう。盗聴に気づいて怒った高杉を、意外に頼り甲斐があるかもしれないと思えた高杉を、菜摘子は信じることにした。

「早くしろ」

焦《じ》れたように、ジョンが促した。菜摘子は園部を見て、頷きかける。

「言われたとおりにして」

「いいんスか?」

園部は不安の固まりのような顔をしていた。「いいから」と菜摘子は断じる。すると、その強い口調に尻を叩かれたように、園部は腕を振り回して重いバッグを柵の内側へと投げ込んだ。バッグは植え込みを乗り越え、遊歩道に落ちる。何もそこまで指示に従わずに、植え込みの中に落としてもよかったのにと菜摘子は思ったが、後の祭りだった。

すぐに、建物の陰から大柄な人影が現れた。まるでプロレスラーのように肩幅がある。腕も、下手をすると女性の太腿くらいの太さがあるのではないだろうか。こいつがジョンかと、菜摘子は男をじっと観察した。

男の顔は見ることができなかった。男はスパイダーマンのマスクを被っていたからだ。だが唯一覗いている目には、冷笑の光が浮かんでいるように菜摘子には見えた。ジョンはその目の光をこちらに注ぎながら、ゆっくりとバッグに近づいた。

ジョンは膝を折り、バッグの口を開けた。そして、中に札束が詰まっているのを確認すると、満足げにひとつ頷いて立ち上がる。バッグを小脇《こわき》に抱えて菜摘子たちを見据えたジョンは、「ご苦労だったな」と偉そうに言った。

「ガキひとりをさらって三千万とは、ずいぶん見返りが少ないが、まったく安全かと思えばボロい稼ぎだったのは確かだよ。せいぜい恩に着てやるぜ」

皮肉の籠った言葉を残すと、ジョンはじりじりと後ずさりし、やがて踵《きびす》を返した。そのまま走って建物の向こうに消える。待って、と言いかける言葉を呑み込んだ菜摘子の横で、園部が弾《はじ》かれたように動き出した。

園部は猛然と柵に取りつくと、忍び返しの切れ目に爪先《つまさき》をねじ込み、そこを足がかりに内側へと跳躍した。だが着地した場所は植え込みの上で、ばきばきと音を立てて枝が折れる。それでも園部はめげず、ジョンの後を追った。思いがけない園部の反応に、菜摘子は制止すべきかどうかの判断もできずにいた。

すぐに、肉と肉のぶつかり合う音がした。鈍い打撃の音だけが、建物の向こうから響く。いったい何が起きているのかわからず、せめて視野を確保しようと菜摘子は遊歩道を先へと急いだ。建物を斜めに見る場所に立てば、ふたりが格闘している様子がわかるのではないかと考えたのだ。

だが、その菜摘子の足をひとつの大きな音が引き留めた。人ひとりの体が地面に叩きつけられる音。「ううーん」という呻きが続き、その場を立ち去る足音がした。足音が遠ざかっていくのを聞き、どちらが勝利したのか菜摘子は悟った。

「園部クン、園部クン!」

菜摘子は柵に取りすがって、園部の名を呼んだ。しかし答えはなく、完全に周囲を包んだ夜の暗闇《くらやみ》だけが柵の向こうに存在していた。

44

ジョンは園部の襟首《えりくび》を摑むと、すっと腰を落とし、前屈みになった。ジョンの腰に全身を載せられた園部は、くるりと半回転し、地面に背中から叩きつけられる。距離があるので声が聞こえたわけではなかったが、それでも高杉篤郎の耳には園部の呻きが届いたような気がした。

園部は苦しげに身を起こそうとしたが、そこにジョンが追い打ちをかけた。なんと、園部の頭を足で蹴《け》ったのだ。園部の首が四十五度ほども曲がり、そして動きが止まった。失神してしまったようだ。

オペラグラスを持つ手に、思わず力が籠った。すぐにも飛び出し、園部の仇《かたき》を取ってやりたい。だがたった今見せられた鮮やかな一本背負いや、園部を失神に追い込んだひと蹴りからすると、ジョンは相当格闘技に通じているようだ。自分如きが立ち向かったところで、園部の二の舞になるのは目に見えていた。

高杉は道路を挟んで公園とは反対側の、ビルの陰からその一部始終を見ていた。おそらく、園部たちがジョンに気づくより先に、スパイダーマンのマスクを被った男をオペラグラスに捉《とら》えていたはずだ。どうやってジョンを見分けるかが問題だと考えていたが、マスクを被ってうろうろしているような男が真っ当な人間のはずもない。いち早くジョンを見つけることができたのは僥倖《ぎょうこう》だった。

ジョンはバッグを手にすると、悠然とその場を後にした。歩きながら、マスクを剝ぎ取る。高杉の存在に気づいていないどころか、警戒もしていないようだ。舐められたものだが、相手を出し抜いている快感は味わえた。

ジョンの顔は厳《いか》つかった。岩に直接象嵌《ぞうがん》したかのように、ごつごつとした顔つきである。道ですれ違ったなら、思わず避けてしまいそうな迫力だ。高杉は記憶を探ったが、以前に会ったことはなさそうだ。電気作業員としてマンションを訪ねてきたときはろくに顔を見なかったので、同一人物だと断定もできない。そんな男がなぜ、高杉のマンションに盗聴器を仕掛けたのかという疑問はあるが、今は考えてもわからなかった。だからただ、ジョンの容貌をしっかりと記憶に刻み込んでおいた。

ジョンは薄笑いを浮かべていた。すべて計画どおりに進んだのだから、笑みのひとつも浮かべたくなるだろう。だがそれは、自分に対する嘲《あざけ》りのように高杉には感じられた。笑っていられるのも今のうちだぞと、内心でジョンに語りかける。

ジョンは道路に面した柵のそばに立つと、左右を見回した。そして通りかかる人がいないことを確認してから、柵を乗り越える。その間も、バッグは一度として手放そうとしなかった。

柵から飛び降りたジョンは、荒川方面へと歩き出した。高杉が借りたレンタカーは、路地の奥に路上駐車してある。ジョンがここから歩いて帰るわけもないから、どこかに逃走用の車を停めてあるのだろう。となると、追跡のためにはこちらも車が必要だ。どうするべきかと瞬時考え、高杉はレンタカーに戻った。

エンジンをかけ、都市農業公園沿いの道路までゆっくりと出た。左折するために左右を窺う振りをして、ジョンの背中を探す。幸い、まだジョンは道を真っ直ぐ歩いていた。バックして車をビルの陰に隠してから、エンジンをかけたまま外に出る。

ふたたびオペラグラスを使ってジョンの行方を見守ると、大きな後ろ姿は左に逸れた。慌てて車に戻り、その後を追う。ジョンが曲がった角の手前で停車し、もう一度車を降りて路地の先を窺った。

ジョンの進む方向には、小さな公園があった。その傍らに、派手な赤い車が停まっている。まさかあんな目立つ車のわけはないだろうと思っていると、ジョンがキーを取り出してロックを解除したので軽く驚く。どうやらジョンの車で間違いないようだ。

高杉はその車をじっくり観察した。日本車ではない。確信はないが、流線型の印象的なフォルムからしてフェラーリのようだ。真っ当な暮らしをしている人間であるはずがないと思っていたが、乗っている車がフェラーリとは持ち主の金銭感覚が知れる。どうせ悪事で稼いだ金で買ったに違いない。

しかし、無警戒にもほどがある。高杉は半ば呆れ、そしてジョンの考えを推し量《はか》り腹を立てた。ジョンは警察に追われる心配がないから、こんな目立つ車でここまで乗りつけたのだ。その図太さは高杉たちに対する侮《あなど》りの発露以外の何物でもなく、高杉の怒りの嵩《かさ》はさらに増した。

ジョンが車のドアを開けたのを見て、高杉も素早くレンタカーに乗り込んだ。道を左折し、前方にフェラーリの後部を捉える。エンジンのかかったフェラーリは、ゆっくりと走り出した。

すぐに路地を曲がり、フェラーリは姿を消した。高杉もアクセルを踏み込み、曲がり角まで急ぐ。鼻先を出して前方を窺うと、フェラーリはさらに路地を左折しようとしていた。

後に続くと、そこは小学校前だった。フェラーリは赤信号で停止している。念のため、高杉はナンバーを暗記した。フェラーリ自体が借り物かもしれないが、ひとつの手がかりにはなる。

フェラーリの真後ろにくっつくわけにはいかないので、左折に手間取る振りをして時間を稼いだ。その間に信号が青に変わり、フェラーリは道を左に曲がる。すかさず高杉もアクセルを吹かし、信号へと急いだ。交わる道路は、先ほど一度通った郵便局のある道だった。

すぐにもフェラーリの後に続きたかったが、横断歩道を渡る人がいた。ショッピングカーを押す老婆で、まるで嫌がらせのようにのろのろと歩いている。思わず舌打ちをする高杉を尻目に、フェラーリはついにその地力《じりき》を披露《ひろう》した。大衆車にはとうてい不可能な加速を見せ、あっという間に小さくなってしまったのだ。

「ヤバい」

思わず声に出した。だが焦る高杉などまるで気にかけず、老婆は亀の如き歩みで行く手を阻《はば》む。こんなときに限って信号はすべて青で、フェラーリの走りを妨げるものは存在しなかった。高杉はただ、フェラーリが遠く視界の彼方に消えていくのを見守るしかなかった。

「チクショウ!」

ハンドルを両拳《りょうこぶし》で殴り、額《ひたい》を叩きつけた。ジョンはまんまと金を手に入れ、逃走した。巧が無事に帰ってくる保証はどこにもない。高杉はジョンを出し抜いたつもりで、結局何もできなかったのだ。己の不甲斐なさに、心底腹が立つ。

ようやく老婆は対向車線側の歩道まで達した。だが高杉はもう車を飛ばす気になれず、ゆっくりと左折して路肩に停車した。今からフェラーリを探したところで、追いつけるはずもない。ぞっとするような絶望感に全身を冒され、高杉は虚脱した。

ナンバーという手がかりはある。陸運局で調べれば、フェラーリの所有者を割り出すことは可能だろう。だが今日はもう、陸運局も閉まっている。早くても、この手がかりを生かせるのは明日なのだ。

明日で間に合うのか。そう自問することは、とてつもない恐怖を伴った。間に合うかもしれない。だが間に合わないかもしれない。ジョンだって、できるなら殺人など犯したくはないだろう。だが巧がジョンの素顔を見てしまっていたとしたら。身の安全のためには、子供ひとりの命くらいなんとも思わないような冷酷さが、ジョンの口振りからは感じられた。今夜ひと晩のロスは、取り返しのつかない結果に結びつくかもしれなかった。

どうしてオレはこうなんだ。再度、高杉は額をハンドルにぶつけた。鈍い痛みが走るが、そんなことを認識する心の余裕すらない。この圧倒的な絶望感、自己嫌悪《けんお》を払拭《ふっしょく》できるなら、何度でも額を叩きつけよう。しかし、そんなことをしても自責の念ひとつ和らぎはしないと、高杉はすでに承知していた。

巧を助けてやりたいと望んだ。自分とはなんの関係もない、こまっしゃくれた他人の子供を救い出してやりたいと、心底思った。自分にはそれができるし、そうすることが義務だとも考えた。詐欺師としてケチな人生を送ってきた自分が、一銭の得にもならないことのために奔走《ほんそう》する。それはあまりに滑稽であると同時に、どこか充実感すらもたらしてくれる行為でもあった。巧が無事に戻ってきたなら、自分のようなちっぽけな男にもそれなりに存在意義があるのだと錯覚しながら、今後の人生を面白おかしく生きていけるのではないかと夢想する瞬間もあった。

ただの勘違いだった。すべて、都合のいい白昼夢でしかなかった。オレには人助けなどできない。いっぱしの悪党を気取ったところで、もっと狡猾《こうかつ》で非情な人間を前にしてはこのざまだ。侮《あざけ》られ、利用され、一矢も報いることなく、結局巧を取り返せずに終わる。これで巧の死体が発見されたなら、一生かかっても返しきれない負い目を感じながら生きることになるだろう。無駄な人生だ。なんの意味もない、ゴミクズのような人生。クズはしょせん、どうがんばったところでクズ以上の存在になどなれはしないのだ……。

高杉は強く唇を嚙んだ。鉄に似た味が口中に広がったが、顎の力を抜く気にはなれなかった。

45

巧の顔を思い浮かべた。男のくせに妙に整っていて、変な趣味のない高杉でさえ素直にかわいいと思える顔立ち。あれで性格までかわいければ文句はないのだが、大人を大人とも思わない生意気な口振りと驚くほど切れる頭はかわいげのかけらもない。それが、どうだ。人並みのガキみたいに誘拐されやがって、挙げ句に他人のオレを頼ってくる。

「頼りにしてるから」なんて殊勝《しゅしょう》なことを言う暇があったら、自分がどこにいるのか少しは匂わせてみろってんだ。お前の自慢の頭は、こんなときに機転を働かせることもできないのか……。

高杉は心の中で巧に悪態をついたが、己の言葉にふと我に返った。そうだ、あの巧がこちらと直接話のできるチャンスをみすみす逃すとは思えない。巧は言葉の端にメッセージを込めていたのに、単に高杉がそれを受け取れないでいたのではないか。そう考えると、「頼りにしてるから」という言葉は謎かけを読み解いてくれという意味に思えてくる。ならば、巧の期待に応えなければならない。今は頭を働かせること以外、何もできないのだから。

巧は何を語った。高杉は一心に集中して思い出そうとした。高杉が巧の声を聞いたのは二回だ。最初は録音されたメッセージ。目隠しされて何もわからないという状況を伝えてきた。確か巧は、声しか聞こえないのは寂しい、気分が暗くなる、なんてことを言っていたはずだ。声しか聞こえないと気分が暗くなる。声しか聞こえない――。

「そうか」

思わず言葉が漏れた。ようやく理解した。巧はすでにあの時点で、高杉のマンションが盗聴されていることを見抜いてこちらに伝えようとしていたのだ。それに気づかず高杉たちは、あらゆる情報をすべてジョン側に漏らしてしまっていた。もっと早く巧の言葉の意味に気づいていればと歯噛みしたくなったが、しかし示唆《しさ》があまりに巧妙すぎてとてもじゃないが読み解けないぞと文句のひとつも言いたくなった。

ともあれ、これで間違いない。巧はちゃんとこちらにメッセージを伝えていた。ならば、二度目のチャンスも無駄にしたはずがない。あのとき巧は何を言ったか？

高杉は、誘拐犯がそこにいるかと尋ねた。すると巧は、いると答えた。続けて場所を訊いたが、わからない、よけいなことは言うなと言われている、が返事だった。ここまでに何か情報は盛り込まれているだろうか。しばらく頭を捻ったが、何も導き出せない。示唆は含まれていなかったと見做《みな》して、先に進む。

元気か、と尋ねた。ひと晩どんな扱いを受けていたか気になったからだ。それに対して巧は、きちんとした扱いを受けていると答えた。食事を与えられて、寝るための布団もある、と。だが、くしゃみが出るとも言っていた。だから高杉は風邪を心配したのだが、巧本人は風邪じゃないと言った。

これはどういう意味か。寒い場所にいると言いたかったのだろうか。しかし、いくらなんでも東北や北海道に連れ去られたとは思えない。仮にそうであったとしても、あまりに漠然としすぎていて手がかりにならない。ならばこれもただの現状報告だろうか。

その他に巧が言ったことは、「がんばってボクを助け出して」だった。そして最後に「頼りにしてるから」とつけ加えたのだ。がんばってボクを助け出して。頼りにしてるから。頼りにしてる、の意味は謎かけを解いてくれということだとして、がんばってボクを助け出してとは他に何か別の意を含んでいるのだろうか。誘拐されたガキの立場のくせして生意気だ、という感想しか思い浮かばない。しかし、巧が語ったことはこれですべてなのだ。結局巧は、何もメッセージを込めなかったのだろうか。

そんなはずはない。巧はすでに、盗聴されていることをこちらに伝えていたのだ。ならば二度目のやり取りのときにも、必ず何かを伝達しようとしたはずだ。もう一度考え直せ。高杉は己を叱咤《しった》する。巧が言いたかったことを、きちんと読み解くんだ——。

改めて検証し直してみれば、やはり「風邪じゃないけどくしゃみが出る」というくだりがどうも怪しい気がした。元気か、という問いかけに対する答えとしては、情報量が多すぎるからだ。風邪ではないのにくしゃみが出るのはなぜか。寒いからではないのか。

そういえば、以前にも巧がくしゃみをしていたことがあった。あのときは菜摘子が埃アレルギーを疑い、きちんと部屋を掃除しろなどと言っていた。だが埃アレルギーはそんなにひどくないと、巧は答えていた気がする。埃アレルギーではなく、なんのアレルギーだったのか。高杉はキッチンに立っていたのでちゃんと聞いていなかった。

携帯電話で菜摘子に連絡をとった。すぐに繋がり、「どうなってる？」と嚙みつくように尋ねる菜摘子の声がした。高杉は事態を報告せずに済ませたかったが、そういうわけにもいかなかった。

「見失った」

「なんですって！」

絶句したのか、それ以上菜摘子は言葉を続けなかった。高杉はその隙に、用件を尋ねる。

「大事なことだ。オレに文句を言うのは後回しにして聞いてくれ。巧はなんのアレルギーだった？」

「な、なんの話よ。自分の間抜けさ加減をごまかすつもり？」

「文句は後回しにしろと言ったろう。時間がないんだ。答えろ」

偉そうにするつもりはなかったが、自然に語気が荒くなった。その剣幕に押されたか、菜摘子は素直に答える。

「馬糞のアレルギーだって言ってた」

「馬糞か……」

それだ。巧は近くに馬がいるところに監禁されていると言いたかったに違いない。だが、わかってみれば大した手がかりとは言えなかった。馬がいる地域など、関東圏に限っても無数にある。巧のいる場所を特定することなど不可能だった。

ここまでか。一度は追いやったと思えた絶望感が、また質量を増して戻ってくる。巧はもう帰ってこない。そんな思いが、既定の事実のように高杉に重くのしかかった。

「もしもし、もしもし。ねえ、何がどうなったのよ。ちゃんと教えて」

苛立たしげな菜摘子の声が耳を打った。高杉は喉に何かが詰まったような息苦しさを覚えつつ、無理に声を発した。

「園部はどうしてる？」

「園部クン？　意識は戻ったけど、まだ頭がふらふらするって。しばらく車の運転はできそうにないわね」

「頭をまともに蹴られたからな。脳震盪《のうしんとう》でも起こしたんだろう」

憐れだが、今は心配している余裕はない。もともと三グラムくらいしか脳味噌がなかったのだから、放っておいても問題ないだろうと判断する。

「なあ、菜摘子。ジョンとやり取りしていて、何か気づいたことはなかったか？」

藁《わら》にも縋る思いで、そう尋ねた。菜摘子は「呼び捨てにしないでよ」と言いつつ、しばし考えて答える。

「……気づいたことと言えば、ジョンは妙にせっかちだったわね。こっちは指定された時間にちゃんと到着していたのに、いつも『遅い』って言われたわ」

「ジョンはせっかち、ね」

そういえば高杉のマンションにも、六時に電話をすると言いながら五分前にかけてきた。あれは一度だけのことではなかったのか。

「思ったんだけど、もしかしたらジョンの時計は狂ってるのかもね。五分くらい進んでるから、時間どおりに行動しているあたしたちを遅いと感じたんだわ」

菜摘子の推測は一理あると感じつつ、高杉の思考に何かが引っかかった。時計が狂っているといえば、つい最近にもそんなふうに思ったことがなかったか。あれは誰の時計だっただろう……。

狂った時計、馬糞。そのふたつのキーワードが、頭の中で乱舞した。糞の匂い、時刻に関する違和感。このふたつはどこかで結びついていた気がする。誰かを訪ねた際に時刻の齟齬《そご》を感じ、また家畜の糞の匂いも嗅いだのだ。あれは——。

「金本か」

答えが導き出された。そうだ、金本だ。あの趣味の悪い豪邸の前に立ったとき、確かに糞の匂いを嗅いだ。そしてインターホンを押したのは約束時刻の七分前だったのに、応接室に案内されると同時に壁掛け時計が鳴り出した。門から応接室まで七分もかかったのかとあのときは考えたが、そうではない、時計が狂っていたのだ。それが証拠に、金本の妻は「時間どおりに来てもらった」と言ったではないか。

金本が巧を誘拐し、高杉たちを踊らせていたのか。そう考えると、なぜジョンが高杉のマンションに盗聴器を仕掛けたのかという疑問もある程度解消される。金本は自分を騙そうとした高杉に復讐を考えて、プライバシーを覗いてやろうとしたのかもしれない。その結果、狂言誘拐の計画を耳にしてそこに便乗することにした。そういうことだったのではないか。

だが、ならばジョンは誰だ？　先ほど素顔を見たジョンは、知っている人物ではなかった。あの男は単に、金本に使われている立場なのか。それとも誘拐犯が金本だという推測そのものが間違っているのか。

フェラーリだ。またしても天啓のように記憶が甦った。あのとき金本は、自分の息子に一千万円のフェラーリを買ってやったと自慢げに言っていたではないか。つまり、ジョンは金本の息子だ。金本親子が、巧をさらった誘拐犯だったのだ。

馬糞、狂った時計、フェラーリ。単にデータがふたつ合致しただけならば偶然かもしれない。だが三つも揃えばそれは偶然などではない。高杉は自分の推理に絶対の自信を持った。

「ねえ、金本さんがどうしたの？」

菜摘子が不安げに問い返してくる。高杉は答える時間すらもどかしく感じつつ、最低限の説明をした。

「巧をさらったのは金本だ。今からオレは金本の家に行く。あんたも園部の眩暈《めまい》が治まったら来い」

「ど、どういうことよ。どうして金本さんが誘拐犯ってことになるの？　さっぱりわからないんだけど」

「説明してる時間はない」

その言葉を最後に、一方的に電話を切った。ダッシュボードに携帯電話を投げ出し、サイドブレーキを下げる。そして強引に車を発進させ、一路北へと向かった。

46

「ちょ、ちょっと。待ってよ。もしもし」

呼びかけたが、すでに通話は切れていた。「もう」とひと言不満を漏らして、三上菜摘子は携帯電話を閉じる。そして不安げな目で菜摘子を見ている園部に、肩を竦めて見せた。

「よくわからないんだけど、巧クンをさらったのは金本さんだって言うのよ」

園部はまだ地べたに坐ったまま、呆然としている。失神していた園部を揺り起こすために菜摘子がどれだけの苦労をしたかなど、まったく察していない顔だ。報われないわね、と内心で思ったが、文句を言う気にはなれなかった。頭を蹴られたと聞けば、同情の方が先に立つ。

ジョンが逃走した後も、園部は無言のままだった。音だけでも、園部が失神したことがわかった。だから菜摘子はとても人には見せられない不様な格好をしながら柵をよじ登り、足を挫かないように内側に飛び降りた。こんなこともあろうかと、パンツルックとローヒールで来たのが幸いだった。

案の定、建物を回り込むと園部はだらしなく寝そべっていた。名前を呼びながら揺さぶると、呻きを漏らしながら覚醒する。だが意識の焦点がうまく結ばないらしく、「オレはここで何をしてるんですか？」などと言い出した。ジョンにやられたのよ、と手短に説明したが、それでも理解した様子はなかった。

高杉がジョンを追いかけているかどうか気になったが、追跡中ならば電話などしない方がいいだろうと我慢した。だがそこに向こうからかかってきて、見失ったという最悪の報告を聞いた。一瞬、目の前が真っ暗になり何も言えなくなる。だが高杉は何を思ったか、誘拐犯を金本だと断じて勝手に行動を始めてしまった。わけがわからないが、菜摘子たちも後を追うしかなさそうだ。

「アニキがそう言ったんですか？」

虚《うつ》ろな目のまま、園部が問い返してくる。「そうよ」と菜摘子は肯定した。

「巧クンのアレルギーがどうのこうのって言ってたけど、なんなんだか」

「なんのアレルギーッスか」

「馬糞が駄目なんだって」

「ああ、だからッスよ。金本の家に行ったとき、馬糞の匂いがしたッス」

納得したように、園部は感心している。そういえば巧は、くしゃみが出ると電話で言っていたようだ。高杉はそれがメッセージだと推理し、監禁場所の近くに馬がいると判断したのだろう。言われてみれば確かにあの地域には家畜の匂いがしたが、だからといってそれだけで金本が誘拐犯だと断じるのはあまりに短絡的ではないか。やはり高杉の考えはよくわからなかった。

「行きましょう。アニキを追いかけなきゃいけないッス」

園部は地面に手を突いて、なんとか立ち上がろうとした。それに手を貸しながらも、菜摘子は釈然としない思いを口にした。

「もちろん追いかけるけど、でも巧クンがくしゃみしてたからってそれだけで金本さんが誘拐犯と考えるなんて——」

「アニキを信じなきゃ駄目ッス。アニキのすることに間違いはないッス」

一分《いちぶ》の迷いもない、きっぱりとした断言だった。どこをどう勘違いしたらそんな思いを抱けるのか菜摘子には不思議で仕方ないが、今は高杉を信じるのも悪くないという根拠のない判断も確かにあった。菜摘子は心を決めて、大きく頷いた。

「そうね。行きましょう」

47

東北自動車道を久喜《くき》インターチェンジで降り、川越栗橋《かわごえくりはし》線を経由して北本《きたもと》に到着した。誘拐犯の正体を推理するために使った時間はそれほど長くないが、何しろ車の地力《じりき》に圧倒的な差がある。ジョンはとっくに帰り着いているはずと、高杉篤郎は考えた。

金本の家はもうすぐだが、車のまま乗りつけるのは得策ではない。どこかに車を置いて、徒歩で接近すべきだろう。幸い、この辺りは畑の中に建物が点在するという雰囲気で、車を停める場所ならいくらでもある。鶏卵所らしき大きな施設の横に停めておき、高杉は外に出た。

そのまま、早足で金本邸を目指した。趣味の悪い屋敷はこの地域でもひときわ大きく、遠目からもその存在を確認することができる。本当ならばそこを目指して駆け出したいところだったが、今は目立つ真似をするわけにはいかない。逸《はや》る心を抑えて、人目につかない程度に急いだ。

やがて視野いっぱいに屋敷を捉える位置まで来たが、高杉の胸には複雑な失望感が忍び寄っていた。屋敷にはひとつとして明かりが灯っていなかったのだ。誘拐した子供を自宅に連れ込む馬鹿などいないから当然と思う気持ちと、巧を見つけられなかった落胆が入り交じった失望である。高杉は少し大胆になって、門前まで近づいてみた。

案の定、門の横の駐車場にはフェラーリがなかった。ジョンはここに帰ってきたわけではないのだ。ならば、今からアジトを探さなければならない。

なぜ金本はこんなことをしでかしたのか。いまさらながら考えてみる。金を騙し取ろうとした高杉に対する復讐という意図があるのは確実だ。だが、実際には高杉は一円として金本から奪い取れなかった。復讐されるべきは菜摘子ではないのか。ということは、高杉は単に菜摘子のとばっちりを食っただけなのかもしれない。あの女のせいじゃないかと、面白くない思いが湧いてきた。

疑問はまだある。こんな豪邸に住んでいながら、どうして誘拐などという重罪に手を染めたか、だ。確か金本は、怪しげな健康食品販売で財をなした男だった。安い味噌や醬油《しょうゆ》を餌《えさ》にして老人を呼び、もっともらしいレクチャーをして高額の健康食品を売りつけるという、よくある悪徳商法である。世間様に胸を張れない仕事という点では高杉と似たようなものかもしれないが、しかし無力な老人を食い物にするような輩《やから》と一緒にはされたくなかった。たとえこんな豪邸に住めるとわかっていても、高杉はそのような真似などしたくない。

だが、よくよく考えてみればそんな悪徳商法でいつまでも稼げるわけはなかった。インチキの手法も世間に知られ、商売の内情は先細りだったのかもしれない。例えば業績悪化の結果として、数千万円の債務を背負っていたとしたら。一発逆転を狙える誘拐は、彼らにとって誘惑の蜜《みつ》であったのだろう。ましてそれが、警察に捕まるリスクがほぼゼロに近い計画ならば、試すのに躊躇は感じなかったに違いない。高杉たちに対する単なる腹いせだけで誘拐などするわけがないから、おそらくこの想像はそう的を外したものではないはずだ。

曲がりなりにも食品販売会社を経営しているのだから、事務所はもとより、在庫を管理する場所をいくつか確保していると考えられる。ならば、その中のひとつを監禁場所として使うのは、ごく自然な発想だ。金本の会社は東京に進出するほどの規模ではなく、あくまで田舎のインチキ会社でしかないから、在庫の管理場所もこの近辺に集中していると見て間違いない。建物ひとつひとつを探し歩くのは骨が折れそうだが、しかし今はその手間を惜しんでいる場合ではなかった。

待ってろよ、巧。高杉は心の中でそう呼びかけ、探索を開始した。

48

携帯電話の着信音が鳴り、ゴリラ男が慌てて自分のポケットを探った。渋井巧の方に背を向け、耳に当てる。「はい」と低く応じた声は、次の瞬間に大きくなった。

「おお、やったか」

それを聞いて巧は、ゴリラ男たち一派がついに身代金を手にしたことを知った。高杉は果たして、身代金を運搬する三人目を追跡できているだろうか。まさか、見失ったりしていないだろうな。最悪の事態を想定し、その場合自分がどうなるかと再考する。今のところ、命を獲《と》られる気配はない。ここがどこなのか見当もつかないし、誘拐犯たちの顔も見ていない。また目隠しをされてどこかに放り出されれば、誘拐犯たちに繋がる材料は何もなかった。だからゴリラ男たちも、巧を殺す必要はないはずなのだ。

しかし、不確定材料もある。ゴリラ男たちに指示している、ここに現れない三人目の人物だ。その人物の性格がわからない限り、楽観はできない。ゴリラ男とエイリアン女は比較的御しやすいとしても、三人目は短絡的で粗暴かもしれないからだ。子供を殺すことになんら抵抗を覚えない人物だったとしたら、巧の命運も尽きることになる。

これまで三人目は、巧の前に姿を現していない。それどころか、存在自体を悟られないように腐心している気配もある。ならば巧も、三人目がいることになど気づいていない振りをした方が賢明だろう。鋭いところを見せても、なんの得にもならない。

果たして自分は解放されるだろうか。うんうんと実に嬉しそうに相槌を打っているゴリラ男の背中を見ながら、巧は若干の不安を覚えた。こんなときばかりは、体力的には無力に等しい自分の年齢が恨めしい。せめて十代後半で、中年太りのゴリラ男程度とは互角《ごかく》に渡り合える体格があったなら、このように縛りつけられた状態に甘んじてなどいないのに。まだ子供に過ぎないからこそ、高杉のような大人の助力を当てにしなければいけないのだ。

高杉はここに辿り着けるだろうか。自分が発したメッセージを、うまく読み解いてくれただろうか。改めて考えてみても、あまり望みは持てない気がする。仮に巧の意図を理解したとしても、それだけではこの監禁場所を特定などできないからだ。三人目の追尾に失敗したら、もう高杉に打つ手はない。そうなったら巧は、ひたすら自分の幸運を期待するしかないのか。己の力ではどうにもならず、ただ単に運に身を任せなければならない状況は、巧にかつて経験したことのない焦燥を植えつけた。

ゴリラ男は、「じゃあ」という言葉を最後に携帯電話を閉じた。すかさずエイリアン女が近づき、顔を寄せてぼそぼそとやり取りを交わす。「やったわね」という喜びの声も押し殺されていたが、巧がいなければきっとふたりで万歳《ばんざい》でもしていただろう。マスクをしていても、ふたりとも抑えきれない笑みを浮かべていることが見て取れた。

自分の処遇について話し合ってくれないものか。そう期待したが、すでに取り決め済みなのかふたりの話題には上らなかった。ボクはどうなるんです？　と尋ねてみたかったものの、聞きたくない返事だったらいやなので口にする勇気がない。結局、浮かれているふたりを恨めしげな目でむっつりと眺めるしかなかった。

「あー、なんか気持ちが緩んだら腹減ってきたな。お前、なんか買ってこいよ」

ゴリラ男がそんなことを言い出した。今の時刻が何時頃なのかもはや見当がつかないが、確かに巧も空腹を覚え始めている。どうせ殺されるなら最後においしいものを食べたいなと、やけっぱちで考えた。

「はいはい、じゃあ何か買ってきましょうね」

エイリアン女は機嫌よく応じた。その瞬間、巧の脳裏《のうり》に最後の足掻《あが》きめいたアイディアが浮かんだ。

「あんた、何食べたい？　またコンビニだけど、食べたいものがあるなら買ってくるわよ」

エイリアン女は巧に向かって気さくに尋ねた。フレンドリーな態度からは、いずれ殺す相手に接しているような様子は窺えない。少なくとも、ここにいるふたりに殺意はないのだと巧は確信した。

「ええと、じゃあオムライス弁当があったら」

「オムライス弁当ね。わかった。行ってくるから」

軽く手まで上げて、エイリアン女はドアの向こうに消えた。おそらくそこでマスクを取り、玄関を封印してある針金をほどいて出ていくのだろう。巧は音を頼りに、その瞬間をじっと待った。

がちゃがちゃと金属の触れ合うような音がして、やがてドアが開いた。今だ。巧は盛大に、くしゃんくしゃんとくしゃみを繰り返した。

「なんだ、あんた。やたらくしゃみが出るな。やっぱり風邪ひいたんじゃないか」

心配そうにゴリラ男が尋ねる。巧はドアが閉まるまでくしゃみを繰り返し、鼻を啜ってから答えた。

「いえ、花粉症です」

「花粉症？ ずいぶん時季外れの花粉症だな」

「花粉症って、何も杉花粉のアレルギーだけじゃないんですよ。いろんな花粉に反応しちゃうんです」

「へえ、大変だなぁ。薬は服《の》んでるのか」

「はい、一応」

「そうか、今は薬を服んでないからくしゃみが出るんだな」

ゴリラ男は勝手に納得し、会話を打ち切ってくれた。巧はうまくごまかし切れたことに、胸を撫で下ろす。

これは最後の望みだった。万にひとつ、高杉が巧のメッセージを読み解き、この周辺まで来ていたなら、今のくしゃみが監禁場所を知らせる合図だと理解してくれるだろう。可能性は限りなく低いとしても、何もしないよりはましだった。

できることはすべてやった。後は自分の運を——高杉を信じて待つより他なかった。

49

高杉篤郎はまず、点在する倉庫を探して歩いた。畑の中にぽつりぽつりと建物があるので、倉庫に目をつけること自体はそう難しくない。だが近くに寄ってみても、中に人がいるかどうか判別できないのが困りものだった。息を潜められたら、外から内部の様子は窺い知れない。疑い出せばきりがなく、後ろ髪引かれる思いで後にした倉庫はひとつやふたつではなかった。

せめてフェラーリが横づけしてあれば一発でわかるのだが、そこまで期待するのは虫がいいというものだろう。高杉に対する警戒心はもはや持っていないとしても、第三者の目を気にするだけの知恵は当然あるはずだ。手がかりがまったくないままに、監禁場所に行き着く僥倖《ぎょうこう》を期待するしかなかった。

そのときだった。中山道を走り抜ける車の排気音しか聞こえなかった夜の巷に、突然異音が響いた。まだ声変わりする前の男の子がくしゃみをする音。民家もあるので住人の子供も住んでいるはずだが、高杉はそれが助けを呼ぶ巧の声だと聞き分けた。近くだ。高杉はじっと耳を澄ませた。

くしゃみはしつこく何度も繰り返された。そのお蔭で、おおよその方向が摑める。高杉はそちらの方へと駆け出した。

やがてくしゃみはやんだが、高杉は足を止めなかった。自分が正しい方向に向かっているという確信が、背中を押す。瞬時に巧の許《もと》に辿り着けないことをもどかしくも感じた。

周囲に人の姿はなかった。街灯こそ灯っているものの、その白い明かりがかえって闇を際立たせているような感がある。そんな闇の奥から、一台の車が向かってきた。高杉は脇にどいて、車をやり過ごそうとした。

車がほぼ目の前まで来たとき、高杉は慌てて顔を伏せた。目が合った感覚はなかったので、向こうが高杉に気づいたとは思えない。相手より早く顔を見分けたことを、高杉は幸運に感じた。

車に乗っていたのは、金本の妻だった。すれ違うときにちらりと後部座席に目をやったが、同乗者はいなかった。もちろん、巧をトランクルームに押し込んでいた可能性はあるものの、生きたまま解放するにしろ、死体をどこかに運搬するにしろ、いずれにしても行動を起こすのはもう少し夜も深まってからだろう。ならば今は、どこかに食料でも買い出しに行ったのではないか。ということは、いずれ戻ってくると考えて間違いない。

高杉の判断は早かった。今からまたこの周辺の倉庫を一軒一軒訪ねて回るより、金本の妻に案内してもらった方が手っ取り早い。そのためには、こちらも徒歩では具合が悪かった。車を停めておいた場所まで、全速力で駆け戻る。

レンタカーに飛び乗り、最前の道まで急いだ。道沿いに停めていては目立つので、一本奥まったところで待機する。前を金本の妻が通り過ぎ次第、すぐに後を追えるようキーに手をかけておいた。

そのままじっと目を凝らし、その瞬間を待った。そして十分ほど経ったとき、見憶えのある車が視野に入ってくる。高杉はエンジンをかけ、車が目の前を通り過ぎてからライトを点灯した。尾行をしていると思われない程度に間を空けて、発進する。

田舎の畦道《あぜみち》にも等しい道路なので、距離をおいても追尾は簡単だった。何しろ、視野を遮る建築物が疎《まば》らにしか存在しないのだ。これならば、金本の妻が尾行に気づかなくても注意不足と咎めることはできない。高杉は先行車のテールランプだけを見つめながら、車を走らせた。

やがて妻の車は、二階建てアパートの横で停まった。全戸が埋まっているわけではないのか、明かりが点《つ》いている部屋は三つしかない。そうか、倉庫ではなくアパートの一室をアジトにしていたのか。倉庫だけにこだわっていたら見つけることができなかったと、いまさらながら金本の妻とすれ違った幸運に感謝する。

高杉はアパートの手前で停車し、用意してきたある物を手にして車を降りた。アパートの敷地に足を踏み入れると、妻はドアの呼び鈴を押しているところだった。身を屈めて植え込みの陰からその様子を窺い、ドアが開く瞬間を待つ。何をもたついているのか、ドアが開くまでには一分ほど待たなければならなかった。

中から現れたのは、紛れもなく金本だった。いかにも俗物めいたその顔には、下卑《げび》た笑みが浮かんでいる。首尾よく身代金をせしめることができ、さぞやご機嫌なのだろう。高杉は爆発寸前の怒りを胸に、行動を起こした。

50

どがん、という物音とともに、ドアが内側に開いた。そこからゴリラ男が後ろ向きのまま、部屋の中に転がり込んでくる。いや、もうゴリラ男と表現するのはふさわしくない。なぜなら男は、マスクを剝いでいたからだ。だが渋井巧は男の顔を確認もできず、開いたドアの向こうに視線を奪われていた。

　男に続いて、エイリアン女が入ってきた。こちらもマスクを取って素顔を曝《さら》している。女の表情は苦痛に耐えるように歪んでいたが、その原因はひと目で理解できた。女の背後から、高杉がその腕をねじり上げていたのだ。

「高杉さん！」

　信じられないものを見る思いだった。期待がゼロだったわけではないが、限りなくゼロに近いことは諦めとともに認めていた。それなのに今、高杉が目の前に現れている。どうしてここまで辿り着けたのか、その理由がまるで推測できなかった。

「待たせたな、巧」

　高杉はこちらに目を向けると、そんなことを言ってにやりと笑った。その台詞は少しかっこよすぎるんじゃないのと思ったが、今はどんなに格好つけていても拍手したい気分だった。大人ってやるときはやるもんだなと、素直に感じ入ることができた。

「ちょっ、ちょっ、ちょっ、ちょっ」

　妙な擬音《ぎおん》を発しているのは、畳に尻餅をついた元ゴリラ男だった。右手を目の前に突き出し、左手は畳についていて、じりじりと後ろに下がっている。「ちょっ、ちょっ」というのはおそらく、「ちょっと待ってくれ」と言いたいのだろう。驚きのあまり、言語能力が極端に低下しているようだ。

「金本ぉ、てめえ、よくも舐めた真似してくれたじゃねえか。あんな豪邸に住んでるくせしやがって、オレたち貧乏人から金を巻き上げるなんざ、太てえ料簡《りょうけん》だ」

高杉の言葉はずいぶん時代がかっていた。怒り心頭に発したあまり、ふだんの口調を見失ったのかもしれない。だが今は、それを指摘する冷静さを巧以外の誰もが失っていた。もちろん巧も、よけいな口は挟まずに事態を見守る。

「な、何言ってやがる。金を巻き上げようとしたのはお前たちじゃないか。何が徳川埋蔵金だ。今どきそんなネタで騙される馬鹿がどこにいる」

金本と呼ばれた元ゴリラ男は、口を尖らせて反論した。どういう経緯かよくわからないが、どうやらかつて高杉が金本を騙そうとしたらしい。しかもその釣り餌が徳川埋蔵金とは確かに古色蒼然《こしょくそうぜん》としていて、金本の言ももっともと頷ける。しかし対する高杉の言葉で、どっちもどっちだったのかと巧は納得した。

「それにまんまと乗りかかったのはどこのどいつだ。欲に目が眩《くら》んだくせしやがって、てめえひとりだけ賢いようなこたぁ言うなよ」

「痛い痛い痛い痛い、すみません、ごめんなさい。大きな家に住んでても、内情は借金ばかりで火の車なんですよぅ」

割って入ったのは、腕をねじり上げられている元エイリアン女だった。本当に痛そうに、体を前屈みにしている。女の人なんだから少しは手加減してあげればいいのにと巧は思ったが、そんなことを言える立場にないことは重々承知していた。だからただ、同情の眼差《まなざ》しで女を見るだけに留めておく。

「へっ、どうせそんなこったろうと思ったぜ。インチキ商売も行き詰まってたってわけか」

高杉は大して意外そうでもなく、鼻を鳴らす。金本は腰が抜けたような状態のままながら、不本意そうに言い返した。

「インチキなんかじゃないぞ。うちの蜂蜜を毎日食べてれば、寿命が三十年延びるんだからな」

「だからてめえら夫婦は太ってるんだよ。少しはダイエットしろ」

言うと同時に高杉は、女を巧の方へ突き飛ばした。あれー、と悲鳴を上げて女が畳に両手をつく。高杉はそんな女に目もくれず、ポケットから何かを取り出すとそれをひと振りした。

小気味よい音とともに、高杉の手にしている物が伸びた。それは護身用の特殊警棒だった。高杉は左掌に特殊警棒をぴしゃぴしゃと当てながら、金本に近づいていく。身の危険を感じたらしき金本は、ふたたび「ちょっ、ちょっ」と擬音を発し始めた。

「ちょっちょっちょ、うるせえんだよ。少し眠ってろ」

高杉は無慈悲に特殊警棒を振りかぶると、ためらいもなく金本の頭に振り下ろした。いい音が響き、金本は「うーん」と唸って白目を剝く。後頭部から畳に倒れた金本は、巨大なヒキガエルのような形相だった。

「何をしてる。早く巧の手錠を取ってやれよ」

こちらに顔を向けた高杉は、顎をしゃくって女に命じた。女は慌てて立ち上がり、キッチンから鍵を持ってくると巧の手を解放した。巧は両手を挙げて自由を再確認し、外れた手錠を逆に女の手に嵌《は》めた。女は悲しそうな顔をしながらも、なんら抵抗を示さなかった。

高杉は気絶した金本の上着を脱がし、それを使って金本自身を縛り上げていた。靴下で猿轡《さるぐつわ》まで嚙まされても、金本はまだ覚醒しない。

女の方も同じようにした方がいいのだろうかと考えつつ、ここは高杉の指示に従おうと判断した。だから「これからどうするの?」と問いかけたのだが、返ってきた答えは巧の意表を衝いた。

「コイツらの息子が身代金を持ってる。だから呼び出して、身代金を取り返してやるのさ」

51

高杉篤郎の言葉に、巧は驚いたようだった。誘拐犯がもうひとりいるとは思わなかったのか、それとも身代金のことは諦めていたのか。巧のことだから三人目の存在に気づいていないはずはないだろうと確認してみたら、案の定当然のような顔で巧は頷く。

「もうひとりいるのはわかってた。でも、ここには一度も来てないよ」

やはりそうか。この部屋の様子を一瞥して察しはついていたが、どうやら巧の見張りは金本夫婦が引き受け、高杉たちを操るのはもっぱら息子の役割だったようだ。そう考えると、自称ジョンとのやり取りひとつひとつに納得がいく。いかにも田舎成金といった金本が相手だとしたら、どうも印象が違うと思っていたのだ。

ならば、息子はどこにいるのか。フェラーリを飛ばしていたのだから、もし自宅に向かうのなら高杉より先に到着していたはずである。だが自宅には人の気配がなかったということは、どこかもうひとつアジトを構えているのか。あるいはもともと親とは同居しておらず、単に自分の家に帰っただけか。

「おい、奥さん」

それを確かめるために、高杉は金本の妻に話しかけた。妻はびくりと肩を竦め、おずおずと上目遣いにこちらを見る。

「は、はい。なんでしょう」

「あんたの息子は、今どこにいるんだよ」

「と、智則《とものり》ですか？」

息子は智則というらしい。隠しておいても調べればわかることだが、自分から名前を教えてしまうところに覚悟のなさが窺える。やはり主犯は息子の智則なのだろう。

「自分の家にいるはずですけど」

妻はあっさり答えた。嘘をついている様子もない。高杉は続けて尋ねる。

「どこに住んでるんだよ。近くか」

「ええ。歩いても十分くらいのところに」

「ひとり暮らしか。それとも家族がいるのか」

「一応、嫁と娘がいますけど」

金本智則には子供がいたのか。にもかかわらずあのように非情な脅迫を行えたとは、手前勝手にもほどがある。改めて、智則に対して怒りを覚えた。

しかし高杉は、怒りに自分の思考を委《ゆだ》ねなかった。ここは冷静に判断する必要がある。

もし智則がひとり暮らしなら急襲して身代金を奪い返すという方策も考えられたが、妻子がいるならそれはできない。無関係と思われる家族まで巻き込むわけにはいかないからだ。ならば、智則自身に身代金をここまで持ってきてもらうしかないだろう。

「巧、台布巾《だいぶきん》かなんかあったら、持ってこい」

顎をしゃくって、巧に命じた。巧は素直に台所に行き、台布巾を持ってくる。あの小生意気な巧を顎でこき使えるとは、なんと気持ちがいいことだろう。密かな快感を覚えながら、台布巾を受け取った。

「奥さん、ちょっと口を開けてくれ」

妻に近寄って、命じた。妻は何をされるか予想がつかないのか、「口を開けて何を……」と恐れの眼差しを向けてくる。面倒なのでその鼻を摘《つま》み、苦しさに開いた口に台布巾を詰め込んだ。我ながら乱暴だと思うが、丁寧に扱ってやる義理はない。

「よし、じゃあ巧、行くぞ」

「えっ、この人たちはここに置いていくの？」

怪訝《けげん》そうに巧は小首を傾げる。高杉は縛り上げられた金本夫婦に一瞥をくれ、答えた。

「ちょっとだけだ。お前がここにいたら危ないから、避難させるんだよ」

「でも……」

「いいから来いって」

何か言いたげな巧を制し、アパートの外に出た。そのまま巧を車に乗せ、アパートの裏手に移動する。そして、この車の中に身を潜めて隠れているんだぞと釘を刺しておいてから、もう一度アパートに戻った。

部屋に入る前に、菜摘子に一報を入れた。すぐに応じた菜摘子に現在位置を尋ねると、中山道を北上中だという。高杉はアパートの位置をなんとか口頭で説明しようとしたが、周囲に目印があるわけではないので彼らがここまでうまく辿り着けるとは思えなかった。あまり期待をせずに、「待ってるからな」とだけ言っておく。

「ねえ、ジョンたちの居所がわかったのね。で、巧クンはどうなったの？」

慌てたように菜摘子は問い質してくる。高杉は特に誇るでもなく、簡単に答えた。

「助け出したよ。今はレンタカーに避難させてる」

「うそー。あなたひとりで助け出したの？　信じられない」

「信じられないんなら信じなくていいよ」

あんな鈍くさい中年夫婦ふたりが相手なら、菜摘子だけでもなんとかなっただろう。問題はこれからなのだ。高杉は携帯電話を閉じ、気を引き締め直した。

部屋に戻ると、金本の妻は低く呻いていた。身を屈めて顔を近づけ、警告を発する。

「その台布巾を取ってやるが、大声を出すなよ。約束するか」

妻は目を見開いたまま、かくかくと頷く。その口から台布巾を取り除いてやると、妻は大きく息をついた。

「せめて台布巾なんかじゃなく、タオルにしてくださいよぅ」

「贅沢言うな。あんたにはこれからひと仕事してもらう」

そう応じつつ、部屋の中を見渡した。隅に携帯電話が転がっている。それを拾い上げ、妻に向き直った。

「これであんたの息子に電話するんだ。高杉にここを見つけられ、巧を奪い返された、高杉たちはそっちに向かったから、身代金をもって逃げてこい、ってな」

「あ、あたしがですか？」

「そうだ。よけいなことは言うなよ。息子がこっちに来るのを渋ったら、縛られてるから助けてくれと言うんだ。縛られたまま、なんとか携帯電話まで辿り着いてかけてるんだと説明しろ」

「はあ」

妻はいかにも不本意そうだが、それでも高杉の命令に逆らう気力はないようだった。息子への短縮ダイヤルの番号を尋ねると素直に答え、高杉が差し出した携帯電話に耳を当てて繋がるのを待つ。そして思いの外《ほか》達者に演技をして、見事智則を呼び出すことに成功した。

「奥さん、やるじゃん。さすが人を騙し慣れてるね」

これは嫌みではなく誉め言葉のつもりだったのだが、妻は心底いやそうな顔をした。悪徳商法で罪のない老人を騙しているくせに、面と向かって指摘されると不愉快らしい。

「すぐ来るってか？」

確認すると、妻は「たぶん」と頷く。その返事を聞いて、ひとつ思い出したことがあった。

「そうだ。あんたんちの時計、少し狂ってないか？」

「え？　ええ。主人はこう見えても律儀で、人との待ち合わせに遅れないように、何分か時計を進めてあるんですよ。それが何か？」

なるほど、そんな習慣が息子にも受け継がれていたわけか。まさか時計の数分の狂いで正体が発覚したとは、妻も思ってもいないようだ。説明してやる必要はないので、

「いい心がけだ」とだけ応じておいた。

役に立ってくれたことに免じて、今度は台布巾ではなく綺麗なタオルで猿轡を嚙ませた。そして未だ気絶している金本とともに放置し、部屋の外に出る。アパートの横には駐車場があり、車が二台停まっていた。その陰に身を潜めて、来《きた》るべき荒事に備え息を殺した。

52

車のヘッドライトが近づいてきた。逆光になるので車種までは判別できないが、ライトの位置が国産車より低い。どうやら智則のフェラーリのようだ。高杉は掌《てのひら》にかいた汗をジーンズの腿で拭き、特殊警棒を握り直した。

車は駐車場に侵入してきて、傍若無人《ぼうじやくぶじん》に斜めに停まった。間違いない、フェラーリだ。高杉がいる場所とは反対側のドアが開き、智則の巨体が現れる。それを見て高杉は、図体のでかさだけが自慢の園部があっさり気絶させられたことを思い出した。先ほど金本夫婦を制したようには、簡単にこちらの軍門に降《くだ》る相手とも思えなかった。

そんなときは不意打ちに限る。正々堂々とした立ち合いなど端《はな》から考えていないし、敬意を払って闘うべき相手とも思えない。もともと人を騙すことを生業《なりわい》にしている高杉にしてみれば、後ろから殴りかかるくらいはなんら卑怯なこととは思わなかった。

智則は見憶えのあるバッグを手にしていた。三千万円を詰めた、高杉のバッグだ。どうやら言われたとおりに身代金をここまで運んでくれたらしい。しめしめとほくそ笑みつつ、高杉はタイミングを待った。

智則は玄関ドアの前に立った。呼び鈴を押して、反応を待っている。今だ。高杉は車の陰から猛然と飛び出した。

そのときだった。うーうーという、いかにも切羽詰まった感じの呻き声が部屋の中から聞こえた。まずい。金本の妻が警告を発したのだ。あれほど黙っていろと言ったのに、それを素直に守るほどお人好しではなかったようだ。さすがにしたたかな一家だ。

いまさら作戦変更などできなかった。そのまま駐車場を駆け抜け、特殊警棒を振り上げる。だがそれより先に智則は振り返り、余裕を持って高杉の一撃をよけた。たった一度きりの不意打ちのチャンスを失い、高杉は大きくよろけた。

同時に、特殊警棒を持つ手首と髪の毛を、乱暴に摑まれた。痛い、と悲鳴を漏らす暇すらなく、そのままぐいぐいと引っ張られる。智則はフェラーリの裏に回り込むと、高杉の手首を自分の膝にぶつけた。痛烈な痛みに耐えきれず、高杉は特殊警棒を取り落とした。

「なんだ、詐欺師の兄ちゃんじゃねえか。よくここがわかったな」

岩のような顔に不気味な笑みを刻んで、智則は囁《ささや》いた。高杉は髪の毛が根こそぎ抜けそうな激痛をこらえながら、強がりを口にした。

「てめえとは頭の出来が違うんだよ」

「はッ」

しかし高杉の言葉は、智則になんの感銘も与えなかったようだ。返事の代わりに、手加減のない膝の一撃がみぞおちに入る。息ができなくなって、高杉は脂汗《あぶらあせ》を流した。

「下痢してるんじゃなかったのかよ。ありゃあ、仮病か」

「……そ、そうだよ。オレのことをうまく踊らせてるつもりだったんだろうが、逆に出し抜いてやったのさ」

「やるじゃん。クズみてえな小悪党のくせしやがってよ」

智則は高杉の髪を摑んでいる手を持ち上げ、自分の顔に近づけた。その顔に唾を吐きかけてやりたかったが、それは無力な人間がすることのような気がしたのでやめておいた。まだ負けたわけじゃないんだ。

「どうしてオレたちに目をつけたんだよ。父親が騙されかけた恨みか」

相手の隙を窺おうと、思いつく限りの言葉をぶつけた。智則は「ふふん」と笑って、首を傾ける。

「騙されかけた、じゃなくって騙したんだろうが。親父はただのカラーコピーを、五十万で買わされたんだぜ。恨まれたって当然だろ」

「あんたの親父を騙したのはオレたちじゃない。三上菜摘子だろうが。オレと園部は関係ないぜ」

「てめえら仲間じゃねえか。逐一《ちくいち》盗聴させてもらったんだぜ、こっちは」

「そうだ、そもそもどうやってオレのマンションを見つけたんだよ。素性を摑まれるようなヘマをした憶えはないがな」

「おれのお袋が、てめえの舎弟を池袋で見かけたのさ。そのまま尾行してったら、てめえのマンションに行き着いたそうだ」

園部の阿呆。明日にでもたっぷりお灸《きゅう》を据えてやる。高杉は内心で園部への怒りを噛み締めたが、明日のことより当面の危機だ。いくら言葉を交わしても、智則は隙を見せない。

「というわけで、せっかくてめえらの居所がわかったなら、善良な市民を騙した罰を下してやろうと思ったのさ。詐欺どころか誘拐まで企んでるとは、おれも驚いたぜ。警察に通報されなかっただけ感謝して欲しいな」

優位に立っているという自覚のためか、智則は饒舌《じょうぜつ》だった。対する高杉は、もはや単なる強がりで言い返しているだけに過ぎない。身代金を奪い返すどころか、この大男の手から逃れることすら不可能に思えた。

「何が善良な市民だ。善良な市民が他人の家に盗聴器なんか仕掛けるかよ。そんなこと思いつくってことは、どうせふだんから後ろ暗いことをたっぷりしてるんだろ」

「てめえに言われたくはないぜ」

言うと同時に、智則はもう一度膝を高杉のみぞおちに当てた。今度は両脚が地面から浮くほど、強烈な打撃だった。胃液が喉元に迫り上がってくる感覚があり、高杉は歯を食いしばった。全身がバラバラになりそうな激痛に、意識が飛びかける。

「親父たちを縛り上げたのかよ。しゃれた真似をしてくれるじゃねえか。てめえを今ここで殺したところで、誰ひとり困りゃしねえよな。社会のクズがひとり減って、かえって世の中のためってもんだ。てめえ、死ぬか」

智則はようやく両手を離すと、高杉を突き飛ばした。だが高杉は、体勢を立て直す余裕がなかった。そのままアスファルトに尻餅をつき、智則が特殊警棒を拾い上げる様を見ていることしかできない。本当に殺す気か――。間近に迫った脅威が現実とは思えず、高杉は指一本動かせずにいた。

そこに、思いがけず第三者の声が割って入った。「アニキ！」という呼びかけを聞いても、高杉はそれが園部の声とは思えなかった。あの鈍くさい園部にしては、抜群のタイミングではないか。信じられないという思いの方が強かった。

「今助けるッス」

園部は身を屈め、頭から智則へと突っ込んでいった。その後方に、車の横に立って自分のバッグを探っている菜摘子の姿が見える。何をやってるんだ、こんなところに来るんじゃない。手を払うようにしてこの場から遠ざけようとしたが、その意図は菜摘子に伝わっていないようだった。

カツーン、という鮮やかな音が夜の闇に響き渡った。威勢よく突っ込んでいった園部の頭に、特殊警棒が振り下ろされた音だった。ううん、と唸って、園部は地面に倒れ臥《ふ》した。やっぱりこんなものか。高杉は心底がっかりする。結局なんの役にも立ってないじゃないか。

続けてその特殊警棒が自分に向かってくることを、高杉は覚悟した。だが智則はどうしたことか、高杉には目もくれず菜摘子に向かって走り出した。慌てて菜摘子はバッグから手を抜いたが、一歩早くその手首を智則に摑まれる。菜摘子の手から、口紅のような物が地面に落ちた。

53

まずい、と思ったときにはもう遅かった。三上菜摘子の手首は大男に摑まれ、捻《ひね》り上げられる。痛みのあまり、手にした物を取り落とした。

「催涙《さいるい》スプレーかよ。危ねえ姉ちゃんだな。あっちの役立たずの野郎ふたりより、よっぽど姉ちゃんの方がヤベえぜ」

大男はごつごつとした厳《いか》つい顔を近づけ、口臭を吐きかける。こいつがジョンか。菜摘子は息がかからないよう、顔を背けた。この姉ちゃんの綺麗な顔に傷をつけたくなかったな」

「おっと、近づくんじゃねえぜ。この姉ちゃんの綺麗な顔に傷をつけたくなかったら
な」

ジョンは菜摘子の背後に回り込み、立ち上がろうとしていた高杉を牽制《けんせい》した。左手で菜摘子の手首を摑んだまま、右手の特殊警棒を後ろから菜摘子の喉にあてがう。刃物を突きつけられたわけでもないのに、それと同じくらいの冷ややかな恐怖が菜摘子の背中を走り抜けた。

「どうしてくれようかな、てめえらを。金を取ったら見逃してやるつもりだったんだが、それじゃあ不満そうだな。野郎ふたりはバラして、この姉ちゃんには少し楽しませてもらおうか。薹《とう》が立ってるけど、けっこういい女だもんな」

そんなことを言いながら、ジョンは特殊警棒を使って菜摘子の顔を仰向《あおむ》かせた。屈辱的な言葉に、心底腹が立つ。

「あんたに変なことされるくらいなら、舌嚙んで死ぬわ」

「何言ってんだ、姉ちゃん。そんなかわいらしいタマじゃないだろ。どうせふだんから、男と寝て金を巻き上げてるくせしやがって」

「そんなことしてないわよ！」

冗談じゃない。見くびられるにもほどがある。ジョンの不細工な顔を気が済むまで掻

きむしってやりたかったが、プロレスラー並みの巨大な体躯《たいく》を前にしては手も足も出ないのが悔しい。嚙みついてやろうにも、したたかなジョンは菜摘子の口のそばまで手を持ってこなかった。

高杉はといえば、菜摘子を人質に取られて身動きひとつできずにいるようだった。膝立ちの姿勢のまま、見たこともないような厳しい視線でジョンを睨みつけている。その表情はちょっと男らしいものの、何もできないという点ではなんら頼りにならなかった。このままジョンの宣言どおりに弄《もてあそ》ばれるなら、本気で舌を嚙み切ろう。そう決意したときだった。

ふと、視界の端に動くものを認めた。顔をそちらに向けかけ、かろうじて踏みとどまる。今、不用意なことをしたらすべてが終わりだ。菜摘子はさりげなく目だけを動かし、車の陰に潜むものを確認した。

巧だった。レンタカーに避難しているのではなかったのか。しかし今はそんなことを言っている場合ではない。この非常時に出てきてくれるとは、さすが巧だと頭を撫でてやりたかった。

今度は視線を逆方向に向け、落としてしまった催涙スプレーを探した。あった。足を伸ばせば届く場所に転がっている。ジョンが次の行動に移る前に、一か八か巧の勘の良さに賭《か》けるしかなかった。

「高杉さん！　あたしのことはいいからお金を持って逃げて！　バッグがそこに落ちてるじゃない」

アパートの前に放置されているバッグを顎で指し示して、叫んだ。それは見事に功を奏し、ジョンと高杉が同時にアパートの方へと顔を向ける。その隙を逃さず、足を伸ばして催涙スプレーを巧の方へと蹴った。

その後のことは、ほぼ数秒のうちに起こった。音を立てて転がった催涙スプレーに、車の陰から現れた巧が飛びついた。巧はすぐにキャップを取り、腕を伸ばして構える。菜摘子は思い切り体重をかけ、しゃがみ込んだ。不意を衝かれたジョンは、菜摘子に引っ張られてよろけた。

その顔に、まともに催涙スプレーが浴びせられた。「ぐわあああっ」という雄叫《おたけ》びを上げ、ジョンは菜摘子の手首を離す。顔を手で覆って呻くジョンは、前屈みになって菜摘子に背中を向けた。その足の間を、菜摘子は力いっぱい蹴り上げた。

柔らかいものを手加減抜きに蹴った感触があった。ジョンは声にならない悲鳴を上げ、地面をのたうった。そこにすかさず高杉が駆け寄ってきて、ジョンが取り落とした特殊警棒を拾い上げる。高杉が特殊警棒をその頭に振り下ろすと、ジョンは白目を剝いて悶《もん》絶《ぜっ》した。

54

高杉篤郎は気を失った智則の上着を脱がせて、両手を背後で縛り上げた。さらにズボンも剝ぎ取り、両脚を括《くく》りつける。下半身は下着一枚になって寝そべっている智則は、かなり惨《みじ》めな格好だった。

そんな智則を、目を覚ました園部とともに担ぎ上げて、なんとかアパートの部屋まで運んだ。すでに意識を取り戻していた金本は、目を剝いて驚きを示す。夫婦の間に息子を下ろし、先ほどまでの恨みを込めて尻をひと蹴りした。だがそれでも智則は、昏倒《こんとう》したままぴくりともしなかった。

少し考えて、金の入ったバッグを菜摘子から受け取った。そして札束を数個取り出し、畳に積み上げる。金本夫婦はもちろんのこと、菜摘子も巧も意味がわからずにいるに違いないと高杉は思った。

「オレたちは消えるぜ。こっちはもう二度と会いたくないから、あんたらもオレたちにかまうなよ」

金本たちにそう話しかけると、夫婦はかくかくと頷いた。高杉は札束を指差して、さらに続ける。

「一千万円置いていく。これはあんたらの取り分だ。これで満足して、オレたちにちょっかいを出すんじゃないぜ」

信じられないとばかりに、金本夫婦は顔を見合わせた。それはそうだろう。この状況で金を手にできるとは、思いもしなかったはずだ。ふたりしてぺこぺこと頭を下げるその様子は、心底高杉に感謝しているようだった。

「行くぜ」

菜摘子と園部、巧を促して、アパートの部屋を後にした。金本たちの手足は、血行が止まるほどきつく縛り上げているわけではない。ひと晩もがいていれば、なんとかほどくことができるだろう。縛られた状態で一夜を過ごすのは辛《つら》いだろうが、その程度の報いで済むことを逆にありがたいと思って欲しいくらいだった。

ドアを閉めると、「ねえ」と菜摘子が不満げな声を出した。何が言いたいのか、高杉はよくわかっていた。菜摘子は部屋の方に顎をしゃくり、口を尖らせる。

「どうして一千万も置いてきたのよ。分け前なんかやる必要ないじゃない」

「いや、仕方ないさ。金本の息子は剣呑《けんのん》な奴だ。やられっぱなしじゃあ、また仕返しに来るぜ」

「でも――」

「一千万円で安全を買ったと思えば、安いもんだ。そうだろ、巧」

同意を求めると、巧はいつもどおりの生意気な口調で、「そうだね」と認める。

「正しい判断だと思うよ。でも、一千万円で納得してくれるという保証はないよね。また何かしてきたら、どうする気？」

もちろん高杉も、それくらいは考えていた。正直言って、智則がこれで引き下がらなかったらどうしたらいいのかわからない。だが今は、至極楽観的な気分が高杉を支配していた。

「そうしたら、また撃退してやればいいさ。オレたちみんなでな」

高杉の返事に、巧は得心したように頷いた。菜摘子は呆れたような表情を浮かべたが、仕方ないとばかりに肩を竦めると、わずかに微笑する。園部ひとりが嬉しそうに何度も首を縦に振っていた。

「こんなところに長居は無用だ。さっさと巧を家まで送って、オレたちも我が家に帰ろうぜ」

「そうね。あたしも自分の家のお風呂が恋しいわ」

そう応じる菜摘子は園部の運転する車に乗り、巧は高杉がレンタカーで送り届けることにした。車を出すと、助手席の巧はぺこりと頭を下げた。

「あのう、今回はありがとうございました。まさか本当に高杉さんたちが助けてくれるとは思わなかったよ」

「大人を見くびるもんじゃねえぜ」

「お礼と言ってはなんだけど、この身代金、高杉さんたちが受け取ってよ」

巧は気軽にそんなことを言う。後部座席に置いてあるバッグをルームミラーでちらりと見た高杉は、魅力的な申し出に心が動きかけたが、かろうじて理性の方が勝った。

「何を勝手なこと言ってるんだ。これはお前の金じゃなく、お前の親の金だろうが」

「そうだけど、でもボクを助けてくれたお礼だと思えば、パパもママも納得するよ、きっと」

「そうかな」

母親はともかく、ケチだという父親はとうてい納得しないだろうと思ったが、確かにただ働きはちょっと勘弁して欲しいという気もした。現実的なところで、折衷案《せっちゅうあん》を口にしておく。

「じゃあ、一千万だけもらっておくよ。金本夫婦が一千万も手にして、オレたちが一円もいただかないんじゃ割が合わないからな」

「うん、そうして」

巧は嬉しそうに笑った。そんな邪気のない笑みを横目で見て、高杉はふと、そもそものことの始まりを思い出した。

「残りの金はちゃんは親に返せよ。使い込んで、液晶テレビを買ったりするんじゃないぜ」

「そうしたい気持ちもあるけど、パパとママにも心配かけただろうから、ちゃんと返すよ」

「お前、本当に液晶テレビが欲しくて、狂言誘拐なんて考えたのか？」

それらしい説明を巧はしていたが、たかが液晶テレビを買うために狂言誘拐とはいかにも大袈裟だ。本当は他の理由があるのではないかと、高杉は睨んでいた。

すると案の定、巧は大人びた苦笑を浮かべて、「バレてた？」と認める。

「ちょっとね、他に使いたいことがあったんだ」

「なんだよ、教えろよ」

「うん……」

巧は珍しく言い淀むと、窓の外に目を向けた。そして、言いにくそうに説明する。

「保健所で捕まった犬とか猫ってさ、一定期間内に引き取り手が見つからないと、処分されちゃうんだよ。それをかわいそうだと思って、ボランティアで引き取る人たちもいるの。でもね、あくまでボランティアだから、経済的にけっこう大変みたいなんだ。動物を飼っておくための敷地が必要だし、餌代も馬鹿にならないしね」

「なんだ、それでボランティアに寄付しようとでも思ったのか」

「うん、そう」

「そういうことなら、最初から素直に親に頼んでみればよかったじゃないか」

「高杉さんはパパの性格を知らないから、そんなことを言うんだよ。犬のために寄付なんて、パパが頷くわけないもん」

巧の父親の話は、菜摘子から聞いている。確かにそのとおりかもなと、高杉も納得した。

「じゃあ、どうしてオレたちにも秘密にしてた？　液晶テレビを買うために狂言誘拐を考えたなんて言うから、とんでもねえ悪ガキだと思ってたぜ」

「正直に話したら、協力してくれてた？　してくれないよね。それに、そういうのってちょっと恥ずかしいじゃない」

巧は窓の外を見たまま、頑《かたく》なに高杉から顔を背《そむ》けていた。なるほど、そういうことか。そりゃ、あんまりよい子ちゃんなのは恥ずかしいよな。高杉も巧くらいの年頃のプライドは理解できるつもりだった。

「お前の父親がインサイダー取引をしてるってのも、嘘か？」

「うん。やってるかもしれないけど、ボクは知らない」

巧はようやく顔を戻し、首を振った。まったく、最初から巧の口車に乗せられていたというわけか。しかしそれがわかっても、高杉はもう腹を立てる気にもなれなかった。

「犬たち、かわいそうなんだよ。高杉さんも寄付してあげて」

巧は冗談とも思えない真顔で、そんなことをつけ加えた。高杉は「馬鹿野郎」と応じる。

「そんな余裕がどこにある。お前からもらった金は、明日からの生活費だ」

「そうなの？　詐欺師稼業《かぎょう》も辛いねぇ」

「ほっとけ」

そんなやり取りをしながら一時間半ばかり走って、成城に着いた。だが巧の自宅まで送り届けるわけにはいかない。離れたところで車を停め、巧を下ろした。身代金は、別の紙袋に移して持たせた。

「本当は家まで送ってやりたいところだけど、そうもいかないからな。気をつけて帰れよ。せっかくここまで帰ってきて、また別口に誘拐されたりすんじゃねえぞ」

「大丈夫だよ。今から電話するし」

巧は自分の携帯電話を取り出して、そう答えた。高杉たちの番号やメールアドレスは、すでに消去させてある。このくそ生意気なガキとも、もう二度と会うことはないだろう。

「三上さんも園部さんも、本当にありがとうございました。皆さんの親切は忘れません」

高杉の車についてきた菜摘子と園部に、巧は律儀に頭を下げた。園部は照れ臭そうに「へへへ」と笑い、菜摘子は腰に手を当てて「どういたしまして」と応じる。巧はちょっと手を振ると、それきり振り返らずに歩き去っていった。

「巧がオレたちに一千万くれたぜ」

巧が見えなくなるまで見送ってから、ふたりに報告した。園部は手を叩いて喜び、菜摘子は「へえ」と眉を吊り上げる。

「なんだか悪い気がするけど、でもそれくらいはあたしたちも働いたわね。ひとり頭三百三十万じゃ、ちょっと安いくらいかも」

「まあ、そう言うなよ。一銭も入ってこないよりはましだ」

「そうね」

菜摘子は口で言うほど不満そうではなかった。そんな菜摘子を、今度は高杉のレンタカーに乗せた。自宅まで送ってやると言うと、素直に頷く。

道中、菜摘子は手帳を取り出してなにやら書き留めていた。そして、いつぞやと同じ場所で車を停めてやると、最後にそのページをちぎって差し出してくる。

「これ、あたしの銀行の口座番号。分け前はここに振り込んでおいて」

「振り込み？　取りに来いよ」

もらった分の一千万円は、最初から智則に渡していない。今も高杉のマンションに置いてあるのだ。菜摘子には後日、直接手渡しするつもりだった。

「あなたには助けられた面もあるし、ちょっと見直しもしたわ。でもね、あなたたちのせいでこんな厄介事に巻き込まれたんだから、もう二度と会いたくないわね。じゃあ」

菜摘子は一方的に言うと、ドアを開けてさっさと車を出ていった。あまりな言い種に、高杉は唖然《あぜん》として呼び止めることもできなかった。菜摘子の後ろ姿が消えた頃にようやく、勃然《ぼつぜん》と怒りが込み上げてくる。

「何言ってやがるんだ、あの女！　そもそもお前が金を騙し取ったから、こんなひどい目に遭《あ》ったんじゃないか」

受け取った紙をバラバラに引きちぎってやりたかった。いっそ本当にそうしてやろうかと思って紙面に目を落とし、動きを止める。そこには口座番号だけでなく、もっとたくさんのことが書いてあった。

その意味を考えているときに、ドアがノックされた。園部が窓越しに高杉の手許を覗き込んでいる。高杉は慌てて紙片を隠してから、ウィンドウを下げた。

「アニキ、それ、菜摘子さんの住所と電話番号じゃないッスか？　よかったッスねぇ。脈ありじゃないッスか」

「うるせえ。あの女はもう二度とオレたちに会いたくないってよ」

「わかってないなぁ、アニキ。女の『駄目』は『ＯＫ』って意味ッスよ。そんなことも知らないんですか」

「生意気言ってんじゃねえよ」

にやけている園部の額にデコピンを食らわせ、高杉はウィンドウを閉めた。目にしたばかりの住所を、頭の中で思い返す。あいつ、本当に梅ヶ丘に住んでいたんだな。以前に送り届けたときは嘘をつかれたのではないかと怪しんだが、そうではないとわかって少し愉快な心持ちになった。

高杉は紙片を胸ポケットにしまい、自宅のマンションに向けて車を出した。

55

仏心を出したわけではなかった。ただ、懐《ふところ》には余裕があるし、巧が狂言誘拐を企んでまで寄付しようとした対象に多少の興味が湧いた。高杉は犬を引き取っているボランティアをインターネットで探し、見学を申し込んでみた。すると快く受け入れてもらえ、もう後には引けなくなった。翌日、車を走らせて青梅《おうめ》まで行くことになった。

そこは交通の便が悪い代わりに敷地が広く、犬を飼うには悪くない環境だった。まるで牧場のように囲いがしてあり、そこで何匹かの犬が走り回っている。檻《おり》も呆れるほどたくさん置いてあって、その大半が埋まっていた。それだけ犬を捨ててしまう無責任な飼い主が多いということだろう。縋《すが》るような目を向けてくる犬たちを見ていると、そんな飼い主たちへの怒りが沸々と湧き起こってきた。

ヤバいなぁとは思っていた。しかし目が合ってしまったのが運の尽きだった。まさに一点の曇りもない、濡《ぬ》れたようなつぶらな眸《ひとみ》を持つ雑種の仔犬を見た瞬間、高杉はここに来たことを後悔した。こんなことになるんじゃないかという、いやな予感は最初からあったのだ。

高杉のマンションは小型犬なら飼うことを許されていた。それは、来る前から念頭にあった。高杉は敗北した気分で、犬の引き取りを申し出た。ボランティアの人は喜んでくれたが、思いの外にあれこれ訊かれて閉口した。どうやら転売目的で犬を引き取っていく人や、連れていったはいいもののまた捨ててしまうような人を警戒しているらしい。不本意ながら、大事に育てますと力説しなければならなかった。

そんなやり取りをしているさなか、背中に視線を感じた気がして振り返った。さっと小さい人影が視界から逃げたようにも見えたが、定かではない。ボランティアに「どうかしましたか？」と訊かれ、高杉は顔を戻した。

仔犬をマンションまで連れ帰り、共同生活を始めた。仔犬は人なつっこく、すぐ高杉に懐《なつ》いた。懐かれればかわいいもので、高杉も何くれとなく面倒を見てやった。たかが犬のために早起きして周囲を散歩するような生活を送ることになるとは、つい数週間前には思いもしなかった。

　ある日のこと、不意に巧からメールが届いた。メールアドレスは消去したはずなのに、どうやら暗記していたらしい。巧らしいドライな文章で、感謝の気持ちを綴《つづ》っている。お礼の印に贈り物をしたから受け取って欲しいとも書いてあった。

「お礼？　なんですかね。金持ちのお礼だから、すんごいもんじゃないッスか」

　そのことを話すと、園部は期待に胸を膨らませた様子で目を輝かせた。高杉も実は少し楽しみに思っている。

「あいつが誘拐された日はな、帝国ホテルの缶詰スープを持ってくるって約束だったんだよ。それを憶えてて、守れなかった約束を果たしてくれる気かもしれないな。あの生意気なクソガキも、けっこう律儀なところがあるじゃないか」

　そして翌日、宅配便が届いた。玄関先に出た園部が「うわっ」と声を上げる。高杉も続いて玄関に向かって、届いた物を目にした。

　そこには高さ一メートル、幅一・五メートルほどの大きな段ボール箱が置かれていた。園部はほとんど小躍りせんばかりにはしゃぐ。

「こ、これ、液晶テレビじゃないッスか？　さすが金持ちのすることは違うなぁ。大画面のテレビ、欲しかったッスよね」

「お、おう。すごいな。こ、こんな気を使ってくれなくてもよかったのにな」

思わず声が上擦るのはどうしようもなかった。お礼なら一千万円もらっているのだから、ここまでしなくてもいいのに。かえって恐縮してしまう思いだった。

取りあえずふたりでリビングまで運ぼうとして、拍子抜けした。両端を持ち上げたら、思いの外あっさりと担ぐことができたのだ。

「あれ？　これ、ずいぶん軽いッスね」

「……そうだな」

いやな予感がした。仔犬が走り寄ってきて、しきりにぴょんぴょんと跳びはねる。そんな仔犬を踏まないように気をつけながら、リビングに巨大な段ボール箱を運び入れた。

「楽しみッスね、アニキ。開けますよ」

「……ああ」

アホな園部は何も感じていないらしい。だが高杉は、膨らんだ期待が萎《しぼ》みきっているのを自覚した。

ガムテープを剝ぎ取り、段ボール箱を開封した園部が硬直した。高杉も一歩遅れて中を覗き込む。不幸にも、高杉の予感は見事に的中していた。

箱の中には、大量のドッグフードがみっしりと詰まっていた。

参考文献

『新版　サギの手口』夏原　武　データハウス

解説

新保博久

　今はもう解散した合作ユニット岡嶋二人のある文庫の新装版カバーを見ていたら、著者が「社会派ミステリーの旗手」と紹介されていた。岡嶋作品を本格推理と見るかサスペンス小説と見るか、作品によっても読む人によっても異なるだろうが、社会派だと思う人はいないはずだ。言うまでもなく社会派推理とは、一九五〇年代ごろ富豪の遺産相続や仇討ちなどでない社会性のある、日常に密着した犯行動機の導入を唱えた松本清張はじめ、それに賛同した水上勉、有馬頼義らの推理小説を総称したものである。現代では、意識的に社会性を排除する少数派を除いて、ある程度の社会性を盛り込むことはたいていのミステリ作家が行なっており、ことさら社会派呼ばわりされる例はほとんどない。強いて挙げるなら、小杉健治、姉小路祐、帚木蓬生、横山秀夫ぐらいではないか。宮部みゆき、そして本書の著者・貫井徳郎の一部の作品もそこに含まれるかもしれないが。

　ところで、岡嶋二人の同じ本の旧版を探して確認したところ、新版の「社会派」は

「都会派」を誤植したものと分かった。確かに、岡嶋作品は必ずしも都市部を舞台にしていなくとも、ハイテクなど先端的な素材、紋切り型を排したしゃれた文体や会話、大技小技を駆使するアイデアの豊富さ、スピーディな展開など、いかにも都会派と呼ばれるに似つかわしい。もっとも、「都会派ミステリー」とは一般的にはあまり使われない言葉で、岡嶋二人を形容しようとした編集者の苦心がしのばれる。

そのようにレッテル貼りたがり屋（われわれ評論家の多くもそうだ）を困らせる存在としては、当今では東野圭吾などが代表的だが、貫井徳郎もその例に洩れない。岡嶋作品を特徴づける先に挙げた素材・文章・アイデア・物語展開の秀逸さは、貫井作品にもそのまま当てはまる。決定的に違うのは、貫井作品がしばしば強烈な読後感をもたらすのに対し、岡嶋作品はことさらユーモア・ミステリと称していないものでも、多くは軽快なタッチを保っている点だ。とはいえ、貫井氏が岡嶋流を部分的にでも自分なりに継承しようとしているのは、たとえば症候群シリーズ第一作『失踪症候群』の連載予告からも明らかだろう。

「かつて岡嶋二人さんの作品で、警視庁0課シリーズというものがありました。解散に伴い二作のみでそのシリーズは中絶してしまったのですが、私はそれを読者として非常に残念に思っていました。

今回長編に着手するに当たり、私は自分の手で警視庁0課シリーズを再現しようと考

えました。（後略）」（『小説推理』一九九五年六月号）

『眠れぬ夜の殺人』（一九八八年）、『眠れぬ夜の報復』（八九年、ともに現・講談社文庫）と続く0課シリーズは法で裁けぬ悪を裁くチームが活躍し、岡嶋作品のなかでは相当シリアス寄りなので、貫井氏が踏襲してもそれほど驚くには当たらない（貫井氏がTVの必殺シリーズを熱愛していることからしても）。驚くべきは『失踪症候群』から十年を経て、貫井氏がついに長篇ユーモア・ミステリに挑戦したことだろう。題名からもうかがわれるように、それが本書『悪党たちは千里を走る』にほかならない。もっともこちらは岡嶋二人のユーモア系統に倣ったわけではなく、スラップスティック・スリラーを得意としたアメリカ作家トニー・ケンリックの『リリアンと悪党ども』（邦訳は角川文庫。昭和五十五年）をヒントにしたという。

『悪党たちは千里を走る』は光文社の季刊ミステリ専門誌『ジャーロ』第十五号（二〇〇四年四月）から第二十号（二〇〇五年七月）まで六回にわたって連載され、二〇〇五年九月に同社から単行本化された第十六作目の長篇である。掲載誌の慣例で、日本作家の作品には「冒頭近日」と題して短い近況が語られていたが、本篇の最終回には目を疑った。

「連載スタート時にはほとんど燃え尽き症候群でなんのアイディアもなく、いざ始まってからもずっと鬱々と気が晴れないままに過ごしていましたが、そんな作者の精神状態はまったく反映せず、最後まで軽快に書ききることができてホッとしています。悪党たちとの別れを惜しんでいただけたら、作者としてこれに勝る喜びはありません」

作品を一読すればお分かりのように、作者が存分に構想を練り、緻密な計画、意表を突く展開で、計算どおり描ききったと言われたほうが、はるかに納得できる出来ばえなのだ。本書については非常に多くの著者インタビューがなされ、私の目についただけでも①『週刊文春』二〇〇五年十月二十日号、②『週刊現代』十月二十九日号、③『ダ・ヴィンチ』十一月号、④『カラフル』十二月号、⑤『潮』十二月号とあり、これらを繋ぎ合わせるだけでも解説者の出る幕はあまり残らない。すなわち、

――……デビュー以降初めて、いったい何を書いていいかわからないという状態になってしまって（③）。デビュー作の『慟哭』から『殺人症候群』あたりでシリアスなミステリーは一区切りをつけ、その後は作風を広げることを意識してきました（②）。だから、とにかく消去法で、これまでに自分がやっていないものは何かと考えたんです。で、そうだ、コメディタッチの長編はやってない（③）。小説のトーンをスラップスティック（どたばた喜劇）でいこうと決めた段階で、アメリカのトニー・ケンリックの書いた『リリアンと悪党ども』が浮かびましてね。それで誘拐ものにしようと決めたんです（⑤）。

もちろん『悪党たちは千里を走る』のストーリーは全く独創的なもので、『リリアンと悪党ども』には小悪党男女と生意気な子供という初期設定、雰囲気などを見習っただけのようだ。『リリアンと悪党ども』は犯罪組織を壊滅させるため、犬猿の仲の男女が夫婦を装い娘役の少女を組織に誘拐させようとする物語である。むしろ私などは『悪党たちは千里を走る』は、映画「俺たちに明日はない」のボニーとクライドから凶悪犯罪をマイナスしたもの（C・W・モス相当の三枚目役もいるし）という印象をもった。要するに、骨格は創作家の共有財産となっている典型に則って、キャラクターの微妙な味つけや犯行計画のディテールなど、細部にオリジナリティを盛り込んでいるのだ。

ところで貫井徳郎が熱心なミステリ・マニア以外からも広く支持を集めたのは『慟哭』が文庫化されて三年も経った二〇〇二年ごろ、一書店が積極的に販促を行なったのが全国規模に広がって以来だが、その時点でデビュー十年、著作十五冊というキャリアがあったせいか、「『慟哭』の次に何を読めばいいか」という読者からの問い合わせが急増したらしい。

「そういった質問に対しては『光と影の誘惑』『転生』『迷宮遡行』を読んでくださいと答えています。というのも、この四作は、おおよそぼくの作風を網羅していて、どのくらいの幅で書いている作家かということを理解していただけると思うからです」（『IN★POCKET』二〇〇三年七月号）

その時点で未刊だった『さよならの代わりに』を今や『転生』の代わりに、そして本書『悪党たちは千里を走る』を五冊目に加えてもいいのではないか。もっとも、中篇集『光と影の誘惑』には、翻訳ハードボイルドタッチでコミカル路線に手を染めた「二十四羽の目撃者」が書き下ろされていたから、『悪党たちは千里を走る』的な芸域もすでに予告していたとは言える。それでも貫井作品は重量感がありすぎて、次から次へと読むのはちょっと辛いという声も聞こえ、多くを読まないで食わず嫌いにしている読者もいるかもしれないと思うと、ヘビーな小説はちょっと苦手という人のためにも、本書あたりを貫井徳郎初期体験に勧めたくもなるのだ。

先にも触れたように誘拐物であるのも貫井氏らしさをよく発揮しているのだが、これはやはりこのテーマを得意とし〝人さらいの岡嶋〟の異名をとった岡嶋二人にあやかったわけではない。というより、現実の誘拐とは違ってゲーム性、知能犯度の高い紙上誘拐に惹かれる作家的心性が岡嶋氏と共通するからこそ、岡嶋氏に私淑するようになったのだろう。実際『慟哭』は幼女連続誘拐を扱っていたし、最初の短篇も「長く孤独な誘拐」(『光と影の誘惑』所収)だった。実質的に短篇というより中篇だが、「このアイデアを思い付いたとき、私はほとんど快哉を叫んだ。こんな設定は古今のミステリーを見渡しても存在しない。これはまさに、誘拐ものというジャンルに新たな一石を投じる作品になるのではないかと思った」(「誘拐もの断筆宣言!」、『野性時代』一九九四年八月号）。だが実は、このアイデアには斎藤栄のある長篇に先例がある。それよりも貫井氏を打ちのめしたのは、岡嶋二人を構成していた井上夢人による岡嶋二人盛衰記『おかしな二人』（一九九三年、現・講談社文庫）を読んだときらしい。「その中の一節、おふたりが次作についてディスカッションするシーンを読み、眩暈を覚えた。あろうことかそのアイデアが徳山（諄一）氏から提案され、井上氏が『もっと違うものをやろうよ』と一蹴しているのだ。私が必死になって捻り出したアイデアだったのに。もう二度と誘拐ものは書くまいと思ったのは言うまでもない」（同前）

この断筆宣言は、幸いというか守られなかった。そもそも推理作家とは嘘をつくのが商売なのである（正確には、嘘をつかずに人をだますのが）。一九九七年には四月に『ミステリマガジン』に、社長令嬢誘拐の身代金がたった五十万円という短篇「病んだ水」（現在はe-NOVELSにて販売中）を発表、翌月からは長篇『誘拐症候群』を連載している。誘拐は密室殺人などに比べて、書き手にとってそれだけ魅力あるテーマであり、まだまだ新工夫の可能性に満ちているのだ。

『悪党たちは千里を走る』は、「……私にとっては久しぶりの誘拐ものということもあり、身代金受け渡しには前例のないトリックを盛り込むことを自分へのハードルとして課すことにしました。どんな方法かはここでは言えませんが、警察とも被害者家族とも接触することなく、しかも安全に身代金を手にすることができるかなり斬新なものになったと思っています。現代の情報社会だからこそできるトリックとだけ言っておきましょうか」(前掲②)。

ユーモア・ミステリというよりはクライム・コメディと限定したいこのジャンル、海外には貫井氏が今回お手本にしたケンリックのほか、D・E・ウエストレイク、カール・ハイアセンら傑作をいくつも物した作家がいるが、日本では古くは結城昌治『白昼堂々』(一九六六年、現・光文社文庫)から伊坂幸太郎『陽気なギャングが地球を回す』(二〇〇三年、祥伝社)などあるものの散発的で、これまた未開拓の分野といえる。特定のレッテルを貼られるよりも「必殺何でも人」と呼ばれたい由(村上貴史「ミステリアス・ジャム・セッション」第七十三回、『ミステリマガジン』二〇〇七年六月号)の貫井氏には、クライム・コメディでも本書を皮切りに続篇、続々篇で一家をなしてもらいたいところだ。

初出
「ＧＩＡＬＬＯ」（光文社）二〇〇四年春号〜二〇〇五年夏号連載

この作品は二〇〇五年九月、光文社より刊行されました。

貫井徳郎の本

崩れる　結婚にまつわる八つの風景

こんな生活、もう我慢できない……。自堕落な夫と息子に苛立つ妻に訪れた殺意。日常の狂気を描きだす八編。平凡で幸せな結婚と家庭に退屈しているあなたへ贈る傑作短編集。

貫井徳郎の本

光と影の誘惑

銀行の現金輸送車を襲え。目標金額は一億――。巧妙に仕組んだ強奪計画は、成功したかにみえたのだが……。男たちの野望と裏切りを描く表題作を含む、珠玉のミステリー中編四編。

貫井徳郎の本

天使の屍

あの子はなぜ死んだのか？　中学生連続自殺に秘められた謎。追及する父親が辿り着いた驚愕の真実——。ミステリ長編。

集英社文庫 目録（日本文学）

著者	作品
中村勘九郎	勘九郎日記「か」の字
中村修二	怒りのブレイクスルー
中山可穂	猫背の王子
中山可穂	天使の骨
中山可穂	白い薔薇の淵まで
中山可穂	ジゴロ
中山可穂	サグラダ・ファミリア〔聖家族〕
中山可穂	深爪
中山康樹	ジャズメンとの約束
永山久夫	世界一の長寿食「和食」
夏目漱石	坊っちゃん
夏目漱石	三四郎
夏目漱石	こころ
夏目漱石	夢十夜・草枕
夏目漱石	吾輩は猫である（上）（下）
鳴海 章	劫火 航空事故調査官
鳴海 章	五十年目の零戦
鳴海 章	鬼 灯（ほおずき）
西木正明	わが心、南溟に消ゆ
西木正明	其の逝く処を知らず
西澤保彦	異邦人 fusion
西澤保彦	リドル・ロマンス 迷宮浪漫
西澤保彦	パズラー 謎と論理のエンタテインメント
西澤保彦	フェティッシュ
西村京太郎	真夜中の構図
西村京太郎	夜の探偵
西村京太郎	パリ・東京殺人ルート
西村京太郎	東京-旭川連続殺人事件
西村京太郎	河津・天城連続殺人事件
西村京太郎	十津川警部「ダブル誘拐」
西村京太郎	上海特急殺人事件
西村京太郎	十津川警部 特急「雷鳥」蘇る殺意
西村京太郎	十津川警部「スーパー隠岐」殺人特急
西村京太郎	十津川警部 幻想の萩・津和野
西村京太郎	殺人列車への招待
西村京太郎	リトルターン ブルース・ステイプルトン ニューマン 五木寛之・訳
貫井徳郎	崩れ
貫井徳郎	結婚にまつわる八つの風景
貫井徳郎	光と影の誘惑
貫井徳郎	悪党たちは千里を走る
貫井徳郎	天使の屍
ねじめ正一	ねこぢるせんべい
ねじめ正一	ねこぢる
ねじめ正一	一眼鏡屋直次郎
ねじめ正一	万引き天女
ねじめ正一	シーボルトの眼 出島絵師 川原慶賀
野口 健	落ちこぼれてエベレスト
野口 健	100万回のコンチクショー
野口 健	確かに生きる 落ちこぼれたら這い上がればいい
野沢尚	反乱のボヤージュ

集英社文庫

悪党《あくとう》たちは千里《せんり》を走《はし》る

2008年9月25日　第1刷
2009年6月6日　第4刷

定価はカバーに表示してあります。

著　者　貫井徳郎《ぬくいとくろう》

発行者　加藤　潤

発行所　株式会社　集英社
東京都千代田区一ツ橋2-5-10　〒101-8050
電話　03-3230-6095（編集）
03-3230-6393（販売）
03-3230-6080（読者係）

印　刷　凸版印刷株式会社

製　本　凸版印刷株式会社

フォーマットデザイン　アリヤマデザインストア　　マークデザイン　居山浩二

ISBN978-4-08-746348-4 C0193